THE VALLEY 4 : 다른 세계로 향하는 호수

Krystyna Kuhn

THE VALLEY 4

다른 세계로 향하는 호수

크리스티나 쿤 지음 · 강혜경 옮김

놀

차 례

그레이스 보고서

마크 드 빈센츠가 비숍 교수에게 보낸 편지

2009년 10월 15일

비숍 교수님께

교수님께 꼭 편지를 보내겠노라 결심한 것도 아니면서 벌써 몇 차례나 쓰고 지우길 반복했는지 모르겠습니다. 하지만 막상 결정을 하고 보니 또 너무 늦은 건 아닌지 걱정이 앞섭니다. 어쩌면 교수님은 이 사연을 영원히 모른 채 지나가리라 믿으셨을 수도 있겠지요. 하지만 만약 그렇게 생각했다면 교수님을 실망시켜드려야 할 것 같습니다.

수년간 저는 고스트 산에서 있었던 일들을 기억하지 않으려고 제 자신과 싸워왔습니다. 하지만 범죄 수사관으로서 쌓은 경험들은 결국 과거를 잊으려고 하면 할수록 더욱 또렷하게 의식 속에 나타난다는 사실을 일깨워주었습니다. 특히 그 과거가 죄의식과 절망 그리고 두려움으로 얼룩져 있을 때는 더더욱 그렇더군요.

우리가 다녔던 대학이 새로운 이름으로 다시 문을 열었다는 사실을 안 후로 저는 매일 묻고 또 묻습니다. 어떻게 그럴 수 있는지. 우연이었을까요, 아니면 운명 또는 엘리자의 표현처럼 '숙명'이었을까요? 저는 근래에 수많은 죽음을 봐왔습니다. 하지만 그 어떤 죽음도 저를 그때처럼 흔들어놓진 못했습니다.

혹시 아직도 그 위에서 무슨 일이 있었는지 알고 싶으신지요? 제가 말씀드릴까요? 그 일이 일어났을 때 우리 각자가 어떻게 행동했었는지에 대해 보고서라도 작성해드릴까요?

그 점이 교수님이 가장 알고 싶어 하시는 게 아니던가요? 진실이 아니라 우리들 각자가 지어낸 거짓 이야기 말이죠.

저는 우리 모두가 같은 악몽에 시달리고 있을 거라 믿습니다. 제 꿈속에서 우린 서로를 찾습니다. 터널 안에서의 엘리자의 모습, 빙산에 아이스피켈을 꽂았던 폴. 캐서린의 웃음소리, 프랭크의 기발한 아이디어들.

바로 그런 이유 때문에 저는 강력반으로 가서 수많은 미제 살인 사건들을 밝히고 범인을 감옥에 넣는 일을 도왔습니다.

폴이라면 그걸 '운명의 아이러니'라고 표현했겠죠.

교수님 생각은 어떠신지요?

교수님의 실험이 실패해서 혹시 실망하셨습니까?

우리가 기록한 노트를 보지 못해서 실망스러우셨나요?

어쨌거나 확실한 건 교수님은 안전한 곳에 계신다는 사실입니다. 그리고 전 그들이 아직 어딘가에 살고 있을 거라는 생각이 교수님을 앞으로도 영원히 괴롭혔으면 좋겠습니다. 하지만 저희들은 그 당시 그 사건에 대해 함구하기로 맹세했습니다.

여기서 말하는 저희란,

밀턴 존스, 미수 엘리자 정, 폴 포르스터, 프랭크 카터, 캐서린 벨라미, 마르타 플레밍스, 그리고 그레이스 모건입니다.
설마 그레이스를 잊으신 건 아니겠죠?

마크 드 빈센츠

악마의 날들

〈악마의 날들Demon Days〉(영국 밴드 고릴라즈의 두 번째 앨범 타이틀이자 곡명—옮긴이주).

아니, 아니야! 이제 막 악마를 물리쳤는데!

카티는 다음 곡을 눌렀다.

〈누군가를 원해Hope there's Someone〉(미국 밴드 안토니 앤 더 존슨스의 곡명—옮긴이주).

이것도 별로 나을 게 없군.

그녀는 세바스티앵에 대한 생각을 얼른 한쪽으로 밀어냈다.

아마도 연인들에 관한 슬픈 노래는 셀 수 없이 많을 거야.

생각하지 말자. 과거는 과거일 뿐.

카티는 솔로몬 바위 너머로 좀 떨어져 있는 가파른 암벽을 올려다보았다. 겨울 동안 대부분의 시간을 대학 내에 있는 피트니스 센터에서 보냈다. 이두박근, 복근, 종아리 근육, 장딴지 근육, 등 근육, 엉덩이 근육 등 온몸의 근육을 골고루 키우기 위해 기구별로 돌아가면서 스무 세트를 두 번씩 반복했다. 야외 등반 시즌에 완벽하게 대비하기 위해서였다.

카티는 아이팟의 목록 찾기 버튼을 눌러 로버트 포르스터(호주 출신의 음악가이자 싱어 송 라이터—옮긴이주)를 찾았다. 그녀가 그를 좋아했던 게 우연이었을까?

결국 포르스터라는 이름이 문제였어.

악마들은 결국 저 하고 싶은 대로 하고 산다는 걸 그녀는 이미 쓰디쓴 경험을 통해 알고 있었다.

음악이 귓속으로 흘러들어왔다.

'운명의 손이

팔을 뻗어

우리를 밤으로 데려가네.'

그녀는 다시 바지 주머니에서 휴대전화를 꺼냈다. 응답하지 않은 수신자의 명단이 떴다. 모두 같은 이름이었다.

그는 왜 전화를 안 받는 거지?

공작.

그들이 다시 학교로 돌아왔을 때 벤저민이 그에게 지어준 별명이었다.

문자메시지를 보내거나 또는 최소한 살아 있다는 증거로 메

일이라도 보내줘야 하는 거 아냐? 이렇게 감감무소식이라니.

그녀는 휴대전화를 도로 바지 주머니에 넣었다.

'반은 희망을 속삭이고

우리가 피웠던 꿈들.'

그리고 다리를 쭉 뻗었다. 그녀가 앉아 있는 미러 호 가장자리에서는 유난히 경치가 멋지게 보였다. 게다가 그레이스 계곡에서는 보기 드문 청명한 날씨까지 더해져 카티는 괜히 코끝이 찡했다.

하얀 눈과 거울처럼 맑고 반짝거리는 수면에 반사된 햇빛은 바라만 봐도 눈이 아릴 정도로 강렬했다. 그녀는 정수리에 걸쳐놓았던 선글라스를 내려 쓰고 고개를 뒤로 젖혔다.

여전히 산등성이와 봉우리 주위엔 1미터 남짓한 눈이 쌓여 있었다. 하지만 시야가 미치는 범위 내에서는 일명 '파인애플 익스프레스'의 영향으로 쌓였던 눈이 한나절이면 다 녹았다. '코나'의 다른 이름인 파인애플 익스프레스는 하와이로부터 습한 난기류가 캐나다의 북극성 냉기류를 만날 때 생기는 강풍이었다. 불과 며칠 전까지도 아열대성 폭우에 가까운 엄청난 비가 쏟아지더니 불현듯 먹구름 뒤에서 해가 나와선 기온을 영상 15도로 끌어올렸다. 그것도 한겨울인 2월에 해발 2천 미터나 되는 산꼭대기에서!

카티는 시계를 보았다. 다음 수업까지는 아직 30여 분이 남아 있었다.

그에게 한번 더 전화를 걸어볼까?

그런데 휴대전화를 꺼내려던 순간 손을 맞잡고 호숫가를 거닐고 있는 율리아와 크리스가 보였다. 두 사람이 그녀가 있는 벤치 가까이로 다가오자 카티는 고개를 가볍게 끄덕여 알은체를 했다.

크리스가 카티 옆으로 와서 앉더니 그녀의 귀에 꽂혀 있던 이어폰을 잡아 뺐다.

"뭐 듣고 있어?"

그는 이어폰을 자기 귀에 꽂더니 소리쳤다.

"아, 로버트 포르스터잖아!"

"그럼 내가 뭐 케이티 페리의 〈틴에이지 드림Teenage Dream〉이라도 듣는 줄 알았어?"

작은 소리로 웃던 율리아가 갑자기 얼굴을 찌푸렸다.

"카티, 너 혹시 내 프랑스 강의 노트 못 봤어? 오늘 아침까지 분명히 있었는데 갑자기 사라져버렸어."

그러자 크리스가 한숨을 내쉬었다.

"이 소리를 벌써 몇 시간째 듣는지 모르겠어."

"그야 내가 네 방에 내려갔을 때 그 노트를 들고 있었는지 아닌지 네가 기억을 못 하니까 그렇지."

카티는 시니컬한 표정으로 눈썹을 치켜세우며 한마디 해주려다 관뒀다. 카티는 크리스를 약 올리는 게 재미있었다. 특히 그가 고스트에서 친구들을 버리고 간 후론 더더욱 그랬다.

하지만 오늘은…… 악의에 찬 농담을 하기엔 너무 아름다워.

그 대신 카티는 율리아에게 물었다.

"넌 오늘 아침에 어디 있었어? 같이 조깅하기로 했었잖아. 잊어버렸어?"

율리아는 난처한 표정으로 그녀를 바라보았다.

"늦잠을 자버렸어. 정말 미안해."

그러자 크리스가 히죽히죽 웃으며 놀려댔다.

"그래? 그런데 모범생이 왜 늦잠을 잤을까?"

그러자 율리아가 어깨를 으쓱하며 겸연쩍게 웃었다.

"그럴 수도 있지."

"너희 둘을 감시하던 데비가 가버린 후로 너 거의 매일 늦잠 자는 거 알아?"

카티의 말을 듣더니 크리스가 율리아의 어깨를 감쌌다.

"너 지금 질투하는 거야?"

"맙소사."

카티가 한심하다는 표정으로 고개를 저었다.

"난 설사 너희들이 이 벤치 위에서 그 짓을 해도 전혀 관심 없어."

사실 꼭 그렇지만은 않았다. 특히 아직도 그에게서 연락이 없다는 점을 생각하면.

게다가 오늘따라 유난히 크리스와 율리아의 관계가 눈에 거슬렸다. 영령 기념일에 있었던 사건 이후로 두 사람은 시시

때때로 완벽한 커플임을 과시하려 했고 크리스마스가 지나자 더욱 심해졌다. 분명 그사이 무슨 일이 있었던 게 틀림없었지만 카티는 그 이유를 알 길이 없었다.

그래, 뭐…… 나도 비밀은 있으니까.

"그럼 이따 수업 시간에 봐."

카티는 고개를 끄덕였다.

"노트 꼭 찾기를 바라! 어쩌면 저번 수학 공식 메모처럼 또 냉장실에 들어 있을지도 몰라."

그러자 율리아가 손을 내저으며 대답했다.

"냉장실이 아니라 냉동실이었어."

***

지금처럼 성적이 좋기만 하다면 카티는 계속 전공과목으로 프랑스어를 택할 생각이었다. 그 재수 없는 포르스터 교수가 비극적으로 삶을 끝내는 바람에 프랑스어 교수가 앙드레 마로로 바뀐 게 카티에겐 행운이었다. 카티는 포르스터 교수에게 일말의 동정심도 느끼지 않았다. 반면 마로 교수는 그녀에게 숭배의 대상이 되었다. 특히 그의 멋진 발음에 카티는 반하고 말았다. 게다가 그는 어린 시절이나 그리워하는 시대착오적이고 고루한 문학만 읊어대지도 않았다.

카티가 이어폰을 다시 귀에 꽂으려는 순간 주머니에 있던 휴대전화가 진동했다. 그녀는 얼른 꺼내려고 허둥대다가 하마터면 휴대전화를 떨어뜨릴 뻔했다. 통화 버튼을 누르기 전에 먼저 크게 심호흡을 했다.

진정해, 카티. 네가 얼마나 전화를 기다렸는지 그가 알 리 없잖아.

"안녕!"

"핸드폰 액정에 내 이름이 뜬 걸 봤을 텐데도 고작 안녕이라는 말밖엔 못 해?"

그의 굵은 목소리가 그녀의 마음속을 파고들었다.

"'잔잔한 물은 깊은 법.' 나 같은 사람을 두고 하는 말인 거 몰라?"

카티는 그 순간 진짜 깊이를 알 수 없는 호수를 바라보고 있었다.

"시간이 별로 없어. 게다가 옆에 일행도 있고."

"그럼 전화는 왜 했어?"

그녀가 따지고 들자 그는 작게 웃었다.

"너랑 통화하는 게 좋으니까."

"그럼 자주 좀 전화하든가."

"그거 혹시 날 그리워한다는 뜻으로 받아들여도 돼?"

"잘난 척 좀 그만해!"

"카티, 제발 한 번만이라도 내가 보고 싶다고 솔직히 말해봐. 외롭다고."

카티는 자리에서 일어나선 호숫가를 따라 다음 벤치가 있는 곳까지 걸어갔다. 그러고는 다시 앉더니 목소리를 낮췄다.

"난 지금 돌기 일보 직전이야. 머리가 터질 것 같다고. 샘 아이비가 한 번만 더 철학 시간에 데이트 신청 쪽지를 보낸다면 개 발에 토를 해줄 거야."

그가 다시 작은 소리로 웃었다.

"근데 넌 왜 개랑 만나는 게 싫어?"

카티는 휴대전화를 반대쪽 손으로 바꿔 들었다.

"개랑 데이트를 하느니 차라리 토를 하는 게 낫겠어!"

그 순간 갑자기 수화기를 통해 툭— 하는 소리가 들리더니 그의 목소리가 진지해졌다.

"카티, 우리 이젠 정말 만나야 할 때가 온 것 같아."

카티는 눈을 감았다.

"그러려면 내가 내건 조건이 있다는 거, 알잖아."

그가 대답했다.

"그래. 난 이제 준비됐어. 사실대로 말할게."

카티는 심장이 뛰기 시작했다.

준비가 됐다고? 왜 갑자기 마음이 바뀐 거지?

그들이 '공작'이라 부르는 그는 고스트 산에서 홀연히 사라진 뒤 새해가 되자 카티의 앞에 다시 나타났지만 지금까지 자신의 진짜 이름을 밝히지 않고 있었다. 그래서 카티는 그의 이름을 알려주기 전엔 만나지 않겠노라고 선언했었던 것이다.

"토요일 어때?"

카티가 묻자 또다시 툭- 하는 소리가 들렸다.

"듣고 있어?"

아무 대답이 없었다.

그냥 끊어버린 걸까? 아니면 수신이 약해서 끊긴 건가?

그녀는 액정에 뜬 수신 안테나를 세어보았다.

"카티, 카티?"

카티는 안도하며 그의 부름에 답했다.

"응, 듣고 있어."

"그만 끊어야겠다. 토요일 오전에 필즈에서 봐. 스포츠용품 가게 옆에 작은 카페가 있어."

"좋아!"

"카티! 정말 긴 시간이었어. 난…… 보고 싶어."

그녀는 빙그레 웃었다.

무슨 말을 듣고 싶은 걸까? '나도 그래'라는 말?

하지만 그녀는 그가 원하는 답을 하지 않았다. 대신 이렇게 말했다.

"폴 포르스터한테 안부나 전해줘. 그리고 내가 많이 보고 싶어 한다는 말도."

그녀는 그의 웃음소리를 들었다. 종료 버튼을 누르면서 카티는 마음이 한결 가벼워진 걸 깨달았다. 마치 무중력상태에 있는 것처럼. 세바스티앵의 일이 있은 후로 전혀 가져보지 못했던 느낌이었다.

카티는 멀리 있는 고스트 산의 하얀 봉우리를 쳐다보면서 그곳에서 겪었던 극적인 일들에 대한 기억을 날려버렸다. 좁은 크레바스, 두려움, 패닉 같은 악몽들을 기억 속에서 지우려 애썼다.

내게 중요한 건 오직 그 위에 섰을 때 느꼈던 자유뿐이야.

그건 공작과 그녀가 함께 나눴던 느낌이었다.

그녀는 맑고 상쾌한 공기를 깊이 들이마시곤 다시 고개를 젖혀 해를 바라보았다. 그리고 모처럼 만에 캠퍼스에 찾아온 평화로움을 맘껏 누렸다.

하지만 그 순간은 오래가지 못했다. 등 뒤에서 돌길을 걸어오는 누군가의 발소리가 들리더니 의미심장한 질문이 들렸다.

"폴이라고?"

카티는 깜짝 놀라 고개를 돌렸다. 그녀를 향해 걸어오고 있는 사람은 벤저민이었다. 하지만 평소와 달리 목소리는 가볍거나 쾌활하지 않았고 손에는 비디오카메라도 없었다. 게다가 그의 말투에선 공격성이 느껴졌다. 그는 시선을 호수로 향한 채 카티의 어깨를 잡고선 지그시 눌렀다. 카티는 왠지 모르게 등줄기가 서늘해졌다.

"너 방금 죽은 사람이랑 통화한 거야?"

그의 목소리가 날카로워졌다.

"폴이라고 했지? 그 폴 포르스터?"

그레이스 보고서
준비물 목록

마 르 타: 혹시 빠진 게 있으면 더 추가해줘!

　　　　　고기, 즉석요리 식품, 과일, 채소

　　　　　밀가루, 국수, 통조림 빵, 건조 식빵, 콘플레이크

　　　　　크래커, 쌀

　　　　　소금, 오일, 마가린, 잼, 설탕, 양념

　　　　　커피, 차, 생수, 우유 분말, 코코아

　　　　　화장지, 비누, 칫솔, 치약, 쓰레기봉투, 키친타월

밀　　 턴: 방한복, 운동화

　　　　　식기, 수저, 통조림 따개

　　　　　침낭, 단열 매트, 손전등, 여분의 배터리, 구급상자, 약

　　　　　신분증, 돈, 라이터, 주머니칼, 나침반, 호루라기

　　　　　누가 필즈에 가서 정수용 약품 사올래?

그레이스: 초콜릿은?

프 랭 크: 술은?????

　　폴　: 그건 필요하면 네가 갖고 와.

마　　 크: 높은 산에 올라간다는 거 잊지 마!

　　　　　등산화, 아이젠, 빙산용 선글라스(필수!), 그리고 아이스
　　　　　피켈

천국으로 가는 계단

카티는 굳은 얼굴로 차갑게 말했다.

"폴 포르스터라니, 지금 무슨 말을 하는 거야?"

벤저민은 카티의 어깨에서 손을 떼더니 벤치 앞으로 가선 그녀를 마주 보았다.

얘가 왜 이러는 거지?

카티는 화제를 바꿨다.

"네 꼴이 지금 어떤 줄 아니? 대체 머리는 언제 빗었어? 옷은 또 왜 그래? 진흙탕에서 뒹굴기라도 한 거야?"

벤저민은 잠시 자신의 옷차림을 살펴보더니 붉은 흙먼지가 잔뜩 묻은 빨간 스웨터에 손을 문질렀다. 웬일인지 늘 입고 다니던 청색 재킷을 걸치고 있지 않았다.

"벤저민, 진심으로 말하는데 가서 샤워 좀 해."

그가 뭐라고 혼잣말을 중얼거렸지만 카티는 알아들을 수가 없었다. 그는 갑자기 고개를 들어 해를 쳐다보면서 눈을 깜빡거렸다.

"저 해 좀 치워줘."

그 순간 그의 동공은 어마어마하게 커졌고 반짝거렸다. 마치 말끔하게 깎은 검은색 대리석 공이 깊은 구멍 속에서 빛나는 것 같았다.

"맙소사, 너 뭐 이상한 거라도 먹었어?"

"너무 눈부셔."

그는 팔로 얼굴을 가리더니 기이한 소리를 내질렀다. 꼭 나이팅게일이 지르는 비명 같았다.

"저거 좀 꺼줘, 카티."

"뭘 말이야?"

"전등! 너무 밝다고. 알아들어?"

처음엔 속삭이듯 작게 말하던 벤저민의 목소리는 이제 쩌렁쩌렁하게 울렸다.

카티는 무시해버리고 자리를 뜨려 했지만 벤저민이 눈치를 채고 재빨리 앞을 가로막았다.

"좀 가만있어, 벤."

"가만있으라고? 그러다가 난 서서히 굳어서 죽을지도 모르는데?"

그가 앞으로 바싹 다가서자 카티는 숨이 막혔다. 역겨운 입 냄새가 풍겼다.

"빨간 구름이야! 저기 봐."

벤저민은 마치 꿈을 꾸듯이 말했다.

"그가 날 불렀어."

줄타기라도 하듯 그는 조심스럽게 한 발씩 걸음을 떼고 있었다.

카티는 속으로 저주를 퍼부었다. 뭘 먹었건 또 뭘 피웠건 그를 이 상태로 혼자 남겨둘 순 없었다.

"지금 너 무슨 소릴 하는 거야?"

카티가 뒤따라가 팔을 붙잡자 벤저민은 목소리를 높였다.

"폴 포르스터! 그가 날 불렀어! 무슨 말인지 모르겠어? 난 선택받은 거야!"

젠장.

벤저민은 제정신이 아니었다. 딴 세상에 가 있는 것 같았다. 카티는 극단적인 행동으로 현실감각을 완전히 잃을 때까지 자신을 내던지는 사람들을 이해할 수가 없었다. 물론 그녀라고 도취의 매력을 이해 못 하는 건 아니었다. 그 짜릿함을. 하지만 벤저민의 경우엔 도가 너무 지나쳤다.

"이제 정신 좀 차려."

카티는 그를 학교가 있는 방향으로 끌어당겼다. 그러자 그는 잠깐 동안 그 말을 알아들은 것처럼 순순히 뒤를 따라왔다.

카티는 그의 얼굴에 나타난 뭐라 표현할 수 없는 기이한 표정을 보았다. 웃고 있지만 사악함이 느껴지는 그런 표정이었다.

카티가 천천히 또박또박 말했다.

"너 아무래도 보건실에 가봐야 할 것 같아. 브릭스 선생님이 진정제 같은 걸 주실 거야. 넌 지금 도움이 필요해."

그러자 그가 절망적인 얼굴로 그녀를 쳐다보았다.

"카티, 너 방금 누구랑 통화했어? 누구야? 말해! 어서 말하라고!"

그러더니 그녀가 들고 있던 휴대전화를 뺏을 심산으로 팔을 뻗쳤다. 하지만 카티가 먼저 알아차리곤 휴대전화를 얼른 바지 주머니에 넣어버렸다.

그러자 그의 목에서 동물처럼 그르렁거리는 소리가 났다. 카티는 소름이 끼쳤다. 그런 모습의 벤저민은 처음이었다. 몹시 혼란스러워 보이면서도 한편으론 카티가 친구라는 사실조차 인식하지 못하는 것처럼 냉랭한 기운에 감싸여 있었다. 카티는 아주 잠깐이긴 했지만 그가 아무런 가면도 쓰고 있지 않는 것 같다는 생각이 들었다. 심지어 인간이라는 가면조차 벗어버린 것 같았다.

"공작이랑 통화한 거 맞지? 함께 고스트 산에 올라갔었던 유령 친구 말이야. 네가 그를 찾아낸 거야."

"내가?"

"그래, 우리가 11월 영령 기념일에 엄청난 눈보라 때문에 이 꼭대기에서 꼼짝 못하고 갇혀 있었을 때."

"난 그만 수업에 가봐야겠어. 너도 얼른 가."

그녀는 그 옆으로 지나가려고 했지만 그가 재킷을 붙잡고 놓아주지 않았다.

"영령 기념일 주말에 어디 갔었어, 카티?"

갑자기 그의 눈빛이 또렷해졌다.

"그냥 여기저기 돌아다녔어."

"데비가 그러던데, 넌 공작을 찾으러 갔을 거라고."

그가 미친 사람처럼 웃었다.

"우리랑 같이 고스트에 올라갔었지만 내 카메라에는 한 컷도 찍히지 않았던 그레이스 계곡의 공작 말이야. 꼭 유령 같지 않아? 아니, 어쩌면 여기 있는 모든 게 허상일지도 모르지."

"정신 차려, 벤저민!"

그러자 그가 갑자기 그녀 쪽으로 돌아섰다.

"왜? 내가 돌아버리기라도 한 것 같아? 어?"

"그야 네가 더 잘 알겠지."

그 말을 들은 벤저민이 갑자기 고래고래 고함을 질렀다.

"그 녀석만 왜 안 찍혔냐고! 도저히 이해할 수가 없어! 넌 안 그래, 카티?"

카티의 심장이 방망이질하기 시작했다.

동요하면 안 돼, 카티.

그렇게 되뇌이고는 잠시 망설였다가 입을 뗐다.

"그게 중요해?"

"날 바보 취급하지 마."

벤저민은 화가 나서 두 눈을 부릅떴다.

"내가 무슨 말을 하는지 모르는 척 시치미 떼지 말라고. 그 녀석은 난데없이 나타나서 우리랑 어울리더니 간다는 말 한마디 없이 사라져버렸어. 꼭 유령처럼!"

카티는 벤저민의 어깨 너머로 캠퍼스를 흘낏 보았다. 학생들이 하나둘씩 사라지고 있었다. 계단 앞에서 프랑스어 수업을 함께 듣는 알렉스 클라우스가 그녀에게 손짓했다. 평소에는 그러지 않지만, 오늘은 카티도 그에게 손을 흔들면서 그쪽으로 뛰어가려 했다. 하지만 벤저민이 그녀의 팔을 붙들었다. 카티는 넘어질 듯 비틀거리다가 겨우 균형을 잡았다.

"맙소사, 벤저민! 이제 제발 그 생각에서 벗어나."

카티는 크리스와 율리아가 산책을 끝마치고 돌아오는지 보려고 고개를 돌렸다. 하지만 벤저민이 앞을 가로막았다. 그러더니 그녀의 팔을 잡고 있던 손에 힘을 주었다.

"이거 놔!"

"여기 어딘가에 폴 포르스터가 있지?"

"폴 포르스터는 이미 30여 년 전에 죽었어."

"지금 그 죽은 사람을 말하는 게 아니잖아."

카티는 온몸이 덜덜 떨렸다.

하필 왜 이 시점에서 그의 존재에 대해 묻는 거지?

그들은 일주일 동안 그에 대해 한 마디도 안 했었고 그의 이름을 언급한 사람조차 없었다.

지난여름 이 계곡에서 제일 높은 봉우리인 고스트를 등반하자고 선동했던 건 카티였다. 그런데 출발하기 직전, 느닷없이 그들 앞에 그 남자가 나타났다. 짧은 턱수염, 뺨의 흉터, 빨간 머리의 그 남자. 어디에서도 찾아볼 수 없었던 계곡의 지도를 갖고 있던 그는 자신을 폴 포르스터라고 소개했다.

하지만 그가 사라진 후 폴 포르스터라는 이름이 그의 진짜 이름이 아니었다는 사실이 밝혀졌다. 1970년대 고스트 산에서 실종됐던 학생들 중 한 명인 진짜 폴 포르스터는 크레바스 안에서 발견되었다. 30여 년간 얼음 동굴이 그의 차가운 무덤이 되었던 것이다.

카티가 말했다.

"공작은 사기꾼이야, 남의 이름을 도용했으니까. 그 이유가 뭔진 몰라도 난 그런 사람한테 전혀 관심 없어."

"거짓말!"

갑자기 벤저민이 온몸을 부르르 떨었다.

"맙소사, 얼른 네 방에 가서 눈이라도 좀 붙여. 이러다간 너도 데비가 있는 정신병원에 가게 될지 몰라."

그러자 벤저민이 또다시 카티의 팔을 꽉 잡았다.

"넌 정말 냉혈한이야, 빙산의 얼음만큼이나 차갑고 단단해."

평소 그는 마약을 한 다음에는 더 유쾌해졌었다. 가끔은 정도가 심할 때도 있었지만 지금처럼 공격적이고 사나운 모습을 보인 적은 없었다. 그가 내뱉는 말들은 그를 전혀 다른 사람처럼 보이게 했다. 그는 현실 세계에서 완전히 떠나 있는 듯했고 그가 계속 그녀의 이름을 부르지 않았더라면 모르는 사람이라고 여길 정도로 달라져 있었다.

그가 말을 하려고 입을 열자 또다시 역한 냄새가 풍겼다.

"너희 둘 사이에 무슨 일이 있었는지 난 다 알아."

"무슨 일이라니?"

벤저민이 잠시 그녀의 팔을 놓았다.

"도취되어 있었잖아, 진정한 사랑에 의한 도취. 그 자식 너한테 흠뻑 빠져 있었지. 맘 같아선 네 옷을 홀딱 벗기고 싶었을 거야. 처음부터. 계속 그랬겠지. 그 공작은 처음부터 너 때문에 따라온 거야. 다른 사람들은 안중에도 없었고. 그리고 너도 우리들한텐 관심 없었어, 안 그래? 그런데 도대체 넌 여기 왜 왔어? 누가 널 여기로 보냈지?"

"누가 날 보냈느냐니?"

갑자기 카티는 분노가 치밀었다. 그래서 무턱대고 그에게 덤벼들었지만 그가 한발 더 빨랐다. 벤저민은 카티보다 더 크지도 또 더 무겁지도 않았지만 그 순간엔 초인적인 힘이 생긴 것만 같았다.

"여기 누가 보내서 왔어?"

"대체 무슨 소릴 하는 거야?"

"그가 나온 장면을 전부 지워버린 사람이 너 맞지? 네가 내 카메라를 몰래 가져가서 덮어쓰기 해버린 거지?"

"난 그런 거 어떻게 하는지도 몰라."

그러자 벤저민이 실눈을 뜨고 위협적으로 말했다.

"아니면 혹시 다른 것 때문이었나? 혹시 내가 그 위에서 죽 길 바랐어?"

그의 얼굴에 사악한 웃음이 떠올랐다.

"너희들은 처음부터 내가 해내지 못할 거라고 생각했지? 가 다가 도중에 뺄 거라고. 하지만 넌 내가 죽든 말든 상관없었 던 거야. 그렇지, 카티?"

"너보고 같이 가자고 강요한 사람은 아무도 없었어."

그사이 그의 손이 느슨해져서 카티는 얼마든지 뿌리칠 수 있었지만 그의 섬뜩한 말투 때문에 그럴 수가 없었다.

"빛의 길."

벤저민은 한 글자 한 글자가 버거운 듯이 질질 끌며 발음했 다. 그는 시선을 호수 쪽으로 향한 채 실눈을 떴다.

"저거 보여, 카티? 보이냐고. 저건 이따금씩 사라졌다가 다 시 나타나곤 해."

그의 목소리에서 두려움이 느껴졌다.

"너도 저거 보고 있는 거지, 카티?"

카티는 잠시 숨을 멈추었다.

"빛의 길은 끝없이 이어지고 있어. 난 그 사실을 알고 있었지. 너와 함께 고스트에 올라간 것도 바로 그 이유 때문이었어. 왜냐하면 빙산은······."

그가 갑자기 목소리를 낮췄다.

"실제로 존재하지 않아, 알겠어? 그건 은하수의 거울상일 뿐이야. 그 은하수가 우릴 어디로 이끄는지 알아? 우리 모두를?"

그 순간 카티는 멀리서 나란히 손을 잡고 걸어오고 있는 율리아와 크리스를 보았다.

다행이야!

두 사람이라면 벤저민을 병원에 입원시킬 수 있도록 도와줄 것이었다. 벤저민은 병원에 가야 했다. 그것도 그녀의 판단이 맞는다면 지금 당장!

"열심히 귀 기울여보세요. 당신도 그 소리를 들을 수 있을 테니까요(영국의 그룹 레드 제플린의 노래 〈천국으로 가는 계단 Stairway to Heaven〉의 가사—옮긴이주)."

그때 갑자기 벤저민이 노래를 부르기 시작했다. 목소리에는 울음이 배어 있었다.

"모두가 하나가 될 때 그리고 하나가 모두가 될 때, 돌이 되어 움직이지 않을 때."

카티는 크리스와 율리아에게 자기 쪽으로 빨리 오라고 손짓했다.

"그녀는 천국으로 가는 계단을 살 거예요."

카티가 헛기침을 하며 벤저민의 뒤로 다가가 어깨에 손을 올렸다. 손은 지저분하고 축축했다.

"너 언젠가는 학장님께 들키고 말 거야, 벤."

카티는 안타까운 목소리로 말을 이었다.

"그러면 그날로 넌 퇴학이야, 알지?"

"아무도 날 계곡에서 쫓아내지 못해, 카티. 그건 불가능해."

벤저민은 마치 시조를 읊듯이 일정한 톤으로 말했다.

"돌아갈 수 있는 방법은 없어. 그러기엔 이미 너무 많이 와 버렸어."

"과연 그럴까? 하지만 생각보다 간단할 수도 있을걸!"

그가 갑자기 고개를 세차게 저었다. 그러자 그의 얼굴이 평소의 모습으로 돌아왔다. 늘 그랬듯이 활달한 벤저민으로 돌아온 것이었다. 동공이 여전히 커져 있었지만 눈빛은 맑았다.

율리아와 크리스가 그들이 있는 곳에 거의 다다랐을 무렵 벤저민은 카티에게 말했다.

"넌 여기서 뭐가 중요한지 전혀 감을 못 잡고 있어, 그렇지?"

***

벤저민은 율리아와 크리스가 가까이 오기 전에 가버렸다. 그는 빠른 걸음으로 잔디밭을 가로질러 본관 건물 쪽으로 걸어갔다. 건물 꼭대기에는 굴뚝과 채광창이 파란 하늘을 향해 그림처럼 불룩 튀어나와 있었다.

카티는 어이없는 표정으로 멀어져가는 그의 뒷모습을 바라보았다. 전혀 비틀거리지 않고 제정신인 듯 똑바로 걸어가는 게 믿기질 않았다.

갑자기 카티는 그가 일부러 약에 취한 것처럼 연기를 한 건 아닐까 의심이 들었다.

그런데 왜? 왜 그런 연기를 한 거지?

그를 마지막으로 본 게 언제였는지 기억해내려 애썼다. 하지만 생각나질 않았다. 마침 시험 기간이라 모두 정신이 없었다. 그들은 서로 만나거나 얘기할 시간조차 거의 없었다. 벤저민 역시 필수과목 수업을 함께 들었을 테지만 카티는 그의 존재를 눈여겨보지 않았다.

율리아가 카티 옆으로 다가왔다.

"무슨 일이야? 꼭 유령이라도 본 사람처럼 표정이 왜 그래?"

하지만 카티는 대답 대신 크리스에게 물었다.

"크리스, 넌 벤저민이 왜 저러는지 아니?"

"왜? 벤저민이 어쨌는데?"

"완전 미친 애 같아서."

그러자 크리스가 큰 소리로 웃었다.

"새삼스러울 것도 없잖아."

"아냐, 평소랑 달랐어. 너무 사납고 공격적이었다고."

율리아는 믿을 수 없다는 듯이 고개를 저었다.

"벤이?"

"게다가 진짜 이상한 소리를 지껄였어."

크리스는 어깨를 으쓱하곤 히죽 웃었다.

"애인이랑 싸웠나보지."

"애인이라니?"

이번에는 율리아가 웃었다.

"너 그 사실 아직 몰라?"

"뭔데?"

"벤이 톰이랑 사귀잖아. 대학 연극부에 있는 상급생 톰. 잔인한 햄릿 역을 연기했던 사람 기억 안 나?"

카티는 어리둥절한 표정으로 고개를 갸우뚱했다.

"톰이랑? 그 얘기 처음 들었어."

크리스가 두 손을 들어 보이며 말했다.

"이게 다 데비가 정신병원에 가버린 후로 그레이스 소식통이 모두 막혀버린 탓이야. 안 그랬더라면 너도 벌써 들었을 텐데. 벤저민은 자기 방에서 안 잔 지 꽤 됐어. 아마도 톰이 있는 방갈로에서 지내고 있겠지. 심지어 요즘은 영화 제작도 소홀한 것 같아."

카티는 잠시 생각에 잠겼다.

"그래도, 내가 방금 본 벤저민은 절대로 사랑에 빠진 모습이 아니었어. 완전히 정신 나간 사람 같았다니까. 누가 날 여기로 보냈느냐는 둥 빛의 길이 어쩌고 하면서 알아들을 수 없는 소릴 지껄였어."

율리아는 입김을 불어 이마에 붙은 머리카락을 떼어냈다.

"저런, 멋진 쇼를 볼 수 있었는데 우리가 한발 늦었나보네."

그러자 크리스가 눈을 치떴다.

"난 그런 쓰레기 같은 쇼는 사양하겠어. 데이비드가 벤한테 마약 좀 끊으라고 말한 게 수백 번이 넘어. 그래도 걘 들은 체도 안 하지. 심지어 모세가 가시나무를 봤을 때도 약에 취해 있었을 거라나 뭐라나. 뭐, 어쩌면 벤의 말이 맞는지도 모르지만. 어쨌거나 난 휘말려들기 싫어⋯⋯."

그러다가 갑자기 말을 멈추곤 눈을 가늘게 떴다.

"누구든 일단 시작하고 나면 손쓸 수가 없으니까."

카티는 고개를 저었다. 크리스와 율리아는 그녀가 무슨 말을 하려는 건지 알아듣지 못했다. 하지만 상관없었다. 각자 자신의 삶을 살아가는 거니까. 카티는 카티대로 벤저민은 벤저민대로. 사실 그가 완전히 망가진다 해도 그들이 상관할 바는 아니었다.

그녀는 이만 수업에 들어가보려고 발걸음을 돌렸다.

"아, 몰라. 이러다가 생물학 수업에 늦겠다. 젠장, 수업 준비도 안 했는데."

그때 율리아가 물었다.

"근데 벤이 방금 너한테 뭐라고 한 거야? 너희 별로 안 친하잖아."

카티는 뜨끔했지만 내색하지 않고 침착하게 말했다.

"나도 전혀 모르겠어. 천국으로 가는 계단 어쩌고 하면서 말도 안 되는 소릴 지껄인 것 말곤. 아무튼 내 생각엔, 벤저민은 지금 천국으로 가는 계단이 아니라 지옥으로 가는 지름길에 들어서 있는 것 같아."

그레이스 보고서

미수 엘리자 정

1974년 8월 5일

시각: 밤 10시

기온: 영상 6도씨

나누크 크리는 약속대로 식품을 이 산장까지 갖고 올라왔다. 통조림과 콘플레이크, 커피와 설탕, 커피 크림, 배터리, 초 그리고 성냥갑을 보자 나는 그제야 우리가 이 산장에 계속 머물게 될 거라는 게 실감 났다.

30분 후면 일행이 다 함께 모여 오늘 일정에 대해 의논하게 될 것이다. 그때까지 나는 터널 모험에 대한 보고서를 수정하려고 한다.

터널에서 일어난 사건에 대한 보고

눅눅한 나무 벽과 머리 위에 있는 목재 천장에서 곰팡냄새가 진동했다. 자욱한 먼지. 낮은 천장만 생각하면 가슴이 답답해진다.

패닉.

내 뒤에서 마크가 "괜찮아?" 하고 물었다. 그리고 좁은 갱에서 내 앞으로 지나가다가 거리가 가까워졌을 때 나를 자기 쪽으로 끌어당겼다. 잠시 내 머리가 그의 가슴에 닿았다. 그의 심장 소리가 내 심장 소리처럼 가까이 들렸다.

그가 말했다.

"같이 오자고 해서 미안."

나는 고개를 저었다.

"아니야. 우리 어머니가 한국으로 돌아오라고 하셨어. 나한텐 이 터널보다 거기가 더 끔찍해."

다른 친구들의 목소리는 이미 오래전에 어둠에 묻혀버렸다.

캐서린의 높은 웃음소리.

감탄하는 목소리.

밀턴이 긴장된 목소리로 말했다.

"계속 가."

프랭크가 대답했다.

"우와, 우리가 아무래도 중요한 세계 문화유산을 발견한 것 같은데. 이 지하 동굴에 들어온 건 우리가 처음인 것 같지 않아?"

그러자 밀턴이 날카롭게 반문했다.

"그래? 그럼 이 목재들은 다 어디서 왔지?"

그때 마크가 내게 물었다.

"엘리자, 괜찮아?"

그는 내가 폐소공포증이 있다는 걸 알아차렸던 것이다.

나는 괜찮다고 대답했다. 너무 쉽게 말한 걸까?

걸음을 재촉해 다른 친구들이 있는 곳으로 갔다.

그들은 동굴 벽을 바라보고 있었다. 마크가 손전등으로 벽을 비춘 덕분에 나는 다른 사람들이 뭘 보며 놀라고 있었는지 알 수 있었다. 벽이 온통 그림으로 뒤덮여 있었던 것이다. 작은 형상들, 캐리커처 같은 얼굴들. 추하게 일그러진 표정, 마스크, 뱀, 말, 재규어 그리고 간간이 보이는 복잡한 기하학적 도형들.

폴.

"와, 정말 많기도 하네. 이 옆벽은 그림들로 빽빽해. 틈이고 구석이고 할 것 없이 모두 그림이야."

그레이스.

"저 가면 쓴 무희들 좀 봐. 아름답지 않니? 그리고 타원형 오두막도 웃겨! 석기시대엔 저런 모양의 집들이 유행했을까?"

그때 밀턴이 다시 한 번 서둘러야 한다며 엄포를 놓았다. 점점 초조해하는 것 같았다. 하지만 그레이스는 고개를 저었다. 그러더니 벽 앞으로 더 가까이 다가가서 그림들을 분석하기 시작했다.

"이건 인디언들의 상징이었어. 이 색깔들은 다 어디서 났을까? 밀턴, 네 손전등 좀 줘봐."

그녀가 바닥을 비추자 거기엔 돌이 무더기로 쌓여 있었다. 그리고 뼈도.

동물의 뼈일까 아님 사람의 뼈? 복잡한 모양들이었다.

그레이스는 허리를 굽혀 돌을 집더니 벽에 긴 선을 그었다.

"와, 이건 꼭 가져가야겠네."

그때 누군가 작은 소리로 투덜거렸다.

"젠장. 손을 베였어."

밀턴이 화를 냈다. 그는 계속 가기를 원했다.

그레이스가 물었다.

"뭘 그렇게 서둘러? 어차피 일주일 내내 꼭대기에 있을 거잖아. 여기서 몇 분 더 지체한다고 큰일 나는 것도 아닌데. 모두들 나란히 벽에 붙어 서봐. 기념으로 우리의 모습을 벽에 남겨야겠어."

마크가 나를 자기 앞으로 당겼다.

그레이스가 내 앞으로 오더니 벽에 내 몸을 따라 실루엣을 그렸다.

나는 섬뜩한 기분이 들었다. 갑자기 수천 년 전 과거로 돌아간 느낌이 들어서였다.

그레이스.

"폴, 나랑 엘리자가 손잡고 있는 거 그려줘. 폴?"

터널 안에서 그녀의 목소리가 울렸다. 그러자 천장에서 우지끈하는 소리가 들리더니, 동시에 머리 위로 돌 부스러기와 먼지가 떨어졌다.

"폴?"

"어디 있어, 폴?"

약속

해가 커다란 유리창으로 괴기스러운 전조등처럼 비쳐 들며 공기를 더욱 숨 막히게 했다. 카티는 금세라도 기절할 것만 같았다. 마치 너무 작은 치수의 브래지어를 찼을 때처럼 가슴이 답답했는데 다른 학생들 표정을 보니 그녀만 그런 생각을 하는 게 아닌 것 같았다.

어떻게 제이 바우어는 이런 청명한 날씨에 생선 통조림 같은 교실에 앉아 강의를 들으라고 할 수가 있는 걸까?

강사인 제이 바우어는 수업을 현대식 경영과 혼동하는 사람이었다. 삼십대밖에 안 됐는데도 벗겨진 머리가 마치 광택제로 닦은 것처럼 반짝반짝했다. 게다가 유머라고는 개미 눈곱만큼도 찾아볼 수 없었으며 표정도 너무 진지해서 마치 중

앙은행이 부도났다는 소식이라도 전하러 온 것 같았다. 그레이스에 있는 사람들은 모두 그가 교수 자리를 노리고 있다는 걸 알고 있었다. 그가 재미라는 걸 모르는 건 아마도 그 때문일지도 몰랐다.

카티는 무심코 바닥을 내려다봤다가 왼쪽으로 2미터쯤 떨어진 곳에서 검은 점을 발견했다. 그녀는 실눈을 뜨고 그 점을 유심히 쳐다보았다.

개미였다.

대부분의 개미는 그 세미나실에 앉아 있는 학생들만큼이나 멍청했다. 그런데 카티의 눈에 들어온 그 개미는 다른 것 같았다. 그 개미는 아마도 다른 개미들의 명령에 불복종하고 홀로 계곡에서 살아가려는 모양이었다.

잠깐. 그건 불가능해.

이 계곡에는 동물이라곤 없었다. 브랜던 교수가 키우는 까만 불도그 외엔 포유류는 물론이고 곤충조차 없었다. 곰도, 흰머리독수리도, 두더지도 그리고 개미도. 새들은 가끔 보였지만 그들 역시 계곡의 경계선 밖에서만 날아다니는 듯했다.

카티는 좀 더 자세히 보려고 몸을 앞으로 숙였다. 그녀 옆에는 율리아의 동생이자 그레이스 대학의 천재 로버트가 앉아 있었다. 그는 창문 어딘가의 한 점을 응시하고 있었다.

로버트는 특이했다. 솔직히 말해서 카티는 그가 어떤 사람인지 전혀 짐작할 수가 없었다. 해리포터 안경과 아직 소년 같은 앳된 얼굴은 그레이스 대학보다는 고등학교에 더 어울렸다. 하지만 그녀는 수학과 학장인 버논 교수가 로버트를 자주자기 집으로 초대해서 전 세계 대학에서 연구 중인 문제들에대해 논쟁을 벌일 만큼 그를 대단히 여긴다는 걸 잘 알고 있었다.

로버트의 눈에는 이 세상이 어떻게 보이는지 카티는 늘 궁금했다. 세상이 온통 숫자로 보이는 건 아닐까? 또는 추상적이고 기하학적인 모양으로 보이는 걸까?

그런데 세상이 기하학적 모양 또는 숫자로 보일지는 몰라도 천재 소년의 눈에 불쌍한 개미는 보이지 않는 것 같았다. 로버트는 발을 자꾸 왼쪽으로 옮겼다. 이제 한 발짝만 더 움직이면 개미는 삼차원적인 존재가 아니라 완전히 납작해져버릴 터였다.

카티는 재빨리 의자 밑으로 몸을 숙여선 로버트의 다리 앞으로 팔을 뻗었다.

"로버트, 움직이지 마."

하지만 한발 늦었다. 카티가 입을 여는 순간 그의 발이 공중으로 떠올랐던 것이다. 카티가 얼른 그의 다리를 붙들었다.

그리고 손을 뻗어 작은 점을 건드렸다. 그러자 그것이 그녀의 손가락에 옮겨 붙었다. 그런데 그건 개미가 아니었다. 불그스름한 작은 모래알에 불과했다. 그녀가 착각한 거였다.

의자 위로 다시 그녀의 머리가 나타났다. 제이 바우어가 그

녀를 날카롭게 쏘아보고 있었지만 그녀는 별일 아니라는 듯
어깨를 으쓱하곤 말았다.

로버트가 작은 소리로 물었다.

"왜 그래?"

"아무것도 아니야."

그녀는 모래 한 톨을 책상 위에 올려놓았다.

"이게 뭐야?"

"먼지."

카티가 대답하자마자 바우어의 목소리가 강의실을 쩌렁쩌
렁 울렸다.

"베스트 양, 혹시 이 주제에 관해 무슨 할 말이라도 있습니
까?"

카티가 팔짱을 끼고 의자 등받이에 등을 기대며 대답했다.

"아뇨, 별로."

강사는 수업을 계속했다.

"나무의 개체 수가 많을수록 햇빛은 바닥까지 투과하기가
힘듭니다. 따라서 침엽수의 경우……."

제이 바우어의 손가락이 고도의 기술로 무장된 터치스크린
화면 위를 부지런히 옮겨 다녔다. 그 뒤에 있는 거대한 화면에
'EKTOTROPHE MYCORRHIZA'라 적힌 라틴어 전문 용어
가 떴다. 그 순간 이곳저곳에서 키보드 두드리는 소리가 들렸
다. 몇몇 학생들이 위키 백과사전을 찾고 있는 모양이었다.

철학과 교수인 브랜던 교수의 표현에 따르자면 '패스트푸드 지식' 또는 벤저민의 표현처럼 '컴퓨터충들을 위한 인터넷 플랫폼'인 위키피디아.

벤저민은 새 단어를 창조하는 데 뛰어난 재능이 있었다.

"이 주제에 대해 말해볼 사람?"

카티와 율리아와 같은 기숙사에서 살고 있는 로즈 가드너가 손을 들었다. 그녀는 눈부신 미모뿐만 아니라 빡빡 깎은 민머리 때문에 늘 여학생들 사이에서 튀었다. 로즈는 2주마다 공동 욕실을 독차지하다시피 했는데 그때마다 욕실에서 요란한 이발기 소리가 들리곤 했다. 그러다가 갑자기 소리가 뚝 끊기면 카티는 좀 섬뜩한 기분이 들곤 했다. 로즈가 머리를 빡빡 미는 데는 수십 가지 이유가 있겠지만 카티는 그런 것에 개의치 않았다.

"어떤 수목들은 꼭 땅에서만 양분을 취하지 않고 뿌리에서 균사체와 융화되어 바닥에서 양분을 취하기도 합니다. 즉 균사체가 바닥에서 양분을 취하는 역할을 대신하는 거죠."

"잘 설명했어요, 가드너 양."

바우어가 고개를 끄덕였다. 로즈는 모든 교수들이 총애하는 학생이었다. 그녀는 가산점이 보장되는 두둑한 통장을 갖고 있었고 그래서 대부분의 그레이스 학생들이 그녀를 부러워했다.

"엑토트로피 구과식물 현상은 특히 소나무과나 측백나무

과, 도금양과, 실거리나무아과 같은 종에서 나타납니다. 그럼 이 나무들은 보통 어떤 지역에서 자라는지 아는 사람?"

아무도 대답하지 않았다. 바우어는 교단으로 돌아가더니 좌우로 서성거리기 시작했다.

또다시 키보드 두드리는 소리가 들렸다. 그레이스 대학 세미나실에는 광 랜이 깔려 있었는데 교수들은 대부분 학생들이 수업 시간에 성인 사이트 등에 접속할 수 있다는 이유로 반대했었다.

제이 바우어가 다시 물었다.

"대답해볼 사람 아무도 없나요?"

그가 잠시 말을 멈추고 대답을 기다렸지만 모두 침묵했다.

"좋습니다. 그만 필기를 멈추기 바랍니다."

학생들이 고개를 들었다. 그들 중 몇몇은 막 사이버 공간을 벗어나 대기권으로 들어온 듯한 표정이었다. 하지만 그들의 손가락은 언제든지 정신적인 포획물에게 덤벼들기 위해 기다리고 있는 거대한 거미처럼 여전히 키보드 위에 머물러 있었다.

"제가 꼭 한 사람씩 호명해야 합니까? 여러분은 더 이상 고등학생이 아닙니다. 여러분은 이 주제를 이 시간 전까지 준비해왔어야 하고 또 이건 시험 범위에 포함되기도 합니다."

그가 화난 얼굴로 차상위권 학생들 쪽을 돌아보았다. 그런데 그때 하필이면 크리스가 메일을 확인하고 있었다. 카티는 이 모든 걸 보고 있었다.

"흠흠……."

바우어가 헛기침을 하곤 크리스의 이름을 불렀다.

"비숍 군은 이 주제에 대해 할 말 없습니까?"

크리스는 살짝 고개를 들었다.

"질문을 다시 한 번 해주시겠어요?"

"이번 수업 내용이 들어 있는 부분을 읽어오긴 했습니까?"

바우어는 끓어오르는 화를 겨우 참고 있는 것 같았다.

크리스가 두 손을 들어 보이며 말했다.

"죄송해요. 하지만 브랜던 교수님의 부탁으로 어떤 사설에 나온 인용문을 확인하느라 그럴 시간이 없었습니다. 내일까지 인쇄소에 넘겨야 하거든요."

카티는 크리스가 왜 하필이면 브랜던 교수를 돕는지 이해할 수가 없었다. 그녀는 브랜던 교수가 1970년대에 이 대학에 다녔었다는 사실을 안 후로 신뢰가 가질 않았다. 게다가 그는 정황상 그 당시 사라졌던 학생들과 친했었던 게 분명했다. 크리스와 벤저민은 그의 집에서 과거의 학생들이 고스트로 출발하던 날 찍은 비디오 필름을 발견했었다. 영령 기념일에 일어난 사건으로 학교는 온종일 술렁거렸지만 아무도 드러내놓고 말하지는 않았다. 하지만 카티는 브랜던 교수가 그들 모두를 주시하고 있다는 느낌을 떨칠 수 없었다.

율리아는 크리스가 그 당시 사건에 대한 정보를 캐내기 위해 브랜던 교수와 가까이 지내는 거라고 주장했다. 그가 결코 돈 때문에 그러는 건 아니라면서 번번이 변호하고 나섰다.

"아하, 그래? 그럼 뭣 때문인데?"

율리아가 그럴 때마다 카티는 흥분해서 눈을 치켜떴다.

"그만 솔직해져, 율리아. 크리스가 장학금 없인 학업을 계속하기 힘든 상황이고 그래서 가끔은 정당하지 않은 방법으로 돈을 벌기도 한다는 걸 모르는 사람은 없어."

그러자 율리아는 아무것도 모르면서 함부로 말하지 말라고 화를 내며 가버렸다.

카티는 얼굴이 시뻘게진 제이 바우어에게 집중했다.

"학생들이 기초 교양과목을 너무 소홀히 한다는 건 저 혼자만 느끼는 게 아닙니다."

그의 목소리가 높아졌다.

"비숍 군, 우리 그레이스의 강사들은 학생들이 기초 교양과목에도 자신의 전공과목에 들이는 것과 같은 열정을 보여주길 요구합니다. 명심하세요. 학생이 전공과목에서 아무리 뛰어난 실력을 보이더라도 교양과목을 가볍게 여기면 그레이스를 졸업할 수 없다는 사실을 말입니다."

네네. 잘 알죠, 안다고요……

그새 카티는 다른 생각을 하고 있었다. 바우어가 또 트집거리를 하나 잡은 것이다. 그는 정교수가 되기 위한 커리어 대신 신입생들을 데리고 기초 교양 강의나 해야 한다는 사실에 몹시 화가 나 있었다.

크리스 역시 바우어의 잔소리에 크게 신경 쓰지 않는 것 같았다. 그는 아무렇지도 않다는 듯이 어깨를 으쓱해 보이곤 무릎에 팔꿈치를 괸 채 앉아 있었다. 바우어가 이번에는 두 번째 열에 앉아 있는 여학생에게 말을 돌렸다.

"엘리프 양은 어떤가요? 수업 준비를 해왔습니까?"

그러자 갈색 곱슬머리의 여학생이 따분한 표정으로 입에서 껌을 빼더니 말했다.

"'엑토트로피 구과식물 현상'은 한대지역이나 온대지역에서 두루 나타나고……."

그렇게 책을 읽듯 줄줄 대답을 하고 있던 찰나 요란한 소리와 함께 문이 열렸다. 카티는 뒤를 돌아보았다.

벤저민이었다.

눈 밑에는 시꺼멓게 그늘이 졌고 안색 역시 시체처럼 창백했다. 게다가 금세라도 게워낼 것처럼 손을 배에 얹은 채 상체를 앞으로 숙이곤 온몸을 덜덜 떨고 있었다. 그는 오전에 본 옷차림 그대로였는데 그를 모르는 사람이 보면 노숙자로 오해하기 십상이었다.

제이 바우어는 그를 보자 고개를 절레절레 젓곤 다시 강의로 돌아가려고 했다. 그런데 그때 뜻밖의 일이 일어났다. 벤저민이 자리를 찾아 앉는 대신 강의실 한가운데서 두 다리를 벌린 채 학생들 쪽을 보고 섰기 때문이었다.

"폭스 군, 지금 정신 나간 거 아닙니까? 지각까지 한 주제에,

얼른 자리에 가서 앉으세요."

바우어가 경고를 하면서 그쪽으로 한 발짝 다가갔지만 벤저민은 아랑곳하지 않았다.

"모두들 잘 들어!"

벤저민은 수군대는 소리가 잠잠해질 때까지 잠시 기다렸다.

"너희들 중에 한 사람이라도 내 옆으로 오면 가만두지 않을 거야, 알겠어? 아무도 오지 마!"

그는 위협하듯이 주먹을 내 보였다.

"너희, 너희들은 모두 나한테 아무것도 아니야."

지금 장난하는 건가? 혹시 어딘가 몰래카메라를 숨겨놓고 사람들의 반응을 관찰하는 거 아닐까? 그래. 몰래카메라 같은 걸 찍고 있을 거야.

벤저민은 충분히 그러고도 남을 사람이었다.

하지만 다른 학생들을 지나 데이비드가 있는 자리로 걸어갈 때 그의 표정은 너무나 극적이고 진짜 같아 보였다. 그의 손에서 찢긴 종이쪽지가 떨어졌다. 그는 종이쪽지를 주우려고 몸을 숙이다가 균형을 잃고 쓰러졌지만 금세 다시 일어났다.

카티는 시야 끝으로 제이 바우어가 휴대전화를 집어 드는 광경을 목격했다. 아마도 보안 요원을 부르려는 모양이었다.

그사이 벤저민이 데이비드가 있는 자리에 다다랐다.

"너희들은 자신이 누구라고 생각하지? 스스로 어떤 가치가 있다고 생각하느냐고?"

그의 목소리는 크지 않았지만 팽팽한 긴장감이 감도는 강의실은 바늘 떨어지는 소리도 들릴 정도로 조용했다.

"너희들은 아무것도 아니야."

그 순간 데이비드가 자리에서 일어나 벤저민의 어깨를 잡았다. 그리고 큰 소리로 말했다.

"그만해, 벤저민! 가자, 내가 밖으로 데려다줄게."

하지만 벤저민은 경고 한 마디 없이 주먹으로 다짜고짜 데이비드의 얼굴을 쳤다. 주먹이 얼마나 셌던지 데이비드는 비틀거리며 벤저민을 놓쳤다. 코에선 피가 나기 시작했다.

여학생 몇 명이 비명을 질렀다.

광기. 그건 카티가 여태껏 책에서만 보아온 단어였다. 하지만 바로 그 순간 벤저민의 상태에 딱 들어맞는 단어이기도 했다. 그는 그녀가 알던 벤저민이 아니었다.

"모래, 모래, 온통 하늘에 모래뿐이야……."

그가 자기 목을 부여잡고선 힘겹게 숨을 몰아쉬었다.

"별, 저 밖에 있는 별들은 겨우 모래알만 하단 말이야, 알아들어? 우린 전부 죽고 말 거야. 우리는 이 빌어먹을 지구 위 사막에서 질식당하고 있어. 정말이야. 내 말 믿어."

벤저민은 손을 든 채 잠시 가만있었다. 그런데 이상하게도 바로 그 순간에 카티는 진정으로 두려움을 느꼈다. 벤저민이 학생들 한가운데에 서서 큰 소리로 "정말이야. 내 말 믿어"라고 말하던 바로 그 순간에 말이다.

율리아가 떨면서 말했다.

"그만하게 해야 해, 크리스. 어떻게든 말려야 한다고."

"알아."

크리스는 대답했지만 꼼짝도 하지 않았다.

벤저민이 갑자기 고개를 돌려 카티가 있는 쪽을 보았다. 그러더니 다시 자리를 옮겼다. 이번에는 학생들 사이를 비집고 지나가지 않아도 되었다. 학생들이 스스로 자리를 내주었기 때문이다.

제이 바우어가 시선을 벤저민에게로 향한 채 다시 휴대전화를 집어 들었다. 전화가 연결되었는지 그가 소리쳤다.

"보안 요원들은 모두 어디서 뭐 하는 겁니까? 13호 강의실에 미친 학생이 있어요. 살인이라도 저지를 기세라고요!"

하지만 벤저민은 그에게 신경조차 쓰지 않았다. 그는 다시 가운데 통로로 가선 비틀거리며 계단을 내려가기 시작했다. 마침내 계단 끝에 이르러 연단 앞으로 간 그는 통증 때문인지 아니면 단순히 절망감의 표현인지 모르지만 배를 움켜잡고선 소리쳤다.

"맞아, 우리는 모두 위대한 탐험의 길에 올라 있지. 너희들 모두!"

그의 손이 용수철처럼 튕기듯이 앞을 향해 내뻗쳐졌다.

"너, 너 그리고 너도. 오직 나만 진실을 찾고 있어. 진실은 너희들이 믿고 있는 것처럼 밝지 않아. 진실은 음흉하고 어둡지.

밤처럼. 그래서 너희들 중 어느 누구도 살아남을 수 없어.”

이번에는 크리스가 벤저민을 설득해보려고 했다.

“야, 이제 정신 좀 차려봐. 네 상태가 좋지 않은 건 알겠는데
그렇다고 여기 있는 우릴 전부 무시해도 되는 건 아니잖아. 데
이비드 말대로 그만 기숙사로 올라가서 우리끼리 조용히 얘기
하자, 알았지?”

하지만 벤저민은 꼼짝하지 않았다. 대신 그의 시선이 카티
에게로 향했다. 그러더니 다시 시선을 바닥으로 옮겨 조심스
럽게 발을 움직였다.

“너도 이거 보여? 숨을 쉬고 있지, 안 그래? 바닥이 숨 쉬고
있어.”

그러더니 갑자기 그의 태도가 돌변했다. 그는 상체를 굽혀
신발을 벗어버리곤 카티가 있는 계단 위쪽으로 단숨에 뛰어
올라왔다.

율리아가 조심하라고 주의를 줬지만 카티는 고개를 저었다.

“괜찮아.”

그녀는 두렵지 않았다. 카티는 벤저민의 눈에서 분노가 아
니라 절망과 공포를 읽었던 것이다. 그것은 자신을 공격하는
막강한 적에게 대항하는 짐승의 눈빛과 비슷했다. 하지만 그
의 적은 눈에 보이지 않았다. 그는 오직 자신만이 아는 어떤
것에 맞서 싸우고 있는 게 분명했다. 그를 가까이서 보니 아까
호숫가에서보다 몰골이 더 끔찍했다. 게다가 여전히 역한 냄

새가 났다. 머리는 엉겨 붙어 있었고 초록색 액체 같은 게 묻어 있었다. 카티는 그게 벤이 게워낸 토사물일 거라고 추측했다. 게다가 얼굴에선 비지땀이 흘러내렸다.

"카티, 카티. 넌 나랑 함께 가야 해."

"어디로 말이야?"

그의 흔들리는 눈동자가 계단 위 창문 쪽으로 향했다.

"저 위, 고스트 봉우리로."

카티는 깊이 심호흡을 했다.

그를 정상인 것처럼 대해. 진지하게 받아줘. 미치지 않았을 때처럼. 그리고 네가 그를 두려워하지 않는다는 걸 느끼도록 해줘.

"좋아, 벤. 눈이 녹자마자 출발하자."

아주 잠시 벤저민은 마음이 움직인 듯 보였다.

"날아가는 거야? 꼭대기까지 날아가는 거지?"

"네가 원한다면."

"난 그를 찾아야만 해. 알겠어?"

"그러니, 누구?"

그가 손을 들어 그녀의 얼굴을 감싸 쥐더니 자기 귀 쪽으로 가까이 당겼다. 그러더니 그녀가 하는 말을 알아듣지 못해 절망한 듯 그녀의 입술을 뚫어져라 쳐다보았다.

"폴 포르스터 말이야. 날 그에게 데려다줘."

그의 목소리가 떨리며 낯설게 변했다.

"저 위에 있잖아. 얼음 동굴 안에. 동굴마다…… 그가 날 쫓아다녀. 그리고…… 그들도."

강의실 안 공기가 얼음물을 끼얹은 듯 싸늘해졌다.

카티는 벤저민이 기절하려는 것처럼 그의 검은 눈동자가 눈꺼풀 뒤로 사라지는 걸 보았다.

"넌 나를……."

그는 누군가 목을 조르고 있는 것처럼 숨을 헐떡거렸다.

"……도와줄 거지?"

그가 카티의 손을 꽉 잡자 카티는 고개를 끄덕였다.

"그래."

"약속할 수 있어?"

카티는 잠시 멈칫했다.

"그래, 약속할게."

그 순간 강의실 쪽으로 빠르게 다가오는 발소리가 들렸다.

누군가 외치는 소리도 들렸다.

강의실 문 앞에 보안 요원 둘이 나타났다.

"도와줘, 카티. 난…… 도움이 필요해. 폴, 그를 찾아야만 해. 그는 모든 걸 알고 있어."

그것이 벤저민이 내뱉은 마지막 말이었다. 다음 순간 그는 뒤로 돌더니 끔찍한 신음을 내지르며 카티의 눈앞에서 쓰러져버렸다.

그레이스 보고서
필름 No. 7. 3:15-3:20
고스트-자갈밭-오후

그레이스와 캐서린은 일행의 뒤를 따라갔다. 멀리서 고스트 봉우리가 보였다. 검은 구름들이 몰려오고 있었다.

그레이스

너 혹시 폴이 어디 갔는지 알아? 슬슬 걱정돼서 말이야.

폴? 폴이 있건 말건 무슨 상관이야?

(웃음소리)

슈퍼-8-카트리지-코닥 필름 40

고립된 별

벤저민은 마치 도끼로 찍은 나무처럼 맥없이 쓰러졌고 그의 목에서는 신음이 새어 나왔다. 팔다리가 움찔거리고 입에서 거품이 나오더니 잠시 후 진정됐는지 죽은 듯이 꼼짝하지 않았다.

카티는 속이 울렁거렸다.

"맙소사! 쟤 도대체 뭘 먹은 거야?"

그녀의 등 뒤에서 누군가가 소리치자 또 다른 누군가가 우렁찬 목소리로 물었다.

"여러분, 대체 무슨 일이죠?"

보안 요원 미란다 가르시아였다. 남아메리카 출신인 그녀는 아직 서른이 되지 않았고 키가 155센티미터로 유난히 작았다.

카티와는 구면인 사이였다. 새벽 조깅을 마치고 오던 길에 카티는 몇 번인가 야간 근무를 끝내고 돌아가는 미란다와 마주친 적이 있었고 몇 차례 사적인 이야기를 나누기도 했었다. 그녀는 다른 보안 요원들과는 달리 인간미가 있었다.

다른 남자 요원이 휴대전화로 통화를 하는 동안 그녀는 벤저민 쪽으로 달려갔다.

"의사. 의사를 불러야 해."

그녀가 동료에게 몸짓을 해 보였다.

"숀, 필즈에 연락해서 헬리콥터를 보내달라고 하세요."

데이비드도 기절해서 바닥에 누워 있는 벤저민을 도와주기 위해 몸을 숙였다.

"벤이 숨을 못 쉬고 있어. 카티, 도와줘!"

하지만 카티는 돌이 된 것처럼 움직일 수가 없었다. 세바스티앵의 사고 이후로 그렇게 두려웠던 적은 없었다. 아나 크리를 얼음 동굴에서 구했을 때도 지금처럼 떨리진 않았다. 달아나고 싶은 충동, 강의실에서 뛰쳐나가고 싶은 충동이 요동쳤다. 벤저민의 손을 잡고 싶지가 않았다. 그를 돕고 싶지 않았다. 그는 그녀의 관심 대상이 아니었다.

하지만 그녀는 달아날 수 없었고 벤저민을 돕기 위해 움직일 수는 더더욱 없었다. 세바스티앵의 사고 때도 적절한 조치를 취하지 못해서 그 죄책감 때문에 지금까지 괴로워하고 있었지만 그런데도 그녀의 마음속에 있는 뭔가가 행동하길 거부하고 있었다.

문가가 잠시 소란스럽더니 곧 간호사인 브릭스가 나타났다. 그녀는 벤저민 앞에 무릎을 꿇고 앉아 있는 데이비드를 가볍게 옆으로 밀어냈다. 그녀의 별명은 뱀파이어였는데 그 이유는 비단 환자만 보면 기침을 하건 혹이 났건 또는 폐렴에 걸렸건 가리지 않고 무조건 피부터 뽑고 보는 특이한 취향 때문만은 아니었다.

대학 보건실에는 간호사들이 24시간 근무하고 있었고 오전에는 의사들도 있었다. 하지만 그때는 이미 오후 4시가 다 된 늦은 시각이었다.

브릭스는 여전히 미동도 없는 벤저민 옆에 쪼그리고 앉았다.

예감이 안 좋아.

그녀가 벤저민의 뺨을 톡톡 쳤다.

"내 목소리 들려요?"

카티의 눈에는 그가 살짝 움직인 듯 보였다. 심지어 고개를 들려고 하는데 근육이 말을 듣지 않는 것처럼도 보였다. 하지만 그는 곧 다시 이유를 알 수 없는 경직 상태에 빠졌다.

간호사는 가운 주머니에서 가느다란 손전등을 꺼내 벤저민의 눈을 살펴보았다.

"동공이 거의 반응하질 않아요. 목소리가 들리거나 사람이 보이지 않는 마비 상태예요. 혹시 이 학생이 마약을 하는지 아는 사람 없어요? 있다면 어떤 약인지 알아야 해요."

브릭스는 그의 턱과 이마를 잡고선 조심스럽게 머리를 뒤쪽으로 젖히곤 그의 얼굴에 귀를 갖다 댔다.

"아직 숨은 쉬고 있어요. 우선 기도를 열어줘야 해요."

브릭스는 보안 요원 쪽으로 고개를 돌려 말했다.

"헬리콥터 불렀어요? 급해요. 어서 빨리 병원으로 이송해야 해요."

그러자 남자 요원이 대답했다.

"지금 이쪽으로 오는 중이에요. 15분쯤 걸릴 거래요."

그사이 데이비드는 카티를 옆쪽으로 데리고 갔다. 그는 코에서 여전히 피가 나고 있었지만 신경 쓰지 않았다.

"왜?"

그녀가 미간을 찌푸리며 묻자 그가 턱으로 복도 쪽을 가리켰다. 카티는 조용히 그의 뒤를 따라갔다.

"이것 봐."

"뭘?"

그는 그녀에게 찢어진 종이쪽지를 내밀었다.

"아까 벤저민이 흘린 거야."

"그게 뭔데?"

"직접 읽어봐."

카티는 구깃구깃한 종이를 펴 읽기 시작했다.

주룩, 주룩, 주룩. 굵은 빗방울. 비눗방울처럼 커다란 빗방울.

폴은 여전히 나타나지 않고 있다.

폴이 여전히 나타나지 않는다고?

어떤 폴을 말하는 거지? 공작을 말하는 건가? 아니면 저 위 동굴 속에 누워 있던 그 폴? 그런데 벤저민은 이 종이쪽지를 어디서 발견했지? 혹시 이것 때문에 날 공격한 걸까? 내가 통화하는 소리를 듣고?

"이게 무슨 뜻일까?"

데이비드는 어깨를 으쓱했다.

"헬리콥터는 왜 빨리 안 오는 거지?"

누군가 외치는 소리가 들렸다.

율리아인가? 로즈? 아니면 브릭스? 알 수 없었다. 하지만 카티는 그 순간 왠지 모든 게 이 종이쪽지와 관련되어 있다는 느낌이 들었다.

갑자기 가슴에 무거운 납덩어리가 올려진 것 같았다.

좋아. 벤저민이 마약을 한 건 틀림없는 것 같아. 하지만 이번이 처음은 아니잖아. 지금까진 별일 없었어.

그녀는 고개를 들 엄두가 나질 않았다. 벤저민을 보고 싶지가 않았다. 그는 그녀의 이름을 말하고 도움을 청함으로써 그녀를 그 사건에 끌어들였다.

대체 왜? 왜 하필 나를?

그녀는 개미가 있다고 생각했던 바로 그곳에 시선을 고정하고 있었다. 그 까만 점처럼 카티 역시 외톨이였다. 여러 별들 속에 고립된 별. 그리고 바로 그 순간 그녀는 자신이 너무너무 외롭다는 걸 깨달았다.

***

헬리콥터가 보이기 전에 소리가 들렸다. 요란하게 프로펠러 돌아가는 소리가 나더니 높은 창문 너머로 헬리콥터가 보였다. 학생들 대부분이 창문 쪽으로 몰려갔다.

귀가 먹먹해질 정도로 요란한 소리에 카티는 하루가 두 동강이 나버렸다는 걸 알았다. 올해 처음으로 봄을 예고한 완벽하게 화창한 날. 그날은 그렇게 끝나버렸다.

미란다 가르시아가 창문 쪽으로 달려가선 소리쳤다.

"그래요, 그래! 나도 여러분들 심정 다 이해해요."

그러고는 손뼉을 치며 말했다.

"영화보다 더 실감 나고 흥미진진하죠? 오늘의 영화가 해피엔드로 끝나길 빌어보자고요. 하지만 이젠 모두 수업에 들어가야 할 시간이 된 것 같군요. 정확히……."

그녀가 손목시계를 들여다보며 말했다.

"8분 후면 다음 수업이 시작돼요. 수업에 안 가고 여기서 계속 어물거리다간 다음 시험에서 해피엔드가 아닌 끔찍한 악몽을 꾸게 될 거예요."

하지만 아무도 그녀의 말에 귀 기울이지 않았다.

학생들 대부분은 헬리콥터가 착륙하는 광경을 휴대전화 카메라로 찍느라 여념이 없었다. 또 몇몇 학생들은 노트북으로 페이스북에 접속해서 벤저민이 으스스한 분위기를 조성한 사실과 빠른 시일 내에 학교로 돌아오진 못할 거라는 소식을 전 세계에 알리고 있었다.

오, 맙소사. 벤저민이 이 사실을 알면 자기 엉덩이라도 깨물어버리고 싶을 거야.

벤저민이야말로 그레이스에서 어떤 사건이 터질 때마다 늘 제일 먼저 카메라를 들고 달려가던 인물이 아니었던가. 그는 휴대전화에 의존하는 단순한 멍청이들과 달랐다. 그는 진정한 연대기 서술자이자 감독이었다. 그런데 그런 그가 지금은 끔찍한 영화의 주인공이 되어버린 것이었다.

헬리콥터는 잔디밭 위로 1~2미터쯤 되는 지점에 거대한 매미처럼 요란한 소리를 내며 떠 있었다. 한참이 지나서야 문이 열리더니 헬리콥터에서 초록색 가운을 입은 남자 셋이 뛰어내렸다.

그중 한 사람은 응급실 의사였다. 그는 학생들과 같은 또래이거나 기껏해야 한두 살 더 많아 보였다. 카티는 고개를 뒤로 젖혔다가 갑자기 들려온 비명에 다시 정면을 쳐다보았다.

"베니! 베니! 너 왜 그래? 무슨 일이야?"

카티의 시선이 문 쪽으로 향했다. 문가에 상급생 하나가 서 있었다.

저건 벤저민의 애인 톰 아니야?

카티는 그와 구면이었지만 그에게 전혀 관심이 없었다. 대학 연극 무대에서 몇 번 본 게 다였지만 그는 정말 형편없는 배우였다. 누구나 그 사실을 알고 있었고 심지어 벤저민도 알고 있었을 테지만 아무도 톰에게 직접 그 사실을 말하진 않았다. 그가 배우로서 가진 유일한 매력이라면 할리우드라는 브랜드에 어울리는 외모뿐일 것이었다. 그리고 드라마에 대한 집착도 그레이스 계곡보다는 베벌리힐스에 더 적합했다.

"벤저민! 베니!"

톰이 또다시 울부짖으며 벤저민 위로 몸을 숙였다.

"자기, 왜 그래? 내가 얼마나 보고 싶었는데."

울음을 억지로 참고 있는 듯한 목소리였다.

그의 출현으로 카티와 같은 학년의 여학생들이 술렁거리기 시작했다. 그들 중에는 톰이 동성을 좋아한다는 사실을 알고선 자살까지 생각한 이들도 있었다.

데이비드가 톰의 어깨에 손을 올리고 말했다.

"벤은 지금 의식이 없어요. 그만 좀 비켜줘요. 의사가 왔으니까."

데이비드는 가지 않으려고 버티는 톰을 로즈와 율리아 그리고 크리스가 지켜보고 있는 쪽으로 끌고 갔고 카티가 그 뒤를 따랐다.

대부분 학생들이 강의실에서 나갔지만 그들은 여전히 복도에서 서성거리고 있었다. 그런데 로버트가 보이질 않았다.

카티는 제이 바우어가 브릭스와 함께 학생들에게 그만 돌아가라고 외치는 소리를 들었다. 그리고 그녀도 다음 수업이 있는 교실로 이동하려고 발걸음을 옮기는 순간 의사의 말을 듣고 말았다.

"심장박동이 너무 약해."

벤저민의 몸에는 이미 심장박동을 체크하는 모니터와 산소 호흡기가 연결되어 있었고 목에는 정맥 카테터가 꽂혀 있었다.

"제세동기!"

그다음엔 모든 게 순식간에 이뤄졌다. 응급실에서 흔히 볼 수 있는 장면들, 그리고 그 당시 포토맥 다리 아래서 세바스티앵이 움직이지 않았을 때도.

간호사가 벤저민의 셔츠와 속옷을 찢었다.

의사는 제세동기를 집어 들어 벤저민의 맨가슴에 댔고 전기 충격을 가했다.

그러자 벤저민의 몸이 갑작스러운 통증을 느낄 때처럼 공중으로 붕 떴다가 다시 떨어졌다.

"한 번 더! 아트로핀(부교감 신경 차단제—옮긴이주) 두 통!"

벤저민의 여윈 몸이 전기 충격에 또다시 들썩였다. 하지만 모니터에는 여전히 아무런 변화도 없었다.

한쪽에서 흐느껴 우는 소리가 들렸다.

톰이었다.

"데이비드, 벤이 살 수 있을까?"

그사이 율리아의 옆으로 와서 눈앞에 벌어지고 있는 광경을 힐끔힐끔 쳐다보고 있던 로즈가 물었다.

"너도 벤을 잘 알잖아."

그렇게 말한 건 데이비드가 아니라 크리스였다. 그런데 크리스는 아주 긴장한 것 같았다. 카티는 그토록 긴장한 크리스의 모습은 처음 보았다.

"어떤 것도 벤을 쉽게 죽이진 못할 거야."

카티는 불규칙하게 오르락내리락하는 선들이 지나가는 모니터를 뚫어져라 응시했다.

장난 그만해, 벤. 넌 성가실 때도 많지만…….

"다시."

의사는 다시 한 번 제세동기를 가슴에 댔다.

하지만 이번에도 반응이 없었다.

"다시."

"네 번째예요, 예이츠 선생님. 에피네프린과 아트로핀, 링거액 그리고 B-포지티브까지 다 투입했어요."

드디어. 네 번째 시도 만에 강의실에 있는 모두를 안심시키는 시그널 소리가 들렸다. 벤의 심장이 다시 규칙적인 박동을 찾은 것이었다.

크리스가 혼잣말처럼 중얼거렸다.

"이젠 때가 됐어, 벤."

벤저민은 눈을 뜨자마자 본능적으로 저항하려고 했다.

그때 톰이 데이비드를 뿌리치곤 벤저민의 옆으로 가서 무릎을 꿇고 앉았다.

"나 왔어, 자기야."

그는 애써 목소리를 낮추려고 하지 않았다.

"내가 병원까지 따라갈게. 네 옆에 있을 거야, 알았지? 널 절대로 혼자 두지 않겠어! 오, 하느님! 대체 왜 그랬어, 자기야."

벤저민이 대답하려고 하자 의사가 그의 어깨에 손을 올리며 주의를 주었다.

"지금은 안정을 취해야 해요. 아무 말도 하면 안 돼요."

그러고선 간호사들에게 그를 들것으로 옮기라는 지시를 내렸다.

"이런 상태론 학생을 밴쿠버까지 옮길 수가 없어요. 그러니까 우선은 레이크 루이스에 있는 병원으로 데려갈게요."

톰이 벤저민의 손을 잡았다. 카티는 그의 눈빛에 나타난 애끓는 심정을 읽자 마음이 찜찜해졌다.

"모두 뒤로 물러서요!"

의사가 소리쳤다.

"뒤로 물러서라고요!"

벤저민이 강의실 밖으로 빠르게 이송되던 순간 카티는 율리아의 동생 로버트를 발견했다. 그는 마치 토가 나오려는 걸 억지로 참는 듯 손으로 입을 틀어막은 채 간호사들을 뒤따라 뛰어가고 있었다.

카티는 그의 지나친 예민함에 화가 치밀어올랐다. 그럴 이유가 없다는 걸 알면서도 참을 수가 없었다.

게다가 울먹거리는 톰의 목소리는 카티의 분노를 더욱 부추겼다.

"벤은 죽을까요? 정말 죽는 거예요?"

카티는 톰을 거칠게 몰아붙였다.

"나랑 얘기 좀 해요. 벤저민이 무슨 짓을 한 것 같아요? 혹시 아는 거 없어요?"

그제야 톰은 카티의 존재를 인식한 듯 시체처럼 창백한 얼굴의 커다란 초록색 눈을 어색하게 깜빡이며 말했다.

"그건 벤과 나만의 사적인 일이야."

***

"평면에서 두 점을 잇는 가장 짧은 선은 직선입니다."

애덤 레논 교수는 수학적 사실에 관해 말할 때마다 제아무리 진부한 거라 할지라도 항상 불타는 열정으로 얼굴이 달아올랐다. 그는 수학이 아름답다고 입버릇처럼 말했고, 수학은 비밀로 가득하다는 말은 그의 신조였으며, 수는 우리의 삶을 결정하고 우리에게 길을 제시한다 믿었으며 특히 수는 거짓말을 하지 않는다는 믿음은 거의 종교 수준이었다.

보통 카티는 수업에 집중하는 편이었지만 오늘은 수학적 정의들이 귀에 들어오지 않았다. 그건 먼 곳에서 들려오는 의미 없는 음파에 불과했다. 반면 그녀는 벤저민을 병원으로 이송 중인 헬리콥터 소리에 촉각을 곤두세우고 있었다. 하지만 한편으로 그건 그녀의 기억 속에 남아 있는 또 다른 헬리콥터 소리이기도 했다.

옆자리에 앉아 있던 로즈가 율리아에게 소곤거렸다. 카티의 귀에는 드문드문 몇 개의 단어만 들렸다.

"로버트…… 완전 투명인간……."

"벤 말야…… 병원…… 그의 가족들……."

"벤이 죽으면 어떡하지?"

카티는 눈앞에서 일어나고 있는 일에 대해 동요하지 않으려고 무진장 애썼다. 간혹 불행한 일도 자꾸 겪다보면 익숙해진다고, 면역이 생기고 저항력이 생긴다고 똑똑한 척 말하는 사람들이 있지만 그건 다 거짓말이 분명했다.

이건 난센스야.

그녀는 조금도 무뎌지지 않았다. 오히려 그 반대였다. 그녀는 한 사람에게 일어날 수 있는 모든 종류의 불행에 관한 전문가가 되어버렸다. 하지만 그걸 어떻게 감내해야 할지는 여전히 막막했다.

그녀는 자신도 모르게 옆자리에 앉아 있는 친구들의 대화에 불쑥 끼어들었다.

"벤은 죽지 않을 거야."

로즈가 작은 목소리로 말했다.

"그걸 네가 어떻게 알아?"

"난 알아."

카티가 아는 사실이라곤 벤저민이 하루 종일 뭔가를 피워대거나 마셔댔다는 것뿐이었다. 하지만 그는 최소한 크랙이나 헤로인을 주입하진 않았다. 물론 이것저것을 섞어 만든 마약의 경우엔 그것들보다 안전하다고 확신할 수도 없었다. 최음제인 엑스터시로도 사망에 이르는 경우는 종종 있으니까.

게다가 벤저민은 교칙에 위배되는 행동을 한두 번 한 게 아니었다.

기숙사에 주류를 반입했고

수영장 지붕 위에서 마리화나를 피웠다.

시험에 불참한 적도 있었고

수업에 들어오지 않은 적도 부지기수였다.

카티는 벤저민을 친구로 여기진 않았지만 산 위에서의 경험이 두 사람을 연결시켜주었다. 그 역시 그때 함께했던 일행 중 한 명이었다.

평면에서 두 점 사이의 최단 연결은 직선이다.

그리고 두 사람 간의 최단 연결은 약속이 될 수 있었다. 설사 자발적으로 한 약속은 아니었을지라도.

그레이스 보고서

프랭크 카터

3일째

주룩, 주룩, 주룩. 굵은 빗방울. 비눗방울처럼 커다란 빗방울.

폴은 여전히 나타나지 않고 있다.

하지만 공기 중의 (또는 연기 속이라고 하는 게 더 맞는 표현 같다) 무섭고 마음을 짓누르는 것처럼 답답한 분위기는 사라졌다.

오두막 안에 연기가 자욱하다. 습한 날씨 때문에 장작이 다 젖어버린 탓이다. 아무래도 연기에 질식해서 죽을 것 같다.

그레이스와 캐서린은 웃음보가 터졌는지 배를 움켜잡은 채 연신 웃고 있고 마크와 엘리자는 서로 껴안은 채 의자에 앉아 창밖을 내다보고 있었다.

나는 1층에 있는 매트리스 위에 누워 있었다.

위층은 춥고 눅눅하다.

밀턴은 위층과 아래층을 세 번이나 오르락내리락하더니 나를 못마땅한 듯 노려봤다.

맙소사. 눈이 화롯불처럼 빨갛게 이글거리고 있었다. 눈동자도 너무 커져서 터질까봐 겁이 날 정도였다.

그가 물었다.

"왜?"

"아냐, 아무것도."

옆에 누워 있는 마르타가 내 다리에 자기 맨허벅지를 갖다 댔다. 오늘 밤 그녀는 내 침낭 안으로 들어왔지만 난 별로 좋지 않았다. 그녀는 너무 엉겨 붙는 것 같다. 게다가 맙소사! 마치 오늘 밤이 우리의 신혼여행이라도 되는 것처럼 굴었다. 펑퍼짐한 엉덩이에 서양 배 모양 얼굴을 한 그녀는 전혀 내 취향이 아닌데. 그녀는 이곳 태생인 인디언의 자손이라고 했다. 그러거나 말거나. 하지만 그렇다기엔 피부가 너무 희다.

"오, 하느님 맙소사. 너희들 또 정신이 나간 거니?"

"정신이 나……갔어……."

캐서린이 같은 말을 반복하면서 웃다가 잠시 멈췄다가 또다시 웃었다.

그레이스가 소리쳤다.

"네 말이 맞아."

나는 자리에서 일어났다. 배가 또 부글거려서였다.

밀턴이 물었다.

"어디 가?"

"화장실."

산장 뒤편에 얇은 양철로 사방을 막아놓은 좁은 공간이 화장실이었다.

"나갈 일이 있는 사람들은 들어올 때마다 땔감 좀 갖고 와."

그레이스가 말했다.

"예, 예, 대장님……."

그레이스와 캐서린이 또 배를 잡고 바닥을 뒹굴었다.

캐서린이 소리쳤다.

"그레이스, 이제 그만해. 배 아파 죽겠어."

나는 비틀거리며 문으로 갔다. 나무 바닥이 트램펄린처럼 울렁거렸다. 한 발짝, 또 한 발짝. 내 손이 문고리에 닿는 순간 그레이스가 소리쳤다.

"아, 밀턴. 웃긴 얘기 하나 해봐. 너무 지루해."

그 순간 문이 벌컥 열리는 바람에 나는 문에 이마를 부딪쳤다.

내 앞에 시커먼 그림자가 서 있었다. 그의 몸에서 물이 뚝뚝 떨어졌다.

"지루하다고? 그렇다면 드디어 내가 나타날 시간이 됐군."

폴이었다.

그레이스가 벌떡 일어나 그의 품에 안겼다.

나는 얼굴이 화끈 달아올랐다. 그레이스의 흰색 빨간색 줄무늬 스커트가 너무 짧아서 팬티가 보였다.

"나의 구세주."

그녀가 소리치며 죽어라 웃어댔다.

비디오카메라 속 영상

기숙사 문 앞에 데이비드가 서 있었다. 표정이 어두웠다.

"지금 학장님과 면담하고 돌아오는 길이야. 사태가 심각한 것 같아."

"벤은 괜찮아질 거야."

카티는 불편한 심기를 굳이 숨기려 하지 않았지만 그래도 그 순간엔 긍정적인 말을 해야 할 것 같았다.

"벤저민은 살아남는 데 선수잖아."

데이비드의 목소리에는 걱정과 비난이 뒤섞여 있었다.

"카티, 넌 아직 상황을 제대로 파악하지 못하고 있어. 벤은 지금 중환자실에서 사경을 헤매고 있다고. 의사들 말이 벤이 잘 버티고는 있지만 여전히 산소호흡기를 끼고 있대. 아직 밴쿠버로 이송조차 할 수 없는 상태란 말이야."

"그래도 잘되겠지."

그 상황에서 카티가 할 수 있는 말은 그것뿐이었다.

"아직도 모르겠어? 벤은 의식불명 상태야. 이런 상태가 길어지면 길어질수록 다시 깨어날 가능성은 희박해져."

그래서? 데이비드는 무슨 말을 하고 싶은 거지? 벤저민이 죽을 거라고?

그런데 왜 이렇게 배 속이 불편한 걸까?

그녀는 저녁도 굶은 채 자기 방으로 일찍 들어갔었다. 다른 친구들은 올해 초 대학 신관에 '대학 피자'라는 이름으로 오픈한 피자 가게에서 모일 거라고 했다. 카티도 예전에 한 번 간 적이 있었는데 자리가 좁고 공기도 탁했다. 그녀는 1평방미터 안에 한 사람 이상 함께 있으면 견딜 수가 없었다. 특히 오늘 같은 날엔 더.

데이비드는 말없이 그녀를 물끄러미 쳐다보았다.

카티가 물었다.

"내가 뭘 어떻게 하길 바라?"

데이비드의 따가운 시선이 느껴졌다.

"벤이 뭘 했었는지를 모르면 그들도 도와줄 수가 없대."

"걔가 뭘 삼켰는지 몰라. 내가 어떻게 알겠어? 난 마약 같은 거 손도 안 댄다고. 나처럼 운동 좋아하는 사람들은 그런 거 안 해."

"나도 그런 뜻으로 한 말은 아니야."

"그럼?"

"우리가 그게 뭔지 알아내야만 해. 너랑 내가."

"나한텐 그럴 의무 없어. 그러니까 이제 날 좀 가만 놔줄래? 공부해야 하니까."

"넌 관심 없는 척 굴지만 실제론 그렇지 않잖아."

데이비드가 웅얼거리듯이 말했다.

"게다가 넌 벤저민에게 도와주겠다고 약속했어."

카티는 돌아서는 데이비드의 등 뒤에 대고 소리쳤다.

"너도 겉으로 보이는 것처럼 성인군자는 아니지?"

그 순간 데이비드의 어깨가 움찔거렸다. 카티는 그가 상처 받았다는 걸 알아챘다.

그럴 의도는 아니었는데.

데이비드는 문을 닫고 나갔다. 카티는 자리에서 일어나 창 가로 갔다. 그러고는 희미한 띠에 둘러싸인 보름달을 쳐다보 았다. 그녀의 시선이 흘러가는 구름 조각을 따라갔다. 구름은 보름달을 지나 고스트의 봉우리를 넘어 빠르게 자취를 감춰 버렸다.

그녀는 신경을 딴 곳으로 돌리기 위해 책을 읽기로 했다. 삐 걱거리는 흔들의자에 쪼그리고 앉아 『고스트의 시험This game of ghosts』(영국의 산악인 조 심슨이 1993년에 출간한 자전적 책—옮 긴이주)을 집어 들었다. 마치 자신을 위해 쓴 것 같은 그 책을 읽을 때마다 카티는 짜릿함을 느끼곤 했다. 하지만 그날 밤엔 스릴 넘치는 등반의 매력도 현실을 밀어내지 못했다. 조 심슨이 중독 수준으로 묘사해놓은 소름 끼치는 노골성이 오히려 불안감만 더 증폭시켰다.

살다보면 꼭 해야만 하는 일들이 있다. 이유를 불문하고.

그러니 다른 것들은 그냥 둘 수도 있는 거 아닐까?

가령 벤저민을 걱정한다든가 또는 그가 마약에 취해 진지하게 말한 허튼소리에 카티는 신경 쓰고 싶지 않았다. 특히 그가 왜 하필이면 자기에게 도움을 청했는지 고민하고 싶지 않았다.

우리가 친구였던가?

아니다.

하지만 운명 공동체였다.

산에서 생사를 함께했었던. 그리고 호숫가에서의 그의 등장도 잊을 수 없었다. 폴 포르스터와 '공작'에 관해 물었던 일도.

벤저민은 그녀의 통화 내용을 얼마나 엿들었던 걸까? 그가 한 말은 단순히 약에 취해 지껄인 헛소리에 불과한 걸까?

아니었다. 그 이면에는 다른 뭔가가 있었다.

하지만 그게 나와 무슨 상관이지?

젠장. 내가 왜 그에게 도와주겠다고 약속했을까?

영혼은 이미 사라지고 없는데 육체만 살아 있도록 만드는 호스와 기계에 묶여 제 방에 누워 있는 세바스티앵으로도 모

자라서?

카티는 갑자기 흔들의자를 멈췄다.

젠장! 빌어먹을! 벤저민 폭스!

***

벤저민과 크리스 그리고 데이비드와 로버트가 묵고 있는 113호실은 비어 있었다. 카티는 방문을 열었고 그제야 뭔가 이상하다는 걸 알아차렸다. 평소의 벤저민 폭스는 혼란과 무질서 그 자체였다. 그의 방을 들여다볼 때마다 카티는 엉망진창인 방을 보고 깜짝 놀라곤 했었다. 마치 옷장도 책장도 없는 것처럼 그는 늘 모든 물건을 방바닥에 늘어놓는 습관이 있었던 것이다. 그는 그렇게 해야만 모든 게 한눈에 들어온다고 주장했었다.

"옷장이나 서랍은 너무 게으르고 무기력해서 물건을 찾기 싫어하는 사람들을 위한 거야. 알렉산더 플레밍이 1928년 휴가를 떠나기 전에 자기 방을 청소했었더라면 페니실린은 발견하지 못했겠지. 청소를 안 했기 때문에 곰팡이균이 증식해서 효력을 발휘했던 거야."

궤변을 늘어놓으며 깔깔대고 웃던 벤저민의 목소리가 귓가에 맴돌았다. 물론 그는 10분도 함께 있기 어려울 정도로 사람을 짜증 나게 했다. 하지만 막상 그가 사라지고 없자 카티는 그의 궤변이 그리워졌다.

그의 방을 보고 있자니 웬지 등줄기가 서늘해졌다. 그 방의 주인이 이사를 갔거나 또는 죽은 것처럼 너무 휑하고 텅 비어 있었기 때문일까. 책장이 모조리 비어 있었고 항상 바닥에 늘어져 있던 종이나 옷도 없었다.

유일하게 남아 있는 건 그가 흡입하는 물질로부터 나는 달짝지근하면서도 탁한 냄새뿐이었다. 그가 늘 폐와 뇌에 펌프질해댄 게 대마초였는지 시가였는지는 모르겠지만 그 냄새는 아마도 벽을 새로 칠해야만 완전히 사라질 것 같았다.

카티는 속이 메스꺼워졌다.

기숙사에 있는 이부자리는 2주에 한 번씩 교체되었고 그들은 불과 이삼일 전에 새 이부자리를 받았었다. 하지만 벤저민의 침대는 시트 커버가 벗겨져 있었다.

그건 꼭 이별을 의미하는 것처럼 보였다.

이상한 점은 또 있었다. 그의 비디오카메라가 보이질 않던 것이다. 벤저민과 카메라는 결코 떨어질 수 없는 관계였다.

걔가 항상 뭐라고 했더라?

"우리 중에 세상을 눈 세 개로 보는 건 나뿐이야."

그 말에 카티는 이렇게 대꾸하곤 했었다.

"헛소리 마. 꼭지가 돌 때까지 실컷 마셔놓곤 사이코나 정신병자들이 늘 하는 말처럼 다른 사람들이 못 보는 것들도 볼 수 있다고 지금 우기는 거잖아."

"그러는 넌 어떤데? 안전벨트도 없이 땀을 비 오듯이 흘리면서 암벽을 오르고 그렇게 매번 아슬아슬하게 죽음의 경계까지 가는 이유는 네가 살아 있단 사실을 확인하기 위해서 아니야? 그게 네가 선택한 마약이지. 아드레날린도 아주 강력한 마약이니까."

"그래도 난 늙고 쇠약해지기 전에 원하기만 하면 언제든지 그만둘 수 있지만 네 머리는 서서히 죽어가고 있다고. 알아들어?"

그러자 벤저민이 히죽거리면서 카메라를 가리켰다.

"난 그렇게 되지 않을 거야, 카티. 왜냐하면 네가 한 말을 모두 여기에 녹음해뒀으니까. 이 카메라가 소위 내 뇌 속의 해마야. 나의 외장 하드, 내 메모리 스틱이지. 로버트, 네 생각은 어때? 조만간 사람의 뇌에도 잊어버린 정보를 다시 저장할 수 있는 메모리를 꽂을 수 있게 되지 않을까?"

"맞아."

로버트가 대답했다. 그의 표정이 너무 진지해서 카티는 그 말에 조금의 의구심도 가질 수 없었다.

"하지만 기계나 전기를 통해서가 아니라 화학적인 작용을 통해 가능하게 될 거야."

이런 대화를 한 게 언제였더라? 한 오륙일 전쯤?

그런데 갑자기 그때가 까마득한 옛날처럼 느껴졌다.

정신을 집중해봐, 카티. 벤에게 무슨 일이 있었든 그 빌어먹

을 카메라만 찾으면 다 밝혀낼 수 있어.

그녀는 벤저민의 책상으로 가서 서랍을 열었다. 서랍 안 역시 텅 비어 있었다. 오른쪽 칸막이 안도 마찬가지였다.

그러고 보니 오늘 낮 호숫가에서도 벤저민은 카메라를 들고 있지 않았다. 조금 전 미친 사람처럼 난동을 부렸던 강의실에서도.

옷장.

그녀는 왼쪽 문을 열었다.

단정하게 개놓은 바지와 스웨터, 말끔하게 다려놓은 셔츠와 가지런히 쌓아둔 알록달록 현란한 색깔의 속옷들이 눈에 들어왔다.

하지만 카메라는 어디에도 없었다.

그런데 옷장 가운데 문이 뭔가에 걸려 열리질 않았다. 억지로 열려고 잡아당기자 삐걱거리는 소리가 났다. 그리고 네 번째 시도 끝에 겨우 문이 열렸다. 곰팡내가 진동을 했다. 냄새의 근원지는 아무래도 긴 장화 속에 쑤셔 넣어둔 양말 같았다. 장화는 보기만 해도 역겨울 정도로 더러웠다.

벤저민이 저걸 신고 어딜 다닌 거지?

장화에는 복숭아뼈가 있는 부분까지 붉은 진흙이 묻어 있었다.

우와, 무거워.

들어보자 돌로 만든 것처럼 무거웠다. 다시 제자리에 놓자 정말 돌로 만들어지기라도 한듯 자잘한 모래 알갱이들이 떨어졌다.

카메라는 대체 어디 있는 거야?

카티는 우물쭈물하며 주위를 두리번거렸다.

그때 옷장 위에 놓여 있는 벤저민의 배낭이 눈에 들어왔다. 고스트 봉에 올라갈 때 메고 갔었던 그 배낭이었다. 제일 위에 달려 있는 지퍼가 열려 있었다. 카티는 의자를 옷장 앞으로 끌고 가서 딛고 올라가 배낭을 내렸다. 배낭이 꽉 차 있는 걸 보자 어이가 없었다. 그녀는 먼저 옷가지들을 끄집어냈다. 벤이 제일 좋아하는 옷들 또는 그의 표현대로 옷장 안 블록버스터들이었다. 서둘러 배낭을 뒤진 끝에 그녀는 마침내 배낭 깊숙이 안전하게 보관되어 있는 카메라를 발견했다.

역시, 생각보다 쉽게 찾았어.

너무 쉬웠어.

그리고 그제야 카티는 그게 무슨 뜻인지를 알아차렸다. 그녀가 벤저민을 알게 된 후로 그가 카메라를 두고 방에서 나간 건 그때가 처음이었다.

***

로버트와 데이비드 그리고 크리스의 기숙사는 여전히 비어 있었다. 하지만 카티는 그편이 좋았다. 복도에서도 또 캠퍼스에서도 아무런 소리가 들리지 않았다. 벽에 붙은 파리의 날갯짓 소리도 들릴 만큼 조용했다. 물론 그레이스 계곡에는 파리가 없었지만.

그녀는 불을 끄고 벤저민의 책상에 앉았다. 그런 다음 작동법을 알아내 마지막으로 촬영한 영상들을 불러냈다.

보기에 특별한 건 없었다.

미러 호. 고요히 물가로 밀려드는 물. 눈으로 덮인 오솔길. 눈길을 걸어가느라 힘이 드는지 가쁘게 몰아쉬는 벤저민의 숨소리.

잠시 후 카티는 그가 어디에 있었는지 알게 되었다. 그는 북쪽 연안 추모비가 있는 곳으로 가고 있었다. 곧 다리가 나왔다. 다리의 난간도 눈에 덮여 겨우 보일락 말락 했다.

다음 영상은 폭포를 찍은 것이었는데 고드름으로 그로테스크한 형상을 한 폭포를 보자 감탄이 절로 나왔다. 보안 요원들은 이미 일주일 전에 다리로 가는 길뿐만이 아니라 호수로 가는 거의 모든 통로에 '진입 금지'라는 경고문을 세워두었다. 언제 어디서 뾰족한 얼음 조각이 떨어질지 모를 만큼 위험했기 때문이었다.

학생들 또한 주변의 숲속으로 들어가지 말라는 경고를 받았다. 나뭇가지들이 눈의 무게를 이기지 못해 갑자기 부러지는 일이 허다했기 때문이었다. 사실 이번 경우 굳이 금지하거나 경고할 필요도 없었다. 거울처럼 미끄러운 빙판과 높이 쌓인 눈 때문에 어차피 숲속으로 들어가는 건 불가능했다.

그런데 벤은 이곳까지 어떻게 갔던 걸까?

하긴, 며칠간 날이 풀려 얼음이 살짝 녹기도 했었다. 추모비로 가는 길이나 다리도 잠시 통행이 가능했었는지도 몰랐다. 또 폐쇄 구역을 둘러싸고 있는 울타리는 그레이스 학생들에게 넘지 못할 장애물이 되지 못했다. 카티는 오히려 학생들을 그 안으로 유인하기 위해 출입 금지 팻말을 세워둔 게 아닌가 하는 의심마저 들었다. 어쨌거나 누가 그 안으로 들어갔다가 들켜도 별다른 처벌은 받지 않았다. 적어도 진짜 심각한 처벌은.

카메라가 몇 초간 샛노란 경고문 위에 머물렀다.

'출입 금지.'

벤저민이 그 경고문을 무시하면서 얼마나 좋아했을지 눈에 선했다.

다음 영상은 눈으로 덮인 키 큰 소나무와 이 계곡에서 자주 볼 수 있는 울퉁불퉁하고 휘어진 전나무를 찍은 것이었다. 카티는 자신이 그 길을 직접 걷고 있는 듯한 기분이 들었다. 화면의 움직임처럼 그렇게 끝도 없이 걸을 수 있을 것 같았다.

그런데 그 순간 장면이 또 바뀌었다. 이번에는 눈에 덮인 보트하우스의 지붕이 나왔다.

카메라는 호수 안쪽까지 뻗어 있는 나무 데크를 찍고 있었다. 데크 위로 조용히 호수 물이 찰랑거렸다. 그러더니 베란다 모습이 확대되었고 흰 배경 속에서 더욱 선명해 보이는 파란색 비치 의자 위에 올라선 벤저민이 보였다.

완벽한 겨울 풍경이었다.

그다음엔 계단 위로 올라가 경첩에 삐딱하게 붙어 있는 이끼 낀 문 쪽으로 다가가는 벤저민의 발소리가 들렸다.

"어이, 이 동영상을 누가 보고 있는진 모르겠지만 내 말 잘 들어. 지금 이 안은 오줌도 안 나올 만큼 추워."

카티는 처음으로 들려온 벤저민의 목소리에 웃음이 났다.

"하지만 그게 내가 여기에 온 이유는 아니야. 난 비밀 임무를 수행하러 왔어. 미스터 아무개 씨의 미친 충고 때문이지."

정말 벤저민다웠다. 카티는 어느새 그를 그리워하고 있었다.

하지만 안심한 지 몇 초 지나지 않아 갑자기 영상이 끊겼다.

벤저민이 카메라를 다시 켤 때까지 몇 분이나 흘렀을까? 알 수가 없었다. 그가 날짜와 시간 표시 기능을 꺼두었기 때문이었다. 하지만 그사이 보트하우스에서 나온 게 틀림없었다. 왜냐하면 그다음 장면에서는 오직 풍경밖에 보이지 않았기 때문이었다. 비록 흐리고 흔들리고 계속 끊겼지만. 쉴 새 없이 바뀌는 장면들. 숲, 눈, 나뭇가지, 하늘, 땅, 쓰러진 나무, 이끼, 얼어붙은 물웅덩이, 벤저민의 신발. 그가 좋아하는 파란색 재킷. 순식간에 수많은 사물들이 스치고 지나가 보기만 해도 눈앞이 어질어질했다.

그러더니 마침내 제법 긴 영상이 나왔다.

호수 위로 2~3미터쯤 펼쳐져 있는 얼음판이었다.

잠깐.

그녀는 다시 영상을 되감았다. 학교 안의 기상계가 일주일 내내 영하 20도 이하를 나타내긴 했지만 호수는 단 한 번도 얼어붙은 적이 없었다. 심지어 호수의 가장자리에 살얼음이 낀 적도 없었는데. 그걸 보면 미러 호는 고유의 온도 유지 시스템을 갖고 있는 게 틀림없었다.

그런데 벤저민은 얼어붙은 호수를 어떻게 촬영한 거지?

그녀는 다시 재생 버튼을 눌렀다. 이번에는 웅얼거리는 벤저민의 목소리가 들렸다.

"이봐, 친구들. 이 얼음이 얼마나 단단한지 내가 한번 시험해볼까? 그래도 여기가 캐나다인데. 딴 데선 아이스하키 시즌이 한창이잖아, 안 그래?"

카티는 마지막으로 벤저민이 솔로몬 바위 쪽으로 가고 있다고 확신했다. 하지만 화면의 배경을 채운 장면들이 실제와 전혀 같질 않았다. 카메라가 폭포를 정면에서 찍고 있었기 때문이었다.

벤저민이 다시 다리 쪽으로 되돌아간 건가?

하지만 폭포는 바위 사이로 콸콸 쏟아지고 있었다. 기온이 아무리 영상으로 올라갔다 해도 다리 쪽의 빙벽이 몇 시간 만에 녹을 수는 없지 않은가.

그 밖의 정황들로 봐선 그는 솔로몬 바위 쪽으로 가고 있었던 게 분명했다.

틀림없어!

호수 너머로 산 능선이 깊이 패여 있었고 그 뒤로는 좀 더 높은, 카티가 '블랙 드림'이라 이름 붙인 암벽이 불쑥 솟아 있었다.

그런데 문제는 그 주변에는 폭포가 없다는 것이었다. 카티가 아는 한. 만약 그런 게 있었다면 그녀가 모를 리 없었다. 지난여름 동안 블랙 드림을 얼마나 오르락내리락했는데.

그러다 갑자기 영상이 끊겼다.

암흑.

어느새 폭포 소리가 작아졌고 대신 누군가의 거친 숨소리가 들렸다. 그녀는 깜짝 놀라 주위를 둘러보았지만 아무도 없었다.

발소리. 눈 밟는 소리. 나뭇가지 소리. 신음 소리.

그리고 또다시 헉헉대는 소리. 누군가 몹시 힘들게 걸어가고 있는 것 같았다.

하지만 그 사람은 끝내 화면에 나타나지 않았다.

카티는 카메라를 좀 더 자세히 들여다보았다. 그사이 화면에는 다시 자연경관만 촬영되어 있었다. 절벽에서 불쑥불쑥 튀어나오는 인간의 얼굴 같은 형상을 한 바위들, 나뭇가지에 걸려 비틀거리는 발소리, 우두두 바위 위로 떨어져 산산조각 나는 얼음덩어리들.

내가 못 보고 지나친 게 있었나? 뭘 놓친 거지?

카티는 영상을 벤저민이 솔로몬 바위에 있다고 생각했던 지점으로 돌렸다. 그리고 다시 천천히 보면서 이상한 점이 없는지 살펴보았다.

그런데 모든 게 어색하고 이상했다. 특히 암벽 아래로 떨어지는 폭포가.

카티는 고개를 가로저으며 그 장면을 확대해보았다.

아무것도 없어.

좀 더 자세히 들여다보았다. 그러자 물줄기가 시작되는 위쪽에 빛에 반사되어 반짝거리는 물체 같은 게 보였다.

금속일까?

물속에서 어른거리는 저건 뭐지?

찢긴 종잇조각 같기도 했다. 수많은 종이쪽지.

그 순간 화면이 불안하게 흔들리더니 갑자기 부예졌다.

카티는 곧 그 이유를 알게 되었다. 그건 벤저민이 카메라를 든 채 달리기 시작했기 때문이었다. 그녀는 또다시 헉헉거리는 그의 숨소리를 들었다. 하지만 이번에는 단순히 힘들어서 내는 소리인지 아닌지 분간하기가 힘들었다. 아니, 거기엔 다른 뭔가가 있는 것 같았다.

일종의 두려움 같은 것이.

카티는 카메라에서 시선을 뗄 수가 없었다.

앞에서부터 다시 한 번 보자.

파란 하늘. 고스트. 미러 호.

단절.

갑자기 어디서 튀어나왔는지 알 수 없는 폭포.

그런데 물 색깔이 좀 특이했다. 불그스름하면서 반짝이는 물. 반짝이는 물체는 급류에 쓸려 내려온 종잇조각들이 분명했다.

그다음엔 벤저민…….

어쩌면 편집증은 전염되는 것일지도 몰라.

카티는 쉽게 극적인 상황을 믿진 않았지만 어쩐지 벤저민이 진짜 살기 위해 달리고 있는 것만 같았다.

그녀는 그 장면을 좀 더 확대해보려고 했지만 카메라로는 그게 최대치였다. 더 크게 보려면 메모리를 컴퓨터로 옮겨서 보는 수밖에 없었다.

그다음 순간 등 뒤에서 수줍어하는 듯한 작은 목소리가 들렸다.

누가 노크도 안 하고 남의 방에 몰래 들어온 거야?

하지만 그녀는 곧 그곳이 자기 방이 아니라는 사실이 떠올랐다.

***

"지금 여기서 뭐해?"

등 뒤에 로버트가 석상처럼 뻣뻣하게 서 있었다. 그의 시선은 카티가 아닌 화면에 고정되어 있었다.

"깜짝 놀랐잖아. 노크 좀 할 수 없어?"

로버트는 카티의 타박에도 아랑곳하지 않고 같은 말만 반복했다.

"여기서 뭐해?"

"보면 몰라? 다른 사람들이 벤저민의 상태가 안 좋다고 떠들어대고 있잖아. 특히 아까 데이비드가. 하지만 아무도 조사해볼 생각은 안 해. 그래서 벤이 지난 며칠간 어디서 뭘 했는지 알아내려고 카메라를 살펴보고 있는 중이야."

"그래서? 뭐 발견한 건 있어?"

카티는 어깨를 으쓱했다.

"거의 풍경을 찍은 영상들뿐이야. 아무래도 폐쇄 구역 안인 것 같아. 그런데……."

카티가 말을 멈췄다. 둥근 안경알 뒤로 로버트의 눈이 갑자기 가늘어졌기 때문이었다.

"폐쇄 구역이라니? 어디?"

"북쪽. 내 추측이 맞는다면 솔로몬 바위 근처인 것 같아. 그곳에서 뭔가 이상한 일이 일어났었던 게 틀림없어. 그래서 그 부분을 컴퓨터에 옮겨서 다시 보려고 해."

"따라와."

로버트가 먼저 방에서 나갔다. 카티도 그를 따라 건너편 방으로 갔다.

그곳의 책들은 책장에 꽂혀 있지 않고 책상 위, 의자 위 심지어 탁자 위에까지 탑처럼 쌓여 있었다. 또 옷장 안이나 세면대, 옷더미 사이에도 널브러져 있었다. 적게는 두세 권에서부터 많게는 수십 권에 이르기까지.

잡지들, 앨범들 그리고 책 제목들도 '공식 모음집' '쌍곡면' '포물면' '수퍼사이클로이드'…… 수면용으로 딱 안성맞춤이었다. 그 어떤 것보다 효과가 뛰어나고 부작용이 없는 완벽한 수면제.

카티가 주위를 두리번거리며 물었다.

"잠은 어디서 자?"

"어디서라니?"

그가 황당한 눈빛으로 바라보았다.

"침대에서 자지."

역시 유머 같은 건 로버트한텐 안 통해!

"됐어. 그럼 한번 볼까?"

로버트가 책상 위에 있던 잡지들을 옆으로 치우자 노트북이 나타났다. 그는 책상 모서리에 앉아 노트북을 켰다.

"카메라에서 메모리 좀 꺼내줄래?"

카티는 그에게 메모리를 건넸다.

잠시 후 목록이 나타났고 '폐쇄 구역 160211'이라는 이름으로 저장되어 있는 또 하나의 데이터가 나타났다.

"좋아, 이게 틀림없어. 찬찬히 살펴보고 이상한 게 없는지 말해줘."

화면에 첫 번째 장면이 나타났다.

'그건 그냥 넘어가'라고 말하려는 순간 경고도 없이 모든 정보가 잠겨버렸다.

갑자기 왜 이러는 거지?

"제길!"

로버트의 손가락이 키보드 위를 빠르게 날아다녔다. 목록들이 순식간에 나타났지만 조금 전 그 데이터는 다시 보이지 않았다. 검색어로 찾아봐도 나타나지 않았다. 로버트는 휘파람을 불더니 고개를 저었다.

카티는 숨을 멈추었다.

"이걸로 끝인 거야?"

로버트의 눈썹이 신경질적으로 치솟았다.

"그런 것 같아. 빌어먹을. 저절로 삭제되어버렸어."

그레이스 보고서

캐서린 벨라미

다른 친구들이 아직도 기록을 하고 있는지 모르겠다. 처음 2주일 간은 메모지에 뭔가를 열심히 끼적이는 친구들이 보이곤 했었다. 하지만 분위기가 점점 더 긴장되고 예민해지자 누가 어디서 불쑥 나타나기만 해도 깜짝깜짝 놀라게 되었다.

예를 들어 밀턴도 그랬다.

언젠가 그레이스를 찾으러 위층에 있는 남학생들 방에 들어갔었 다. 그녀가 폴과 함께 있을 거라고 생각했기 때문이었다. 그런데 그 레이스는 없었고 대신 밀턴과 마주쳤는데 그는 노트를 보고 있었 다. 내가 착각한 게 아니라면 그는 자기 노트가 아니라 폴의 노트 를 훔쳐보고 있었던 게 분명했다.

그 순간부터 나 역시 내 노트를 감추는 습관이 생겼다.

다른 사람한테 절대로 보여주지 않을 것이다. 폴이라면 또 모를까.

의식불명

　로버트는 어떻게든 메모리의 데이터를 살려보려고 애를 썼
다. 키보드를 두드리는 속도가 놀랍도록 빨랐다.

　"좋아. 내가 뭘 할 수 있는지 한번 볼게."

　수많은 창들이 순식간에 열렸다가 다시 닫히곤 해서 카티
는 뭐가 뭔지 전혀 알아볼 수가 없었다. 게다가 로버트가 키보
드에 고개를 박고 있어서 표정도 보이질 않았다.

　"네 컴퓨터에 바이러스라도 침입한 거야?"

　로버트는 고개를 저었다.

　"당연히 아니지. 그건 불가능해."

　그의 말은 항상 그렇듯 의심의 여지를 남기지 않았다.

　"그리고 지금 이건 바이러스 때문도 아니야."

"그럼, 당연히 아니겠지."

카티가 놀리듯이 로버트의 말을 따라 했지만 로버트는 듣지 못한 것 같았다.

그가 카티 쪽으로 고개를 돌렸다.

"누군가 이 데이터를 자동으로 삭제되도록 프로그래밍 해 놨어."

그가 목록 중에서 독수리 모양의 작은 아이콘을 가리켰다.

"바로 이건 저장 카드에 탑재할 수 있는 아주 간단한 프로그램이지."

카티는 고개를 저었다. 컴퓨터에 관한 한 늘 어머니의 손에 이끌려 억지로 보러 다녔던 오페라만큼이나 이해하기가 어려웠다.

"그럼 아까 카메라로 볼 땐 왜 괜찮았던 거지?"

로버트는 안경을 벗어 꼼꼼히 닦았다.

"내 생각엔 누군가 아무거나 닥치는 대로 삭제하려고 했던 것 같아. 꼭 이 영상을 없애려고 했는지는……."

"젠장!"

그가 어깨를 으쓱해 보이자 카티는 손으로 숱 많은 검은 머리카락을 쓸어 넘기고는 초조한 듯 작은 방을 서성거렸다.

"벤이 발작을 일으키기 전에 어디 있었는지 반드시 알아내야 해. 실은 수업 시간 전에 호숫가에서 벤을 만났었어. 그때 걘 이미 엉망진창이었고 정신이 나간 것 같았어. 평소에 먹던 마약 때문인 것 같진 않아. 다른 이유가 있는 게 틀림없어."

율리아의 동생은 고개를 갸웃거렸다.

"그래, 나도 알아. 그를 두려움에 떨게 만든 무슨 일이 일어 났던 거야."

카티가 흠칫 놀라며 물었다.

"그럼 너도 벤을 만났었어? 걔가 너한테 무슨 얘기라도 했 었던 거야?"

"아니야."

로버트는 노트북을 끄곤 한숨을 내쉬었다.

"아니, 관점에 따라선 그랬다고 할 수도 있지. 나도 아까 강 의실로 가던 길이었는데 벤저민이 나한테 달려왔었어. 그러더 니 내 손에 뭔가를 쥐여줬는데 전혀 걔한테 어울리지 않는 거 였어. 공식이 적힌 종이쪽지였거든."

"공식이라고?"

로버트는 안경을 고쳐 쓰곤 해리포터가 번개에 맞아 흉터 가 생긴 바로 그 자리를 손으로 매만졌다.

"벤은 이 공식이 뭘 의미하는지 알고 싶었던 것 같아."

"걔가 언제 수학에 관심 있는 거 봤어? 수학은 모르는 것들 만 수백 가지가 넘는 학문이라고 늘 말했던 애잖아."

카티는 발코니에 기대서서 호수와 고스트를 내다보았다.

"그런데 무슨 공식이었어?"

"나도 모르겠어."

카티는 깜짝 놀라 황당한 표정으로 그를 쳐다보았다.

"네가 모른다고?"

"뭔가 맞질 않아."

"넌 수학의 신이잖아."

"아니야. 너희들 모두가 너무 복잡하게 생각하는 것뿐이지 수학은 사실 아주 원시적인 학문이야. 책을 읽는 것만큼이나 쉽다고."

"당연하지. 지구가 평면이고 또 앞으로도 그럴 거란 듯이."

카티가 웃으며 자리에서 일어났다.

"자, 뭐해? 나한테 그 아리송하다는 공식 좀 보여주지 않고?"

로버트는 몸을 뒤로 젖혀 창틀에 놓여 있던 종이 뭉치들 속에서 칸이 그어진 종이 한 장을 끄집어냈다. 종이에는 더러운 얼룩들이 묻어 있었고 한쪽 귀퉁이는 찢겨 나가고 없었다.

"여기 있어. 너라도 꼭 알아냈으면 좋겠다."

로버트가 씨익 웃으며 종이를 건넸다. 카티 역시 숫자와 알파벳 그리고 기호들로 꽉 찬 복잡해 보이는 종이를 보자 웃음만 나왔다.

"아, 그래."

카티가 말했다.

"무슨 뜻인지 알겠어."

로버트는 종이를 옆으로 치웠다.

"네가 알아야 할 게 있어. 첫 번째, 벤저민은 이 공식과 관련해서 완전 흥분해 있었어. 이게 비밀을 풀 수 있는 열쇠가 될 거라고 했거든. 하지만 그땐 그 말을 진지하게 생각하지 않았지. 이제 두 번째."

하지만 그들은 두 번째에 이르지 못했다. 그 순간 데이비드가 방으로 뛰어 들어왔기 때문이었다.

"여기 있었구나. 너희 방금 방송 못 들었어?"

"방송이라니, 무슨?"

로버트는 이마를 찌푸렸다.

"발덴 학장님이 모두 구내식당에 모이라고 하셨어. 5분 안으로. 벤저민에 관한 일인데 심각한 것 같아."

카티와 로버트는 시선을 주고받았다. 로버트는 종이를 접어 바지 주머니에 넣더니 심각한 표정으로 말문을 열었다.

"두 번째는 나중에 설명해야 할 것 같네."

***

그들이 구내식당으로 간 마지막 학생들이었다. 학장이 전교생을 한자리에 집합시켰다는 사실만으로도 벤저민의 사건에 어떤 의미를 두는지 잘 알 수 있었다.

율리아가 속삭이며 물었다.

"너희들, 어디 갔었어?"

"로버트의 방에 있었어."

카티는 그렇게 대답하고는 크리스가 "로버트와 단둘이?"라고 묻자 짜증 섞인 한숨을 내쉬었다.

카티는 로버트의 옆자리에 앉았다. 그는 평소처럼 다른 사람들의 존재를 무시한 채 리처드 발덴이 까만 메모 노트에 뭔가를 끼적이고 있는 연단만 빤히 응시하고 있었다.

카티는 주위를 두리번거리다가 멀찌감치 떨어진 곳에 앉아 있는 톰을 발견했다. 그는 몹시 불안하고 긴장한 표정으로 자리에서 안절부절못했다. 과장된 몸짓으로 다른 사람의 이목을 끄는 행동을 하곤 했던 평소와 달리 아무 짓도 하지 않았다. 카티는 그런 톰을 탓할 수 없었다. 세바스티앵의 사고 때 자신도 비슷한 경험을 했기 때문에 톰이 지금 어떤 심정일지 누구보다 잘 알 것 같았다.

그들 뒤로 식당 문이 닫히더니 마이크를 통해 발덴의 목소리가 들렸다.

"여러분, 이제부터 주목해주기 바랍니다."

카티는 발덴 학장을 그다지 높이 평가하지 않았다. 그녀는 늘 자신보다 키가 작은 남자들을 따르는 게 어려웠다. 게다가 그는 왠지 둔해 보였는데 그 이유는 꼭 뚱뚱해서가 아니라 그의 자세 때문이었다. 지금도 그는 넓고 약해 보이는 턱을 위로 쳐든 채 마이크 앞에 구부정하게 서 있었다. 상대에게 위협감을 주려고 일부러 그런 자세를 취하는 것일 테지만 그 자세가 실제로 그런 효과를 발휘하는지는 의심스러웠다.

"여러분을 왜 이 자리에 모이게 했는지는 모두 알 거라 믿습니다. 오늘 1학년생 벤저민 폭스 군이 발작을 일으켰습니다."

좋아. 지금부터 마약에 관한 진부한 연설을 늘어놓겠지.

그레이스 대학은 매 계절마다 재학생들을 대상으로 전문적인 중독 상담을 실시하며 또 정기적으로 약물 검사를 한다고 선전해왔다. 하지만 정기적인 상담이건 검사건 실질적인 효과는 거의 없었다. 흡연자는 계속 담배를 피웠고 술을 좋아하는 사람은 계곡에서도 얼마든지 공급원을 찾을 수 있었다. 마약의 경우도 다르지 않았다. 벤저민은 늘 어렵지 않게 자기가 원하는 걸 구했다. 다만 이번엔 좀 과했을 뿐이었다.

"조금 전에 병원에서 걸려온 전화를 받았습니다."

잠시 침묵이 흘렀다. 모두가 숨을 죽인 채 듣고 있었고 톰은 갑옷 속으로 기어 들어가는 거북처럼 어깨를 움츠렸다.

"벤저민 폭스 군은 현재 극도로 위험한 상황에 처해 있다고 합니다."

또다시 조용해졌다.

카티는 팔짱을 낀 채 등을 뒤로 바싹 기대고 두 다리를 뻗었다.

"의식불명 상태라고 합니다."

역시 데이비드 말이 맞았어. 맙소사!

하지만 다 자기 잘못이지, 바보 멍청이!

발덴은 몸을 앞으로 더 숙였다. 카티는 어두운 생각에서 벗어나려고 그가 균형을 잃고 앞으로 고꾸라지는 장면을 상상해보았다. 하지만 그런 일은 일어나지 않았고 그의 목소리에는 평소와 달리 간절함이 묻어 있었다.

"여러분의 친구는 지금 여러분의 도움이 필요합니다. 의사들은 여전히 막막해하고 있어요. 도대체 뭐가 그를 이런 상태에 빠지게 했는지 전혀 감을 잡지 못하겠답니다. 그러니까 여러분 중에 그가 어떤 약을 먹었는지, 그리고 특히 언제 먹었는지 아는 사람이 있다면 제발 알려주기 바랍니다."

그는 잠시 말을 멈추고 기침을 하더니 다음 말을 이었다.

"우리 그레이스 대학에는 학생들끼리 서로 배신하지 않는다는 명예 서약이 있다는 걸 나도 잘 알고 있습니다. 하지만 지금은 한 사람의 목숨이 달려 있습니다. 그러니 제발 그의 생명을 구해주기 바랍니다."

생명을 구하는 일.

만약 카티에게 그럴 힘이 있었다면 워싱턴으로 날아가서 세바스티앵을 살렸을 것이다. 하지만 그럴 힘도 능력도 없는 그녀가 어떻게 벤저민을 도울 수 있단 말인가?

맨 앞줄에 앉아 있던 데이비드가 말했다.

"약물 검사 결과는 어떻게 나왔습니까?"

"음성 반응이 나왔습니다."

카티는 그 말에 어이가 없었다.

뭐라고? 음성 반응이 나왔다고?

호숫가에서 만났을 때 그는 분명 약에 취해 있었다. 동공이 풀린 것만 봐도 확실했다.

"일반적인 마약들에 모두 음성 반응이 나왔답니다."

학장이 다시 한 번 반복했다.

"여러분에게 도움을 청하는 이유도 바로 그 때문입니다."

"그럼 그가 뭘 먹는지 우리에게 메모라도 남겨놓았을 거라고 생각하시는 겁니까?"

갈색 머리의 3학년 남학생이 말했다. 학생들 사이에서 마약 판매상으로 유명한 오코너였다.

"약효가 떨어지면 저절로 의식도 돌아오겠죠."

카티 역시 그날 오후까지만 해도 오코너가 말한 대로 생각했었지만 이제는 왠지 그의 얼굴을 한 대 갈겨주고 싶어졌다. 생각은 자유지만 생각하는 대로 모두 말할 필요는 없으니까.

"내 생각에 학생은 아직 상황을 제대로 파악하지 못하고 있는 것 같군요."

발덴 학장이 나직이 말했다.

"여러분의 친구가 뭘 먹었는지 빨리 알아내지 못하면 그는 죽을 수도 있습니다. 여러분의 도움이 필요해요. 어떤 힌트도 없으면 의사들도 손을 쓸 수가 없답니다."

처음으로 로버트가 고개를 들었다. 카티의 시선이 빽빽하게 글씨를 써놓은 그의 노트에 꽂혔다. 그녀가 알아볼 수 있는 거라곤 숫자와 물음표뿐이었다.

***

　학생들은 사건에 대해 의논하기 위해 대강당에 다시 모였다. 하지만 카티는 혼자 있고 싶었다. 그래서 로즈와 율리아에게 신호를 보내곤 조용한 계단 쪽으로 갔다. 복도에 학생들이 없을 때면 늘 그렇듯이 건물 안은 기이한 정적이 감돌았다. 왠지 카티는 감시를 받는 기분이 들었다.

　그녀는 주머니에서 휴대전화를 찾아 끄집어냈다. 어쩌면 그 사이 공작이 또 전화를 걸었을지도 모른다는 기대감 때문이었다. 누군가에게 오늘 낮의 일에 대해, 벤저민의 이상한 행동과 그의 비난, 그리고 그에게 했던 약속들에 대해 털어놓고 싶은 마음이 간절했다.

　세바스티앵이라면 그 일에 대해 말하는 게 훨씬 더 쉬웠을 것이다. 세바스티앵, 카티의 유일한 진짜 사랑. 비극적이진 않았지만 미칠 것 같던 사랑. 그때의 비극은 그녀의 목록에 없었다. 그녀는 이제 만 열여덟이었고 그녀의 인생에서 유일한 진짜 사랑은······.

　휴대전화를 다시 주머니에 넣으려는 순간 전화벨이 울렸다. 다행이었다. 어떤 생각은 차라리 끝까지 진행시키지 않는 편이 더 좋을 때도 있으니까.

카티는 화면에 뜬 전화번호를 응시했다.

그의 번호가 아니었다.

카티의 어머니였다.

이 전화의 의미는 뭐지?

그녀의 어머니는 한 번도 딸에게 전화를 건 적이 없었다. 그녀가 기억하는 한 모녀 사이에는 늘 이상한 거리감이 있었다. 카티는 화학 시간에 서로 절대 결합할 수 없는 물질들이 있다고 배웠다. 같은 성질의 전자는 서로를 밀어냄으로써 사이에 공간을 만든다. 카티는 그걸 '빈 공간'이라고 불렀다. 그녀는 늘 세바스티앵에게 말하곤 했다.

"우리 어머니와 나 사이엔 빈 공간이 있어. 내 말 무슨 뜻인지 이해해? 일종의 진공상태 같은 거 있잖아."

"너무 지나친 표현이다, 카티."

"진짜야, 우리 어머니는 너희 어머니 같지 않아. 내 기억에 우리 어머니는 날 한 번도 안아준 적이 없었어."

카티의 어머니는 딸과 스킨십을 하거나 또는 일상적인 것 외의 일에 대해 이야기하는 데 거부감을 갖고 있는 듯했다. 아주 가끔씩 딸에게 전화를 거는 역할도 모두 다 아버지의 몫이었다.

"웬일이세요, 어머니?"

카티는 계단을 통해 아래층으로 내려가선 터널을 지나 스포츠센터로 향했다. 오늘 하루 겪었던 일들로부터 휴식이 필요했다. 한 시간 정도 근육을 단련하고 생각을 잊을 수 있는 시간이.

입학하자마자 그녀가 스포츠 광이라는 소문은 순식간에 퍼졌고 특히 남학생들은 그녀에게 잘 보이기 위해 앞다퉈 운동기구 앞에 모여들었다. 하지만 팔근육과 복근은 벗은 상체를 과시할 수 있는 여름을 위한 것일 뿐 카티에겐 별 의미가 없었다.

"어떻게 지내니?"

갑자기 어머니의 목소리가 믿어지지 않을 만큼 가깝게 들렸다.

"언제부터 제 안부를 궁금해하셨어요?"

"괜찮니…… 그 꼭대기 말이야."

카티는 이마를 찌푸렸다.

"그 꼭대기요? 그게 무슨 뜻이에요?"

드디어 내게 진실을 말하려는 건가? 자신도 옛날에 같은 학교에 다녔었다고?

그 고백은 두 사람의 관계를 송두리째 바꿔놓을 만한 흥미진진한 반전이 아닐 수 없었다.

"이 소식을 내가 직접 전해야 할 것 같아서."

역시 그랬구나. 어머니가 직접 전화한 이유는 나 때문이 아니라 아버지 때문이었어.

"무슨 일인데요? 아버지가 돌아가시기라도 했어요?"

대답이 없었다.

"아니."

"안됐네요."

건너편에서 한숨 소리가 들렸다.

"왜 그런 말을 하니, 카티?"

카티는 피트니스 센터로 가는 복도로 들어섰다. 그곳은 스포츠센터 안의 다른 공간들처럼 모두 최신식으로 꾸며져 있었다.

"이혼을 하지 않는 이상 아버지로부터 벗어날 수 있는 방법은 그 길뿐이잖아요."

이런 말을 했다고 또다시 나를 정신과 의사에게 보내려고 할까? 또는 아버지가 죽기를 바란다는 이유로 감옥에 처넣을 수도 있을까?

아니, 하지만 지옥에 가겠지.

카티의 어머니는 가끔 불교 신자가 되곤 했었다. 안정이 필요할 때마다 그녀는 작은 제단이 차려져 있는 자기 침실에 들어박혀 있었다. 아버지는 감리교 신자였고 카티는 무신론자였다. 다시 말해 그녀에게 지옥은 아무런 의미도 없었다.

"네 아버지 얘기가 아니야."

"그럼요?"

카티는 자기 사물함 앞에 멈춰서 열쇠를 꺼냈다.

"세바스티앵 얘기야."

그 순간 카티는 감전된 것처럼 온몸이 찌릿해왔다.

세바스티앵.

한번도, 단 한 번도 그녀의 어머니, 또는 아버지가 그날의 사고 이후로 그의 이름을 입에 올린 적은 없었다.

"너한테 전화를 해줘야 할 것 같아서."

저편에서 부드러운 고음의 목소리가 들려왔다.

이건 무슨 뜻이지? 무슨 일이 일어난 거야?

심장이 격렬하게 방망이질하기 시작했다.

"그가 어쨌는데요? 걔네 엄마가 그를 요양원에라도 보냈나요? 아니면 산소호흡기를 모두 떼어버리기로 결정했대요?"

"넌 병들어 있어, 카티."

"뭐라고요?"

"세상에서 분노와 증오가 가장 나쁘단다."

"누가 그래요?"

"달라이 라마의 말씀이야."

카티는 신발을 벗어 사물함에 던져 넣었다.

"어서 말해요. 대체 무슨 일이에요?"

"세바스티앵이 깨어났어. 널 보고 싶어 한다는구나."

그레이스 보고서
미수 엘리자 정

1974년 8월 22일

저녁에 또 빙고 게임을 했다.

각자 자신이 좋아하는 영화 제목을 썼다.

1. 2001 스페이스 오디세이
2. 로즈메리의 아기
3. 마루니드
4. 대부
5. 닥터 지바고
6. 누가 버지니아 울프를 두려워하랴
7. 페이퍼 문
8. 러브스토리

데이브 옐라드

카티는 깜빡 잠이 들어버렸다. 하지만 깊은 잠의 문턱을 완전히 넘어선 건 아닌 모양이었다. 낯선 소리에 깼을 때 생각은 여전히 의식을 따라 비틀거리고 있었다. 희미한 꿈들은 순식간에 달아나버렸다. 바위, 물 그리고 달려도 달려도 끝이 보이지 않는 길들.

악몽은 뇌를 위한 일종의 오물 처리 시설 같은 기능을 하는 것 같았다. 그걸 누가 고안해냈건 지금껏 악몽에서 깼을 때 공포나 격렬한 심장박동이나 식은땀 그리고 목구멍에서 맴돌던 비명의 기미가 보인 적은 한 번도 없었다.

그녀는 눈을 뜰 수가 없었다. 하지만 누군가 침대 옆에 서서 자기를 지켜보고 있다는 것만은 똑똑히 느낄 수 있었다.

어서 일어나, 카티!

하지만 이게 모두 나의 착각이면 어쩌지? 아, 너무 졸려……
꿈에서 세바스티앵이 날 기다리고 있는데…….

"카티?"

그건 세바스티앵의 목소리가 아니었다.

그 사람인가? 공작?

사실 그는 그녀의 이상형과 거리가 멀었다. 하지만 그는 그
녀의 마음속에서 세바스티앵에 대한 감정과는 무관한 다른
감정을 불러일으켰다. 아무리 발버둥 쳐도 피할 수 없었다. 그
의 어떤 점이 그녀를 거부할 수 없게끔 끌어당겼는데 그게 꼭
설원 지대에서 키스를 당한 시점부터는 아니었다. 거부할 수
없다는 표현은 그녀를 두렵게 했다.

차가운 손이 팔에 닿자 그녀는 소스라치게 놀라 눈을 떴다.

바깥에는 짙은 어둠이 깔려 있었다. 창백한 달이 창문을 가
린 희뿌연 안개 벽 뒤로 나타났다. 달빛이 너무 희미해서 뭐가
뭔지 분간하기조차 어려웠다.

어둠 속에서 카티가 말했다.

"뭐 하는 짓이야? 난 24시간 대기조가 아니야, 알았어? 어
느 누구에게도. 그러니까 네가 누구건 당장 내 방에서 나가."

대답이 없었다. 기껏 들리는 소리라고는 긴장된 숨소리뿐이
었다.

카티는 겁조차 먹을 수 없을 만큼 피곤했다. 어제 일어난 사

건 이후 세 시간이나 피트니스 센터에서 보냈다. 평소처럼 스피드 바이크로 시작해서 45분간 머리가 멍해질 정도로 아드레날린을 분출시켰다. 그 밖에도 다른 프로그램들, 즉 아령 운동, 바벨 들기, 그리고 슬랙라인 등을 거의 기계적으로 해치웠다.

그렇게 해야만 어머니가 전해준 소식을 감당할 수 있을 것 같아서였다. 그리고 운동을 끝내자마자 바로 침대에 쓰러져 잠들었던 것이다.

카티는 손을 더듬어 스위치를 찾았다. 빛이 곧장 눈 안으로 쏟아졌다. 몇 차례 눈을 깜빡거린 다음에야 그녀는 하늘색과 흰색 줄무늬 잠옷을 알아보았다. 그건 절대로 그녀의 것일 리 없었다.

카티는 얼른 이불을 끌어올렸다. 벌거벗은 채로 잠을 자는 건 위험한 일이었다. 게다가 이 작은 괴물은 아무렇지 않게 그녀의 방으로 들어오기까지 했다.

"젠장, 여기서 뭐 하는 거야? 네가 관음증 환자일 거라곤 상상도 못 했어, 로버트!"

로버트는 안경을 쓰고 있지 않았다. 그의 눈은 휘둥그레져 있었다. 그가 추위에 떨고 있는 것처럼 보인 건 착각이 아니었다. 실제로 그는 온몸을 덜덜 떨고 있었고 밖에 걸린 달보다 더 창백했다.

"너 꼭 시체 같아. 저녁에는 대체 어디 갔었어? 계속 찾아다

넜는데."

카티는 중얼거리면서 책상 위에 있는 디지털시계를 힐끔 쳐다보았다. 그리고 다시 베개에 머리를 뉘였다.

"이제 겨우 새벽 2시야. 다섯 시간 후엔 날 다시 찾아와도 좋아. 하지만 그 전엔 안 돼."

"너한테 아직 두 번째를 설명해주지 않았어."

카티는 한숨을 내쉬었다.

"난 네가 무슨 얘길 하는지 전혀 모르겠어. 그리고 사실 알고 싶지도 않아."

"공식 말이야."

로버트는 마치 자신만이 해독할 수 있는 표식이 쓰여 있기라도 한 것처럼 벽의 한 점을 응시하고 있었다. 그러더니 잠옷 주머니에서 꼬질꼬질한 종이쪽지를 꺼냈다.

"이건 일부가 찢겨 나간 거였어."

카티는 비밀 암호 같은 글자가 쓰여 있는 종이를 건성으로 힐끗 쳐다보았다.

"그래서? 틀림없이 벤저민이 어디서 베껴 썼겠지. 그걸 쓸 때도 이미 약에 취해서 잘못 베껴 쓴 걸 거야."

"나도 처음에는 그렇게 생각했어. 하지만…… 내가 좀 찾아봤거든. 그래서 몇 가지 사실을 알아냈어."

로버트는 기이한 표정으로 그녀를 보고 있었다.

"걔가 하는 말을 좀 더 진지하게 들을걸 하는 후회가 돼. 그때 그 말을 그렇게 쉽게 무시해버리지만 않았어도……."

카티는 로버트의 목소리에 밴 절망감을 알아차리곤 한숨을 쉬었다. 이런 상황에서 그냥 등을 돌리고 자버리는 건 너무 잔인한 처사였다. 게다가 로버트는 그레이스에 있는 모든 공부벌레들 중에서 유일한 진짜 천재였고 뛰어난 두뇌 외에 감성적인 능력까지 갖춘 사람이었다. 반면 그와 비슷한 다른 사람들은 대부분 편중된 능력의 소유자들로 복잡한 문제를 푸는 데는 전문가들일지 몰라도 감수성에 관한 한 무생물이나 다를 바 없는 수준이었다.

"내 나이트가운 좀 이리 줘봐. 그리고 뒤돌아 있어. 이렇게 벌거벗은 상태로 수학적 사고를 하고 싶진 않으니까."

로버트는 좁은 등을 보이며 돌아섰다. 카티는 그가 여전히 떨고 있다는 걸 알아차리곤 마음이 무거웠다.

"흔들의자 위에 이불 있어. 네가 왜 겨우 수학 공식 하나 때문에 그렇게 두려워하는지 이해가 안 돼."

***

카티는 로버트에게 자기 침대에 앉도록 허락한 게 자신의 공감 능력을 증명해 보이기 위해서일 뿐이라고 생각했다. 하지만 그 사실에 앞서 로버트는 카티가 그레이스에서 유일하게 신뢰하는 율리아의 동생이었다. 비록 크리스마스 이후 율리아가 크리스와 성스러운 동맹을 맺으면서 카티와 율리아 사이에 냉랭한 기류가 흐르기 시작했지만 말이다.

카티는 흔들의자에 앉았다.

"좋아. 이제 시작해봐."

"그의 이름은 데이브 옐라드야."

로버트는 자신이 무슨 말을 하는지 그녀가 알고 있다고 믿는 게 분명했다.

"그게 누군데?"

"19세기 말경 이 공식을 만든 사람."

"19세기라고?"

카티에게는 그 시대가 태초만큼이나 까마득하게 느껴졌다.

"그는 지도 제작자이자 지리학자였고 탐험가였어."

"그것참, 흥미롭네."

"옐라드는 1880년 에든버러에서 부유한 귀족 가문의 아들로 태어났어. 그의 원래 이름은 존 그레이엄 듀크 오브 던바. 세인트앤드루스 대학에서 수학했어."

카티는 휘파람으로 감탄을 대신했다.

"와우, 높으신 분이었군."

로버트는 카티의 과장된 반응에도 전혀 동요하지 않았다.

"그는 1899년부터 1904년까지 알렉산더 폰 훔볼트(독일의 지리학자·과학자·박물학자·탐험가. 칼 리터와 함께 근대 지리학의 시조가 되었다―옮긴이주)의 자취를 찾기 위해 남아메리카를 탐험했어. 하지만 처음엔 지적 호기심 때문이 아니라 금을 찾기 위해서였지."

"그게 우리하고 무슨 관계가 있는데?"

로버트는 자세를 가부좌로 바꿔 앉았다. 아까보단 긴장이 조금 풀린 듯했다. 카티 역시 많이 작아 보이는 그의 잠옷에 익숙해졌다. 바짓단 아래로 맨다리가 쑥 나와 있었는데 다리 근육이 상당히 두드러진 데다가 털도 많은 걸 보고 깜짝 놀랐다. 물론 그도 얼마 전에 성인식을 치른 어른이니 털이 있는 건 당연한 일이었지만 유난히 동안인 얼굴 탓인지 어색했다. 그가 어려 보이는 이유는 아무래도 동글동글한 얼굴형과 가늘고 찰랑거리는 갈색 머리카락 때문인 것 같았다. 그 점에선 쌍둥이 누나인 율리아도 마찬가지였다.

"옐라드는 유럽으로 돌아온 후 가문의 소유지로 들어갔어. 아까 말한 대로 그의 관심사는 지도와 지리학, 화학, 물리학 그리고 수학이었거든."

"좋아, 그건 그의 병적인 집착과 환상을 증명하는 거네."

그러자 로버트는 그녀를 근엄한 표정으로 바라보았다.

"그 당시 사람들은 요즘 사람들보다 훨씬 더 교양이 풍부했어. 그들은 한 가지 주제만 파고들지 않았다고. 그들은 진정한 자연 연구가들이었지."

"오늘날에는 한 가지 전공만 파고드는 바보들밖에 없는 게 내 잘못이라도 된다는 거니?"

카티는 볼멘소리로 항변했다.

"그건 그렇고 대체 그 공식은 뭐야?"

로버트는 다시 종이쪽지를 꺼냈다.

"그때까지 좋은 명성을 얻고 있던 옐라드는 이 공식 하나 때문에 하루아침에 학계에서 조롱거리가 되고 말았어. 바보 명청이 같은 사람들이 모두 이 공식이 이상하다고 생각했던 거야."

카티는 조롱하는 투로 "아, 그래?"라고 말했지만 로버트는 신경 쓰지 않았다.

"어쨌거나 이 공식이 미완성이라는 건 중요하지 않아. 그보다는 왜 미완성인지 생각해봐야 해."

그는 멍하니 자신의 손톱을 쳐다보며 생각에 잠겼다.

"이걸 어떻게 설명해야 좋을지 잘 모르겠어······. 그렇지만 이 뒤엔 어떤 의도가 있는 것 같아."

카티는 손을 내저었다.

"무슨. 그 옐라드라는 사람, 그냥 하다가 재미없어서 그만둔 걸 거야."

그가 한숨을 내쉬자 드디어 안색이 원래대로 돌아왔다.

"그건 말이 안 돼. 내 생각을 말하자면 이래. 이 공식을 만든 사람은 틀림없이 천재야. 옐라드 같은 뛰어난 수학자가 그냥 포기했을 리 없다고. 게다가 또······."

로버트는 말을 멈추더니 몸을 앞으로 숙였다.

"옐라드는 이 공식 때문에 살아 있는 동안 조롱거리만 된 게 아니라 수많은 적까지 생겼단 말이야. 왜냐하면 그가 이 공식의 답이 어마어마한 부와 권력을 보장할 거라고 주장했기 때문이었어."

카티는 큰 소리로 웃었다.

"만약 그게 사실이라면 그 종이의 절반이 사라진 것도 그리 놀라운 일은 아니네."

"사람들은 그에게 위조범이라는 둥 사기꾼이라는 둥 하면서 욕을 해댔어."

"솔직히 나도 그렇게 생각해."

"하지만 그건 너무 짧은 생각이야. 그가 거짓말을 했다는 증거도 또 그의 말이 맞는다는 증거도 없거든. 물리학과 수학에서는 누군가를 사기꾼으로 몰기가 아주 용이해."

"그럼 넌 그 공식…… 아까 그 사람 이름이 뭐랬지?"

"데이브 옐라드."

"맞아, 그의 공식에 뭔가 있다고 믿는 거야, 롭?"

"날 롭이라고 부르지 마."

그가 눈을 깜빡이며 이맛살을 찌푸리더니 고개를 젓고는 곧바로 화제를 돌렸다.

"옐라드가 오래 살지 못했다는 거 알아?"

"서른여덟 살에 캐나다 서부 탐험에 참가했는데 그 후로 돌아오지 않았어. 다시 말해 죽은 거지…… 아니면……."

로버트는 몸을 앞으로 숙이곤 말했다.

"내 생각엔 살해당한 것 같아."

***

그사이 창밖에는 짙은 잿빛 장막이 드리워져 달을 완전히 가리고 있었다. 안개가 잔뜩 끼어 있었던 것이다. 계곡은 지형적 특성 때문에 자주 안개가 끼곤 했지만 이렇게까지 짙게 깔린 걸 본 건 처음인 것 같았다. 시간이 흐를수록 안개는 더 자욱해졌고 카티의 마음도 그와 비슷했다.

세바스티앵이 깨어나다니…… 이날을 얼마나 기다렸던가?

그날이 왔는데 나는 뭘 하고 있는 거지?

그녀는 세바스티앵이 있는 곳으로 달려가는 대신 한밤중에 로버트와 마주 앉아 마약에 빠진 친구를 미치게 만든 환영을 좇고 있었다.

뭘 위해서?

그녀도 알 수 없었다.

이렇게 하면 진짜 벤저민을 도울 수 있을까? 지금 내겐 그보다 먼저 해야 할 일이 있는데…….

그녀는 한숨을 내쉬며 물었다.

"왜 그가 살해당했다고 생각하는 건데?"

로버트는 무거운 침묵에 빠져 있었다. 거의 투명해 보일 정도로 안색이 다시 창백해졌다. 순간 앞머리가 그의 왼쪽 눈을 가려 표정이 험상궂어 보였다.

"넌 아직 내 말을 제대로 이해하지 못했구나, 그렇지?"

"뭘 말이야?"

카티는 슬슬 짜증이 났다.

쟤는 왜 항상 애매모호하게 말하는 거지?

그녀는 로버트를 좋아했지만 로버트가 악몽을 자주 꾸고 예언 또는 율리아의 표현대로 '미래를 예견한다'는 말을 들은 후론 그에게 전문가의 도움이 필요하다고 확신했다. 하지만 그에게 직접 그런 말을 할 자신은 없었다.

게다가 그녀도 고민이 있었다. 어머니로부터 걸려온 전화가 그녀를 송두리째 흔들어놓았지만 그 일을 쉽게 받아들일 수가 없었다. 게다가 또 공작에 관련된 일까지.

그랬다. 지금은 로버트의 수사적인 질문을 참고 견디기엔 너무 늦은 시각이었다.

잠자리에 들 시간이었다. 다음 날 중요한 약속이 있었다. 내일이면 드디어 진실이 밝혀지게 되리라. 그녀는 자신이 진심으로 진실을 원하는지, 그리고 그걸 감당할 수 있을지 신중하게 생각해봐야 했다.

그녀는 이 모호한 상황을 그만 끝내기로 결심하곤 일어서서 문을 가리켰다.

"그래, 로버트. 난 아무것도 이해하지 못했어. 그리고 난 이제 네가 그만 가주길 바라. 이 문제는 내일 다시 얘기하자."

그러자 로버트의 시선이 날카로워졌다.

"카티! 옐라드가 그 당시 머물렀던 곳은 캠루프스라고. 과거 휴스턴 베이의 본사가 있었던 곳 말이야. 그리고 거긴 여기서 겨우 5백 킬로미터밖에 안 떨어져 있어."

카티는 그를 빤히 쳐다보았다.

"그게 무슨 뜻이야?"

"데이브 옐라드!"

로버트가 흥분해서 고개를 저었다.

"그의 이름은 사실 데이브도 옐라드도 아니었어."

"그래, 듀크 오브 던바라고 했잖아."

"아니. 성 말고 이름 말이야! 그건 애너그램이었어."

카티는 자기 앞에 쓰인 알파벳을 뚫어지게 쳐다보았다.

로버트가 벌떡 일어나더니 그녀의 책상 위에 놓여 있던 볼펜을 집어 들었다. 그런 다음 종이에 뭔가를 급히 휘갈겨 써서 그녀에게 보여주었다.

눈앞에 놓인 글자를 보자 카티는 그제야 정확한 연관성을 깨달았다. 하지만 그 의미는 여전히 그녀의 의식 밖으로 나오길 거부하고 있었다.

로버트가 흥분해서 설명했다.

"'DAVE YELLAD'의 알파벳들을 풀어 재조합하면 'DEAD VALLEY'가 돼. 다시 말해 '데이브 옐라드'라는 이름은 '죽은 계곡'을 따서 지은 거야. 그래도 모르겠어, 카티?"

몰라. 세상엔 내가 결코 이해하고 싶지 않은 일들이 있거든.

***

금세 날이 밝았다. 카티는 한기를 느꼈다. 지하 컴퓨터실에
는 창문이 없었다. 다시 말해 공간을 따뜻하게 덥힐 해가 비
춰 들지 않았고 난방기는 이제 막 가동되기 시작했는지 취이
이— 하는 소리가 났다.

하지만 새벽 6시에 카티를 불러낸 율리아의 행동은 결코 과
한 게 아니었다.

로버트는 여전히 잠옷 차림이었고 게다가 맨발이었다. 그는
카티의 방에서 나간 후 곧바로 지하로 내려온 모양이었다. 몰
골이 말이 아니었다. 눈은 토끼처럼 빨갛게 충혈되어 있었고
안색 역시 컴퓨터실의 흰 벽보다 더 하얬다. 율리아는 방에서
이불을 갖고 와 로버트의 다리에 덮어주었다. 카티는 의자를
가까이 끌고 가서 로버트의 옆에 앉았다.

로버트는 가수면 상태이거나 아니면 의식 밖에 있는 어떤
힘에 의해 조종당하는 사람처럼 보였다. 그가 집게손가락으
로 엔터 키를 누르는 모습은 자기 의지에 의한 게 아니라 무의
식적인 행동에 가까웠다. 그는 마치 광기에 사로잡힌 사람처
럼 뭔가에 홀려 키보드를 두드리고 있었다.

율리아는 중얼거리듯 말했다.

"쟤 저런 모습 보는 거 정말 싫어. 대체 무슨 일이지? 아무리 물어봐도 너한테 들으라는 말밖에 안 해."

"그럴 만한 이유가 있을 거야. 내가 한번 얘기해볼게."

클릭.

클릭.

클릭.

로버트는 세 가지 메시지를 동시에 전송했다.

카티는 로버트의 옆에 앉아 있었지만 무슨 말을 해야 할지 몰라서 일단은 아무 말도 하지 않기로 했다. 어쨌거나 자신이 하고자 하는 일을 방해하는 하는 사람보다 더 끔찍한 건 없다는 걸 잘 알고 있었기 때문이다.

그녀는 그가 누구와 교신을 하는 중인지 알아내려고 했다. 로버트는 여러 사람과 동시에 접속 중이었지만 일반적인 SNS를 통해서는 아니었다. 로버트에게는 자신처럼 하루 종일 컴퓨터 앞에 앉아 풀리지 않는 문제와 씨름하는 친구들이 많은 게 분명했다.

카티의 눈앞에 바로 그런 사람들이 있었다. 감자 칩 봉지, 콜라 캔, 도수 높은 안경, 떡 진 머리 등. 별의별 유형의 사람들이 위키리크스에 비밀 정보들을 제공하고 있었던 것이다.

로버트 앞의 모니터 화면이 쉴 새 없이 바뀌었다.

그가 마침내 고개를 들곤 눈을 비볐다.

"혹시 널 도와줄 사람을 찾아냈어?"

카티가 조심스럽게 물었다.

"모든 사람들이 옐라드가 미쳤다고 생각하진 않아. 게다가 그가 살아 있을 당시에도 이미 그가 살해됐을 거라는 추측이 있었대."

또다시 삐 – 소리가 났다.

로버트는 다른 창을 클릭했다. 하지만 카티가 읽어보려고 몸을 숙이자 로버트가 곧바로 화면을 꺼버렸다.

"뭐야? 밤새 잠도 못 자게 해놓고선 이제 와서 갑자기 나한테 숨기기야?"

로버트는 수많은 컴퓨터가 마련되어 있는 컴퓨터실을 재빨리 둘러보았다. 토요일 아침이라 그곳에는 율리아와 카티 말곤 아무도 없었다.

"이해할 수가 없어."

그가 키보드 옆에 있던 연필을 집어 종이에 뭔가를 적기 시작하자 참다 못한 율리아가 소리쳤다.

"그래, 네가 지금 여기서 하는 짓 정말 이해할 수가 없어! 이제 제발 그만둬."

카티는 율리아를 진정시키려고 그녀의 어깨에 손을 올렸다.

"로버트는 벤을 도우려는 것뿐이야."

그리고 로버트에게 말했다.

"그 옐라드 이야기는 목적에서 빗겨간 것 같아. 정말 벤을 위해서라면 어떻게든 카메라에 담긴 영상들을 재구성해보는 게 더 나아."

로버트가 중얼거렸다.

"영상이라면 잊어버려. 그건 이미 날아갔으니까."

그는 모니터에서 시선을 떼지 않았다.

삐-

"30분만 있으면 더 많은 걸 알 수 있어."

카티는 컴퓨터실을 나오면서 공룡시대에나 있었을 법한 키보드 두드리는 소리와 또다시 삐- 하는 소리 그리고 연신 "이해할 수가 없어"라고 중얼거리는 로버트의 목소리를 들었다.

그레이스 보고서
데이브 옐라드의 기행문

밤이다.

보름달이 떴다.

걸어서 다섯 시간 만에 깊은 협곡과 폐허가 된 고대 도시를 연상케 하는 탑들이 어지럽게 널려 있는 곳에 다다랐다. 놀랍도록 다채로운 모양과 색을 가진 돌들의 향연을 보는 것 같다. 눈부시게 흰 돌에서부터 짙은 적색 또는 노란색 그리고 갈색에 이르기까지 말할 수 없이 다양하다.

노인들은 이곳을 '미로에 갇힌 남자들'이라고 부른다. 하지만 그들은 괴물이 두려워서 이곳에 직접 발을 들여놓진 않는다. 이곳에 들어오는 경우는 오직 귀신을 쫓기 위한 종교적 제식을 치를 때뿐이다. 그들은 이 바위에 가까이 가는 사람은 영영 돌아오지 못한다는 걸 알기 때문이다.

먼 옛날 코요테 신은 이곳에 자신의 백성들을 위한 주거지를 설립했다. 하지만 사람의 형상을 한 동물과 다람쥐, 새 또는 다른 창조물로 이루어진 백성들은 코요테 신이 자신들을 위해 마련한 이곳에 만족하지 않았다. 그들은 이 도시를 더 아름답게 만들려다가 결국 코요테 신의 노여움을 사고 말았다. 어느 날 코요테 신은 여러 색이 든 물감 통을 집어 백성들 머리 위로 쏟아부었고 그 결과 모든 생명체들은 돌로 변하고 말았다.

여전히 성스러운 식물의 독에 취한 나는 코요테의 첫 울음소리에 잠이 깼다. 그가 침입자에게 복수를 하기 위해 죽음을 부르고 있다. 그들은 침입자들이 태어난 것을 후회할 만큼 철저히 파괴해버릴 것이다.

세바스티앵

율리아는 구내식당으로 가서 로즈와 함께 아침을 먹기로
했다. 하지만 카티는 함께 가지 않겠다고 했다. 온몸이 만신창
이가 된 것처럼 아팠고 음식을 떠올리기만 해도 속이 울렁거
렸다.

*왜 율리아는 자기 동생이 숨기고 있는 진실을 알아내려고
하필이면 날 깨워서 컴퓨터실까지 끌고 간 걸까?*

카티는 자신이 다른 사람의 임무를 대신하기에 전혀 적합
하지 않은 사람이라고 생각했다.

그녀는 기숙사로 올라가선 에스프레소를 머그 컵에 한 잔
가득 따라 식탁 의자에 앉았다. 창밖으로 호수 대신 숲이 보
였고 구름은 낮게 깔려 있었다. 짙은 소나무 가지 끝에 솔방

울들이 매달려 있었다. 어제만 해도 화창한 날씨와 아름다운 풍경들에 감동했고 또 마치 지난 몇 달간 그녀를 무겁게 짓누르고 있던 모든 짐들이 사라져버린 것처럼 몸과 마음이 홀가분했었는데, 지금은 꼭 어제 느꼈던 행복감에 대한 죗값이라도 치르고 있는 것처럼 몸과 마음이 천근만근이었다.

〈악마의 날들〉, 그 노래가 아무래도 불길한 암시였나봐.

그랬다. 악마들이 되돌아왔다. 그것도 여느 때보다 더 강력한 힘으로.

악마들은 벤저민 폭스와 폴 포르스터 그리고 데이브 옐라드라는 이름으로 나타났다.

게다가 갑자기 깨어난 그녀의 세바스티앵까지.

그 소식은 모든 신문에 대서특필되리라. 데일리 뉴스, 뉴욕 타임스, 그리고 워싱턴포스트까지 모든 매체가 그 사건을 보도하게 될 것이다.

그 일이 다시 주목받게 되겠지. 그녀의 이름이 신문지에 진하게 인쇄되고. 아버지는 여론으로 인해 지지율이 추락할까봐 미쳐 날뛰리라.

하지만 그녀에게 그 사실은 아무렇지도 않았다. 그게 권력과 권력자들 또는 잘난 척하는 인간들이 치러야 할 대가니까.

세바스티앵은 그녀를 찾았다고 했다.

당연히 그랬겠지. 그는 그녀의 남자 친구니까. 그녀가 제일 믿는 사람, 그녀의 동행자. 지금까지 살아오면서 그녀와 영혼이 닮은 유일한 사람.

그는 지금 그녀가 오기를 기다리고 있다. 그녀도 그 사실을 알고 있다.

그런데도 왜 아직 여기 앉아 있는 거지? 왜 가방을 싸서 다음 비행기를 타고 워싱턴으로 날아가지 않는 거야?

그녀는 한 번도 그 순간이 어떨지 상상해본 적이 없었다. 왜냐하면 그런 일이 일어나리라고 믿지 않았으니까. 그녀는 세바스티앵이 다시는 깨어나지 못할 거라고 생각했다.

그래서 이렇게 무감각한 걸까? 어떤 결정도 내릴 수 없을 만큼 무기력해……

그녀는 휴대전화를 집어 들었다. 이런 마음으로 그를 만나는 건 불가능했다. 문자메시지를 보내는 동안 손이 떨렸다. 자꾸만 오타가 났다.

오늘은 필즈로 못 가. 전화하지 마.

젠장, 젠장, 젠장!

아는 욕이라곤 '젠장'밖에 없었다. 달리 그녀의 심정을 정확하게 표현해줄 말이 없었다.

세바스티앵의 정신은 거의 1년간 다른 먼 곳에 있다가 이제 제 몸으로 돌아왔지만 그 몸은 전과 같지 않다. 아마도 그들은 그에게 척추가 부러졌다고, 그래서 평생 마비된 몸으로 살아가야 한다고 말해줬을 것이다.

그가 지금 그녀를 필요로 하고 있다. 다른 그 누구보다도 그녀를.

아마도.

그녀는 워싱턴에 도착한 자신의 모습을 상상해보았다. 세바스티앵의 부모님은 그녀가 세바스티앵을 만나도록 허락해줄 것인가?

그럴 테지. 어머니에게 세바스티앵이 나를 찾고 있다고 말한 건 그들이었을 테니까. 그런데 딱 한 번이었을까? 아니면 깨어 있을 때마다 날 찾았을까?

그녀는 그 앞에 서서 작별을 고하던 때를 떠올렸다. 차갑고 생명 없는, 그녀에게 너무나 낯설게 느껴졌던 그 껍데기 앞에서. 그를 죽은 사람으로 간주했던 자신의 판단이 틀렸다. 그를 아무렇지도 않게 포기하고 버렸다는 사실이 전에 했던 그 어떤 행동보다 더 끔찍하게 느껴졌다.

그녀는 세바스티앵을 배신했던 것이다. 두 번씩이나.

카티는 그사이 식어버린 에스프레소를 한 모금 마셨다. 온몸이 바들바들 떨렸다. 그가 전화를 걸어올 경우에 대비해 자신의 감정을 분명하게 정리해야 했다. 그는 전화할 것이다. 그니까. 세바스티앵이니까.

확실했다.

***

"네가 여기 있을 거라곤 전혀 생각 못 했어!"

문을 열고 부리나케 안으로 들어오는 데이비드를 보고 카티는 깜짝 놀라 커피 잔을 떨어뜨리고 말았다. 산산조각 난 유리가 바닥에 사방으로 흩어졌다. 아주 잠깐이었지만, 한 번도 울어본 적이 없던 그녀가 순간 목구멍으로 올라오는 울음을 간신히 참았다.

항상 머리끝부터 발끝까지 검은색으로 싸매고 다니는 데이비드는 몹시 흥분해 있었다. 그는 카티 앞으로 와서 서더니 씩씩대며 말했다.

"로버트가 그러던데 넌 벤이 어디 있었는지 알고 있다며?"

카티는 어깨를 으쓱했다.

"생각하기 나름이지. 그런데 카메라 메모리 카드에 있던 정보들이 모두 지워져버렸어."

"그게 벤을 살리는 데 도움이 될 수도 있단 생각은 못 해봤어?"

데이비드는 깊이 심호흡을 하곤 비아냥거리듯이 말했다.

"아님 여기 조용히 앉아서 계속 에스프레소나 홀짝거리는 게 더 나을까?"

카티는 천천히 자리에서 일어나서 빗자루를 가져와 바닥을 쓸기 시작했다. 뭐라고 반박할 힘도 없었다.

그녀는 씁쓸하게 대답했다.

"그래, 난 여기 조용히 앉아 있고 싶어. 에스프레소나 홀짝거리면서."

그러자 데이비드가 바싹 다가오더니 그녀의 어깨를 잡고 흔들었다.

"말도 안 돼. 벤은 지금 혼수상태에 빠졌다고. 그를 그렇게 배신하면 안 돼!"

혼수상태!

그건 카티를 공포에 떨게 하는 힘을 가진 단어였다. 누군가 그 말을 할 때마다 그녀는 쇼크를 받았고 침대에 누워 있는 세바스티앵을 떠올렸다. 혼수상태. 그녀는 그 단어를 죽음과 마찬가지로 여겨왔다. 얼마나 잘못된 생각이었던가?

"학장님과 다시 한 번 얘기했어. 의사들은 벤이 왜 혼수상태에 빠졌는지 여전히 밝혀내지 못했대. 왜 깨어나지 못하는지. 이건 사람이 죽느냐 사느냐 하는 문제야."

카티가 말했다.

"항상 그게 문제지. 사는 내내."

그녀의 반응에 데이비드는 어이없어하는 표정으로 그녀를 빤히 쳐다보았다. 그리고 막 무슨 말을 하려는데 뒤에서 다른 사람의 목소리가 들렸다. 하지만 그 소리가 너무 작아서 카티는 하마터면 듣지 못할 뻔했다.

"카티의 말이 맞아."

어느새 주방으로 들어온 로버트가 두 손을 주머니에 찔러 넣은 채 문가에 기대서 있었다. 이제 막 샤워를 끝냈는지 머리가 젖어 있었고 새로 갈아입은 듯한 깨끗한 청바지와 짙은 갈색 터틀넥 스웨터를 입고 있었다. 새벽녘에 컴퓨터실에서 뭐에 쓰인 사람처럼 키보드를 두들겨대던 피곤에 전 모습은 온데간데없었다.

그랬다. 그는 아주 평온해 보였고 그녀를 바라보는 시선 또한 또렷했다.

데이비드가 발끈하며 소리쳤다.

"카티 말이 맞는다고?"

"그래……."

로버트는 주방으로 들어와선 식탁 의자를 꺼내 그 위에 쓰러지듯 앉았다.

"네가 왜 그러는지 잘 알아, 데이비드. 나도 충분히 이해해. 하지만 네가 벤을 살리고 싶어 하는 마음만으론 충분하지 않아. 의지만으론 아무 일도 일어나지 않으니까. 카티는 그걸 알고 있어."

데이비드의 목구멍에서 신음이 새어 나왔다.

"그래서? 그게 너희들이 벤을 위해 하고자 하는 전부야? 카티는 냉소적인 말이나 내뱉고 넌 무슨 철학자 같은 알쏭달쏭한 말만 늘어놓는 거?"

데이비드는 발로 냉장고 문을 찼다. 그의 눈에는 무기력함으로 인한 분노가 서려 있었다. 카티는 지금까지 그의 그런 모습을 한 번도 본 적이 없었다.

로버트는 샤워를 한 뒤엔 종종 서리가 끼는 안경을 벗어 바지에 문질러 닦은 다음 다시 쓰더니 입을 뗐다.

"당연히 그게 전부는 아니지. 그리고 데이비드, 너한텐 벤을 도울 만한 기회가 있어. 왜냐하면 내가 진짜 중요한 걸 발견했는데 그걸 확인해보려면 너희 둘의 도움이 필요하거든."

"그게 지금 무슨 소리야? 벤한테 무슨 일이 있었는지 알아내기라도 했어? 아님 뭘 먹었는지 아는 거야?"

데이비드는 그레이스에서 제일 친한 자신의 친구를 의심스러운 눈길로 쳐다보았다.

"아니, 그건 아니야."

"아니라고?"

데이비드가 두 손을 들어 항의하듯 물었다.

"방금 아니라고 했어?"

로버트가 다시 한 번 분명하게 말했다.

"그래, 아니야."

카티는 한숨을 내쉬곤 식탁에 앉았다.

"알았어, 로버트. 그런데 계속 그렇게 애매모호하게 말해야 해?"

하지만 로버트는 카티의 말을 듣지 못한 것 같았다.

"너희 둘 다 방수 신발로 갈아 신어. 그리고 따뜻한 재킷과

장갑도 필요할 거야. 지금부터 카티가 카메라 영상에서 본 곳들을 살펴보러 갈 테니까."

"그래?"

카티가 눈썹을 치켜세우며 묻자 로버트가 고개를 끄덕였다. 데이비드는 문으로 향하며 말했다.

"지금까지 네가 내뱉은 말 중에서 처음으로 이성적으로 들리는 말이야. 그럼 몇 시에 볼까?"

그러자 로버트는 대답 대신 카티를 쳐다보았다.

상당히 오래.

아주 긴 시간 동안.

그녀는 그의 시선을 맞받으려고 했다. 반항적으로 쏘아보려고 했었다. 그런 일에는 늘 자신 있었으니까. 하지만 이번엔 그러지 못했다.

그녀는 갑자기 고개를 돌려 창밖을 바라보았다. 안개가 끼어 전나무 꼭대기가 하얀 구름 속에 휘감겨 있었다. 갑자기 저밖 어딘가로 가고 싶은 참을 수 없는 충동을 느꼈다. 산 위, 바람 속으로.

저 앞으로, 저 위로 달아나는 것.

늘 그랬던 것처럼.

"로버트, 지금은 안 되겠어."

그녀는 달아나려고 했다.

"그냥 안 되겠어."

하지만 로버트가 고개를 저었다.

"아냐, 넌 할 수 있어."

그러더니 그는 의미심장한 표정으로 웃어 보이곤 데이비드에게 말했다.

"한 시간 뒤에 로비 벽난로 앞에서 보자."

그레이스 보고서

프랭크 카터

1974년 8월 23일

난 지미 헨드릭스 같은 이미 죽은 음악가들이 좋다. 그들은 영원히 살 수 있으니까. 나는 살아 있는 음악가들의 행적도 기꺼이 좇는다. 나는 그들에 관해 모든 걸 알고 싶어 하고 만약 잘 모르겠을 땐 연예 일간지를 찾아본다.

나는 순진무구함을 좋아한다.

나는 열정을 좋아한다.

나는 다양한 음악 장르를 좋아한다.

나는 작곡을 좋아하고 다른 사람들이 쓰는 훌륭한 가사들을 싫어한다.

나는 혼자 있는 게 좋다.

나는 비닐봉지가 좋다.

나는 자연을 사랑한다. 나는 노란색 눈동자를 가진 여자들이 좋다. 그리고 내 기타를 사랑한다.

나는 마약을 좋아한다. 뭐든 할 수 있게 해주니까.

나무다리 위

하늘엔 여전히 짙은 안개가 잔뜩 끼어 있었지만 새벽보다
는 더 밝아 보였다. 카티는 신호탄처럼 좌우로 흔들리고 있는
로버트의 노란색 배낭에 자꾸만 눈이 갔다. 비록 앞으로 나아
가기 힘들었지만 차가운 공기 때문에 정신이 맑아지긴 했다.
지난 며칠간 눈이 급속도로 녹았지만 몇 군데는 여전히 무릎
까지 빠질 만큼 높이 쌓여 있었다. 눈은 축축하고 무겁고 흰
진흙처럼 신발 바닥에 달라붙었다.

게다가 자꾸만 큰 웅덩이가 나타났다. 물은 도처에서 흘러
나오는 것 같았다. 사방에서 졸졸 물 흐르는 소리가 들렸다.
앞으로 다시 기온이 떨어지면 모두 얼어붙을 것이었다.

카티는 시계를 보았다. 10시였다. 원래는 두 시간 후면 필즈

에서 공작을 만나기로 되어 있었다.

벤저민이 옳았다. 카티는 11월 한 달간 주말마다 그를 찾아 다녔었다. 하지만 그녀는 목적을 이루지 못한 채 포기하고 말았었다. 그런데 새해가 밝자 그가 먼저 연락을 해왔다.

나를 만나고 싶다면 이 번호로 전화해.

그녀는 3일 후에 문자메시지에 답했다.

네 이름은 포르스터가 아니야.
맞아.
폴 포르스터는 죽었어.
맞아. 전화해.

그의 번호로 전화를 한 건 그로부터 또 3일이 지난 후였고 그날로부터 그들은 여러 차례 통화를 했다. 하지만 그는 자신의 진짜 이름을 말해주지 않았다. 어디에 사는지, 무슨 일을 하는지. 왜 그때 함께 고스트 산에 올라갔었는지. 그리고 특히 왜 그토록 뻔뻔스럽고 갑작스럽게 카티에게 키스를 하곤 흔적도 없이 사라져버렸는지.

그 후로 그녀는 원칙을 세웠다. 그가 자신의 정체를 밝히기 전엔 그를 만나지 않겠다고.

그는 그날이 진실의 날이라 될 거라고 썼다.

그는 그게 딱 맞는 말이란 걸 몰랐다. 그랬다. 그날은 진짜 진실의 날이 되었다. 세바스티앵을 위해. 그리고 그녀 자신을 위해서도.

그녀의 시선이 또다시 눈앞의 노란 배낭에 꽂혔다. 로버트는 가끔씩 멈춰 서서 호수 위를 바라보곤 했다. 급한 기색도 긴장한 기색도 없었다. 로버트는 정확히 뭘 하려는 건지에 대해서는 여전히 말해주지 않았다. 카티에게도 데이비드에게도. 카티의 계속되는 질문에 로버트는 침묵을 고수했지만 그러면서도 표정이 너무 진지해서 그녀는 어느새 캐묻기를 포기하고 말았다.

로버트라면 아마도 세바스티앵이 혼수상태에 빠져 있는 동안에도 그녀의 마음을 느끼고 있었을 거라고 말하리라. 그녀가 얼마나 빨리 그를 없는 사람으로 여겨버렸는지 이미 알아차렸을 거라고.

하지만 그 말이 맞는 걸까? 그녀는 그를 없는 사람 취급하지 않았었다, 결코. 하지만…… 그녀가 사랑했던 그녀의 세바스티앵은 어느 날 갑자기 더는 존재하지 않았다. 세상에서 자유를 가장 중요하게 여겼던 그가 이제는 기계와 사람들에게 의지하게 된 것이다. 영혼이 육체를 지배한다고 늘 말했었던 그가 자신의 육체 속에 갇혀버린 것이다.

그럼 지금은?

지금 그는 다시 그녀의 삶 속으로 들어와 결정을 강요하고 있었다.

그녀의 머릿속은 끝없이 현재와 과거를 오갔다. 뭘 어떻게 해야 할지 막막했다. 기분이 찜찜했다.

그녀는 걸음을 멈추고 이마를 훔쳤다. 카티는 어떤 가식도 없이 자기 자신에게 솔직해질 자신이 없었다. 하지만 그녀가 여기서 하고 있는 일에 대해선 하늘에 떠 있는 해만큼이나 분명했다. 그녀는 이미 일어난 일과 앞으로 일어나게 될 일로부터 달아나고 있었던 것이다.

다른 두 사람이 안개 때문에 시야에서 사라져버렸다.

"데이비드? 로버트?"

카티가 큰 소리로 부르자 대답 대신 호수의 물소리와 호수 연안에 부딪히는 일정한 간격의 물결치는 소리만 돌아왔다.

그럼 발자국 소리는?

발소리는 데이비드와 로버트가 먼저 간 앞쪽이 아니라 뒤쪽에서 들려왔다.

카티는 귀를 쫑긋 세웠다.

또다시 뒤편에서 발소리가 들리는 것 같았다. 눈길을 걸어오는 신발 소리가.

"거기, 둘!"

카티가 고함을 쳤다.

"제발 대답 좀 해줄래?"

그 순간 안개가 걷히고 백 미터쯤 앞에 로버트의 노란 배낭이 나타났다.

그녀가 재빨리 따라가자 로버트가 고개를 돌려 그녀를 빤히 쳐다보았다.

"카티, 길이라도 잃어버릴까봐 겁나?"

그의 목소리에는 뭔가 알 수 없는 감정이 배어 있었다. 동정심일까?

그녀가 대답했다.

"아니, 그럴 일은 없을 거야. 너희들을 이끌고 가야 할 사람은 바로 나라는 거 잊지 않았지? 우리 중에서 그 영상을 본 건 나뿐이잖아."

로버트가 진지하게 그녀를 쳐다보더니 말했다.

"맞아. 어서 앞장서서 가."

카티는 이를 악물곤 그 앞으로 지나갔다. 머릿속으로 한 시간 동안은 오직 걸어가는 데만 집중하겠다고 다짐했다.

그녀는 빠르게 앞으로 나아갔다. 백여 미터쯤 가자 경사가 더 가팔라졌다. 그 길은 호수 연안을 따라 20미터 정도 계속되고 있었다. 위로 올라갈수록 폭이 더욱 좁아지더니 왼쪽으로 첫 번째 바위가 나타났다. 길은 축축해서 질퍽거렸다. 하지만 카티는 아랑곳하지 않았다. 수개월간 두터운 눈 속에 묻혀 있었던 나뭇잎과 솔잎 그리고 솔방울들이 수북이 쌓여 몹시 미끄러운데도 카티의 걸음은 굉장히 빨랐다.

평소엔 그즈음 가면 힘차게 떨어지는 폭포 소리를 들을 수 있었다. 그런데 그날은 고요했다. 들리는 소리라곤 오직 힘겨워하는 숨소리와 저벅저벅 걸어가는 발소리 그리고 나무에서 떨어지는 물소리뿐이었다.

카티가 로버트와 데이비드에게 말했다.

"너무 오른쪽으로 치우치지 않도록 조심해. 여기 눈은 속기 쉬워. 자칫 잘못 디뎠다간 산 아래로 떨어지기 십상이야."

마침내 그녀 앞에 바위가 나타났다. 바위에는 '낙석 주의!'라는 팻말이 붙어 있었다. 카티는 발걸음을 멈추고 다시 귀를 기울였다. 이번에는 그들의 뒤를 쫓는 것 같은 상상 속의 발소리 때문이 아니었다. 바위틈의 얼음이 녹으면서 바위가 갈라지고 있었다. 카티는 곧 갈라진 돌조각이 떨어질 거라고 예측했다.

그런데 예상과 달리 부드럽게 바스락거리는 소리가 들리자 카티는 무심코 뒤를 돌아보게 됐다. 그 순간 휘어진 소나무 가지에서 떨어진 눈뭉치가 흰 베일처럼 하얗게 시야를 가렸다.

카티는 몸을 부르르 떨며 모자를 썼다. 그녀 곁으로 데이비드가 다가왔다.

"어서 가자. 이제 곧 폭포가 나올 거야."

그는 다시 평소의 데이비드로 돌아온 듯했다.

누군가를 구할 수 있다면 데이비드의 세상은 끄떡없어.

그렇게 생각하자 카티는 씁쓸해졌다.

그녀는 조금 천천히 그의 뒤를 따라갔다. 잠시 후 다리가 나타나자 카티는 왜 그곳이 고요했었는지 알게 되었다. 물보라를 일으키는 높은 물 분수 대신 얼음 절벽이 형성되어 있었던 것이다. 그걸 보자 카티는 벤저민이 찍은 영상에서 봤던 다른 폭포가 떠올랐다.

이곳의 폭포는 얼었는데 왜 다른 폭포는 얼지 않은 거지?

***

카티는 곧바로 다가가 아래를 내려다보고는 고개를 저었다.

"영상에 나온 폭포는 여기가 아니야. 모양이 이것처럼 불규칙적이지 않았어. 그리고 돌도 불그스름했고."

하지만 로버트는 그 말에 신경 쓰지 않았다. 대신 시계를 보더니 까만 수첩에 뭔가를 적어 넣고 다음 페이지에는 그림을 그렸다.

"로버트 프로스트, 내 말 듣고 있어?"

카티가 기가 막힌다는 듯이 눈알을 굴리며 말을 이었다.

"날 여기까지 끌고 온 건 너잖아. 그 영상에 뭐가 있었는지 진짜 알고 싶긴 한 거야?"

하지만 로버트는 그녀의 존재를 인식하지 못하는 듯 마치 투명인간처럼 대했다. 그러더니 갑자기 이마를 찌푸리며 중얼거렸다.

"맞아, 그럴 수도 있겠다."

"뭐가 그럴 수도 있다는 거야?"

카티는 그를 붙들고 흔들며 정신 좀 차리라고 소리치고 싶었다.

로버트는 수첩을 도로 집어넣곤 재킷 지퍼를 채웠다.

"아무것도 아니야. 좋아, 이제 벤의 영상에 대해 말해봐."

"처음엔 벤이 솔로몬 바위 근처에 있는 폭포를 찍은 건 줄 알았어. 하지만 난 그곳을 내 조끼 주머니 속만큼이나 잘 알아. 거기엔 폭포 같은 건 없어."

그 순간 데이비드가 끼어들었다.

"시간이 없어. 폭포는 전혀 중요하지 않아. 계속 가야 한다고. 벤저민은 우리의 도움이 필요해."

"시간은 충분해, 데이비드."

로버트가 다시 한 번 시계를 들여다보았다.

"우린 항상 빨리 행동해야 한다고 생각하지만 사실은 단 몇 분 곰곰이 생각하는 것만으로 몇 시간을 벌 수 있어."

데이비드가 대답했다.

"현자 같은 소린 나중에 하면 안 될까? 너 그러다가는 학생들 머리를 데이터와 숫자 그리고 공식을 저장할 수 있는 하드디스크쯤으로 여기는 정신 나간 교수가 되기에 딱이야."

로버트가 조용히 대답했다.

"난 교수는 되지 않을 거야."

"두고 봐, 어쩔 수 없이 되고 말 테니까."

데이비드의 말에도 로버트는 고개만 저었다. 카티는 그의 눈에서 그녀를 두렵게 만드는 어떤 표정을 읽었지만 그 표정은 금세 사라졌다. 카티는 자신이 착각을 한 건지 아닌지 헷갈렸다.

"좋아, 너희들한테 보여줄게."

로버트는 명랑하게 말하더니 수첩을 다시 꺼내 펼쳐 보여주었다. 그건 나무와 이끼, 바위 그리고 물을 그려놓은 그림이었는데 사이사이에 직선과 원, 삼각형 그리고 숫자들이 그려져 있었다.

카티가 수첩의 페이지를 넘기자 또 다른 스케치들이 나왔다. 계곡의 일부를 지도로 그린 모양이었다. 그들이 지금 가고 있는 북쪽 길. 그녀가 알아본 건 그 정도였다. 전체적으로 그림에는 수많은 원과 선으로 이루어진 일정한 패턴이 깔려 있었다.

데이비드는 그림을 손가락으로 짚으며 물었다.

"이게 뭐야?"

"꼭 무슨 설계 도면 같은데."

로버트가 대답했다.

"이건 계곡 주변의 길들을 표시해놓은 일종의 지도야. 이 점들은 네가 동영상에서 본 곳들을 표시한 거고."

카티는 자신이 서 있는 곳이 어디쯤인지 찾아보려고 집게손가락으로 구불구불한 곡선을 짚으며 따라갔다.

"이 다리에서 벤저민은 곧장 보트하우스가 있는 폐쇄 구역까지 갔고 그곳에서 솔로몬 바위로 갔다가…… 어떻게 된 건진 모르겠지만 폭포에 도달했던 거야."

로버트는 고개를 끄덕이고는 수첩을 주머니에 도로 집어넣었다.

"너희들과 고스트에 함께 갔었던, 그 공작이라 불리던 사람이 갖고 온 지도를 한번 봤으면 좋겠어."

그렇게 말하더니 로버트는 중얼거리듯이 덧붙였다.

"너도 그렇게 생각하지, 카티?"

갑작스러운 질문에 카티는 숨이 턱 막히는 것 같았다.

이건 또 뭐지? 설마 내가 공작과 서로 연락하고 지낸다는 사실을 로버트가 알 리 없을 텐데. 그래, 로버트는 고스트에 같이 올라가지도 않았잖아.

"그 사람은 자기가 갖고 있던 지도가 어떤 건지 알고 있었어?"

로버트가 카티에게 다시 물었지만 그녀는 어깨만 으쓱할 뿐이었다.

"그는 거짓말쟁이였어."

데이비드의 말에 카티가 반박했다.

"하지만 그는 적어도 크레바스에서 아나와 날 저버리지 않았어. 벤저민이나 크리스와는 달랐다고."

"뭐 그리 놀라운 일도 아니잖아. 크리스는 어차피 저밖에 모르니까."

데이비드가 크리스에 대한 반감을 노골적으로 드러내는 건 좀처럼 드문 일이었다.

로버트는 한숨을 쉬며 말했다.

"아니, 크리스는 적어도 율리아를 걱정해. 다행이지."

"꼭 그렇지도 않아."

데이비드는 씁쓸하게 대답하더니 목도리를 동여매곤 결연하게 다리로 올라섰다. 얼굴에 긴장감과 벤저민에 대한 걱정이 가득했다.

"너희들은 어떨지 모르겠지만 난 계속 갈래."

카티는 머리 위에 위협적으로 솟은 폭포만큼이나 그 다리가 미심쩍었다. 아니 더 정확히 말하면 공중으로 우뚝 솟아올라 있는 거대한 얼음덩어리들이라고 하는 게 맞았다. 사방이 조용히 물방울 떨어지는 소리와 부드럽게 찰랑거리는 물소리로 가득했다.

투덜대는 데이비드의 목소리가 들렸다. 폭포에서 튀었던 물방울들이 썩어가는 나무다리 위를 살얼음판으로 만들어놓은 바람에 그만 미끄러지고 만 것이다. 다리는 흔들거렸고 걸을 때마다 삐걱삐걱 소리가 났다. 난간 쪽으로 가까이 다가서면 다리가 반대편으로 휘어지기까지 했다.

카티는 고개를 쭉 빼더니 불안한 듯 소리쳤다.

"데이비드, 조심해."

지난여름부터 카티는 그 나무다리가 튼튼하지 않다고 느꼈었다. 더군다나 겨울 동안 겹겹이 쌓였던 눈의 무게와 수개월 동안 지속된 습기 때문에 더 위험해졌을 게 뻔했다.

카티가 왼쪽으로, 암석이 있는 쪽으로 더 가까이 붙어서 가라고 주의를 주려는 순간 이미 일은 벌어지고 말았다. 한발 늦은 것이다.

나무 부러지는 요란한 소리가 계곡의 정적을 깼다. 다리 난간 하나가 부러져버렸다. 비명 소리와 함께 데이비드는 다리 아래로 떨어졌다.

그레이스 보고서
밀턴 존스

1974년 8월 23일

오전 8시. 자러 가야 할 시각이다. 나의 수면 리듬은 시곗바늘과 반대로 흐르고 있다. 나는 아침 녘 눈부신 햇빛을 피하기 위해 위층으로 올라갔다.

폴이 돌아왔다. 그리고 쉴 새 없이 떠들어댔다.

하나같이 그의 움직이는 입술만 쳐다보고 있는 꼴이란 정말이지 참을 수가 없다. 사람들은 그가 내뱉는 말들을 철석같이 믿는다. 그가 마치 새로운 메시아라도 되는 것처럼. 솔로몬 대학의 예수그리스도 슈퍼스타.

짜증 난다.

말이란 오직 소리와 연기일 뿐. 그래서 나는 이번 프로젝트에서 빠지려 한다. 어차피 나는 우리가 버텨낼 거라고 결코 믿지 않았다. 대체 이 꼭대기에서 보고할 게 뭐가 있단 말인가? 진짜 대단한 이야깃거리를 겪은 게 언제인지 기억도 안 난다. 여기 올라온 후로 아직 한 번도 재미있는 대화를 나눠본 적이 없다.

왜? 서로를 두려워하니까. 우리가 모두 진실만을 기록할 거라고 누가 장담할 수 있을까?

부정적인 에너지가 느껴진다. 부정적인 공기는 매일 조금씩 더 증가하고 있다. 계곡에서보다 훨씬 더 심하다.

프랭크는 하루 종일 기타로 우릴 짜증 나게 했다. 약에 취했건 아니건. 사실상 그는 말짱할 때가 거의 없다.

마크와 엘리지는 점점 더 둘이서만 지내고 이야기를 나눈다.

마르타는 우릴 하루 종일 관찰했다. 우리가 그녀를 옵서버라 부르는 이유다.

캐서린은 천진난만한 캐릭터로 우릴 위하는 척하는 게 오히려 더 짜증 난다.

그리고 그레이스는…… 치어리더 역할을 하고 있다. 폴이 무슨 말을 하든 웃어준다. 정말 싫다. 폴이 하는 말은 다 쓰레기다. 이제 더는 못 견디겠다.

낯선 형상

양손으로 임벽을 꽉 붙들고 있는 데이비드의 모습은 정말이지 아찔했다. 추락하면서 부러진 나무 난간 사이에 왼쪽 다리가 무릎까지 끼었고 오른쪽 다리는 꺾였다. 안 그래도 하얀 얼굴은 이제 핏기도 찾아볼 수 없게 되었다.

카티가 소리쳤다.

"다쳤어?"

그는 고개를 가로젓고 발을 빼려고 안간힘을 썼다.

"로버트, 난 네가 미래를 본다고 생각했었는데. 나한테 미리 경고 좀 해주지 그랬어?"

로버트는 아무 말도 하지 않고 대신 나무판자들이 고정되어 있는 가장자리에서 마치 줄타기를 하듯이 조심조심 발을 내디며 사고 지점 쪽으로 다가갔다. 카티가 들은 바에 의하면 로버트는 낚시 외엔 운동이라고는 평생 한 적이 없었다고 했다. 그런데 낚시는 운동이라고 할 수도 없었고 특히 계곡에서는 전혀 쓸모없는 취미 활동이었다. 카티가 계곡에서 본 물고기라곤 늪에서 본 죽은 물고기들이 다였으니까. 하지만 로버트는 늘 낚시는 사냥과 달리 잡기 위해서가 아니라 정신을 집중하는 방법을 배우기 위한 거라고 주장했었다. 즉 근본적으로 봤을 때 명상 또는 요가나 마찬가지라는 것이다.

데이비드가 있는 곳까지 로버트가 무사히 도착한 후에야 카티는 나무다리 위에 발을 올려놓고 로버트의 뒤를 따라갔다. 썩어가는 나무 위에 너무 무거운 무게가 실리면 안 될 것 같아서였다. 다행히 발아래 나무판자들이 부러지진 않았지만 대신 판자 사이의 균열과 구멍들이 또렷이 보였다.

카티는 나무판자들의 좁은 틈 사이로 계곡 아래를 내려다보았다. 지금까지 계곡이 얼마나 깊은지 다리 위에서 제대로 본 적이 없었다. 다른 때는 늘 폭포수가 떨어지면서 세찬 물보라가 일어났기 때문이었다.

다리 위에서는 거대하고 날카로운 고드름들이 똑똑히 보였다. 그중 하나라도 부러져 떨어진다면 곧장 미러 호 속으로 곤두박질칠 터였다.

그 생각을 하자 카티는 자신도 모르게 암벽에 왼쪽 어깨를 바싹 붙이곤 미끄러지지 않으려고 최대한 집중해서 조심조심

발걸음을 옮겼다.

로버트는 그사이 다리를 빼내려고 애쓰고 있는 데이비드를 도와주고 있었다. 하지만 다리가 무릎 위까지 빠져 있어서 쉽지가 않았다. 게다가 벗어나려고 발버둥을 치면 칠수록 더 아픈 모양이었다.

로버트가 걱정스러운 표정으로 물었다.

"다리 괜찮아?"

"응, 아직은 붙어 있어."

데이비드는 웃어 보이려고 했지만 통증 때문인지 얼굴이 일그러졌다.

튼튼해 보이는 나무판자만 골라 디디려고 애쓰던 카티가 물었다.

"그런데 왜 그렇게 급하게 갔어? 다리가 불안해 보인다고 말해주려던 참이었는데."

"괜찮아."

"괜찮다고? 어서 빨리 건너가지 않으면 언제 또 무너질지 몰라."

그러자 로버트가 확신에 차서 말했다.

"그러진 않을 거야."

"그걸 네가 어떻게 알아? 그새 다리를 스캔해서 머릿속으로 통계라도 내본 거야?"

"아니. 하지만 다리의 중심부가 바위 위에 있잖아. 그러니까 다리 전체가 끊어지거나 하진 않을 거야."

"글쎄. 난 장담 못 하겠는걸."

"그럼 나 좀 도와줘. 데이비드를 빨리 꺼내줘야 해."

"네가 반대쪽으로 가, 로버트."

로버트는 몸을 최대한 숙인 채 튀어나온 바위와 데이비드의 등 사이의 좁은 틈을 지나 반대쪽으로 갔다.

그 순간 우지끈하고 나무판자가 갈라지는 소리가 났다. 데이비드의 얼굴은 이제 안간힘을 쓰느라 시뻘게져 있었다. 그제야 카티는 데이비드가 힘들어하는 이유를 알아차렸다. 그가 자기 체중을 조금이라도 줄여볼 요량으로 두 손으로 바위를 붙들고 있었던 것이다.

"어서 서둘러야 해."

카티의 말에 데이비드가 말했다.

"당연히 그래야지. 벤저민에겐 1분 1초가 급하니까. 어쩌면 벌써 죽었을지도 몰라."

"죽진 않았을 거야. 그렇지, 로버트?"

"모르겠어."

"그냥 그런 척 좀 해주면 안 돼? 데이비드를 안심시키기 위해서라도 말이야. 이 시점에서 제일 중요한 건 데이비드가 다시 우리 마약중독자 걱정을 하기 전에 여기서 꺼내주는 거잖아. 벤저민에게 닥친 모든 불행은 스스로 자초한 거야."

데이비드가 숨을 헐떡이며 말했다.

"그걸 네가 어떻게 알아?"

"폐쇄 구역 안에서 어슬렁거리고 시험 기간인데 수업까지 빼먹고선 그런 상태로 돌아온 사람이라면 납치를 당했었거나 아니면 스스로 달아났었던 거야. 그런데 벤저민은 납치됐다고 말한 적은 없었잖아. 물론 뭔가에 홀린 것처럼 구는 걸 보면 외계인한테 납치당했었을 가능성도 완전히 배제할 순 없지만."

"넌 정말 시니컬하다 못해……."

데이비드는 더 이상 말을 잇지 못했다. 오른손이 꺾이면서 바닥에 어깨를 부딪친 것이다. 그 충격으로 그를 받치고 있던 나무판자가 부러질 뻔했다.

"우리한테 맡기고 넌 그냥 가만히 있어."

카티는 그렇게 말하곤 데이비드의 무릎을 잡았다. 로버트는 데이비드의 허벅지를 잡았다.

"너무 아프면 말해."

데이비드는 고개를 끄덕였다.

"그럼 시작해. 하나…… 둘…… 셋."

셋까지 센 뒤 있는 힘을 다해 데이비드를 잡아당겼다.

그 결과 발목까지 나무다리 위로 끌어올리는 데 성공했다. 데이비드는 몹시 아팠을 텐데도 표정 하나 변하지 않았다. 카티는 그가 이 순간 영웅 흉내를 내고 싶어 한다 해도 이해할 수 있을 것 같았다.

"아무래도 신발은 포기해야 할 것 같아."

카티는 잡고 있던 데이비드의 다리를 놓았다.

"그럼 학교로 돌아가야 하는데. 벤저민은 어쩌지?"

"로버트와 내가 계속 가볼게."

"그건 절대 안 돼."

그의 얼굴에 땀방울이 송골송골 맺혀 있었다. 데이비드가 판자 사이에서 발을 마저 뺐다.

"내 신발 끈 좀 풀어줄래? 그럼 신발을 벗을 수 있……."

그 순간, 뭔가 우지끈하고 부러지는 소리가 났다. 그런데 그건 다리에서가 아니라 머리 위에서 난 소리였다.

카티는 뭔가가 자기 쪽으로 다가오는 걸 보았지만 그것이 정확히 무엇이었는지는 알 수 없었다. 하필이면 짙게 깔린 안개를 뚫고 해가 비쳐 눈이 부셨던 것이다. 카티가 본능적으로 손을 올리자마자 누군가가 그녀를 거칠게 잡아당기더니 머리를 숙이게 했다. 그리고 곧 무거운 것이 그녀의 등을 눌렀다.

"저게 뭐지?"

다시 고개를 들려고 하자 로버트가 다급하게 말했다.

"숙이고 가만히 있어. 아직 다 안 끝났어."

"뭐가……."

카티는 물음을 채 끝맺지 못했다. 그 순간 묵직한 뭔가가 목덜미를 눌렀기 때문이었다. 손으로 목덜미를 만져보자 비닐 같은 재질이 느껴졌다. 로버트의 배낭이었다.

그리고 또 한 번의 충격. 로버트의 배낭이 없었더라면 정체불명의 그 물체는 그녀의 어깨뼈를 정통으로 내리쳤을 터였다.

아마도 총을 맞을 때의 느낌이 이렇지 않을까?

하지만 그녀는 죽지 않았다. 다만 머리가 쿵쿵 울렸다. 온몸의 기운이 스르륵 빠졌다. 그녀는 곰팡내가 나는 나무판자에 몸을 납작하게 엎드렸다. 언제 부러질지 모를 곳에. 나무판자의 물기가 옷에 스며 축축했고 위에서는 물방울이 뚝뚝 떨어졌다.

로버트가 말했다.

"어서 다리에서 내려가야 해. 얼음이 녹으면서 고드름이 떨어지고 있어. 칼보다 더 뾰족하고 날카로워."

어떻게 로버트가, 하필이면 해리포터 안경을 낀 어린 소년 같은 로버트가 갑자기 명령을 내리게 된 거지? 그리고 왜 난 아무런 반박도 못 하게 됐을까? 그가 지금 내 목숨을 구해줬기 때문일까? 고드름이 자기 머리 위로 떨어질지도 모르는데, 자신의 배낭으로 내 머리를 보호해줬기 때문일까?

그녀는 조심스럽게 로버트에게서 떨어져 나와 주위를 둘러보았다. 데이비드는 바위에 등을 바싹 대고 있었다. 그는 머리 위로 튀어나온 바위 때문에 고드름으로부터 안전했다.

하지만 로버트는 아니었다. 그는 줄곧 그녀 옆에 있었다. 그러니까 고드름이 그의 머리 위로 떨어졌을 수도 있었는데도 그는 그녀에게 자신의 배낭을 양보했던 것이다.

그녀는 처음으로 동생을 걱정하던 율리아의 심정을 이해할

수 있을 것 같았다. 그 상황에서 누가 더 위험한지 로버트가
알 리 없었다. 그런데도 그는 카티를 보호했다. 그는 자기 목
숨을 중요하게 여기지 않았다. 왜냐하면 죽음을 두려워하지
않으니까. 그는 이곳에 생존하기 위해 있는 게 아니니까.

*그만해, 카티. 너 진짜 이상해지고 있어. 너도 모르는 사이
고드름에 머리라도 맞은 거야? 사람이라면 누구나 제 목숨이
제일 소중한 법이야. 우울증이 심하거나 사이코거나 망상증
환자가 아닌 다음엔.*

하지만 로버트는 정신이상자가 아니었다. 아마도 그는 빛의
속도로 얼음이 떨어지는 각도를 계산해보고 자기 목숨은 안
전하다는 결론을 내렸을 것이다. 반대로 그녀는…….

"맙소사…… 고마워, 로버트. 하마터면 큰일 날 뻔했어."

그는 안경을 벗어 깨끗하게 닦았다. 안경을 벗자 희한하게도
훨씬 더 성숙해 보였다. 그제야 비로소 만 열여덟 살 청년 같
았다. 로버트는 아무 대꾸 없이 데이비드 쪽으로 몸을 돌려 여
자보다 더 가녀린 손을 데이비드의 발이 끼어 있는 틈 속으로
집어넣었다. 조금 전까지 카티의 머릿속을 어지럽히고 있었던
생각들은 다음 순간 로버트가 내뱉은 말로 인해 연기처럼 사
라져버렸다.

"데이비드, 너 대체 신발 끈을 어떻게 묶은 거야? 너무 복잡
하게 묶어서 풀 수가 없잖아."

***

서서히 안개가 걷히고 잿빛 하늘 사이로 햇살이 비쳐 들기 시작했다. 주위를 둘러싼 산봉우리를 덮고 있는 눈이 햇빛에 반사되어 눈이 부셨다. 카티는 선글라스를 꺼내려고 재킷 주머니를 뒤졌다. 선글라스를 찾기까진 꽤 오랜 시간이 걸렸다. 덥고 목이 말랐다. 물 1리터를 단숨에 들이켜도 부족할 것 같았다. 그녀는 녹이 슨 듯 뻑뻑한 재킷 지퍼와 씨름을 했다.

두 사람은 데이비드를 양쪽에서 부축한 채 나무다리 위에서 벗어났다. 그런데 반대편에 안전하게 내려선 데이비드가 다시 신발을 신기 위해 몸을 숙이는 순간 얼굴을 찡그리더니 짧게 신음 소리를 냈다.

로버트가 걱정스러운 표정으로 그를 바라보았다.

"다리를 좀 살펴봐야겠어. 여기 바위 위에 앉아봐."

그는 바위 위에 있는 눈을 손바닥으로 쓸어 치웠다. 암벽 한편에 벤치처럼 툭 튀어 나와 있는 바위 위에 데이비드는 쓰러지듯 주저앉았다.

카티가 말했다.

"다리를 높이 올려놓고 양말을 벗어."

"별로 심하지 않아."

"내가 직접 봐야겠어. 안 그러면 아예 여기 그냥 있든지."

데이비드는 맨발을 돌 위에 올려놓았다. 손질을 받기라도 한 듯 깔끔하게 발톱이 깎여 있었다. 카티는 상처를 면밀히 살펴보았다.

다행히도 데이비드의 말이 맞는 것 같았다. 무릎뼈 밑에서부터 복숭아뼈까지 긁히긴 했지만 상처가 생각처럼 심하진 않았다. 다만 한 부분이 좀 깊이 찢겨 피가 나고 있었다.

"아프니?"

"아프긴 하지만 상처가 심각하진 않아."

데이비드는 다시 양말을 신었다.

"이제 그만 가는 게 어때?"

그녀는 망설였다.

이건 무의미한 짓이야. 학교로 돌아가는 게 낫지 않을까?

하지만 그다음엔?

그다음엔 일상에 전념해야겠지.

카티는 로버트의 눈빛을 보았다. 그의 눈빛은 두꺼운 안경알로도 가려지지 않을 만큼 날카로웠다.

"왜 그래?"

카티의 물음에 로버트가 대꾸했다.

"널 이해할 수가 없어."

'나도 마찬가지야'라고 카티는 대답하려 했다. 그런데 그 순간 낯선 소리가 들렸다. 세 사람이 주위를 두리번거리자 안개와 햇살이 어지럽게 뒤엉킨 나무다리 반대편으로 낯선 형상 하나가 획 지나갔다.

그레이스 보고서
미수 엘리자 정

1974년 8월 8일

폴이 나타났다. 옷은 심하게 더러웠고 몹시 흥분한 상태였다.

___폴___ : 내가 터널에서 뭘 발견했는지 한번 알아맞혀봐.

프 랭 크: 시체?

___폴___ : 아니, 그것보단 괜찮은 거고 이곳 분위기를 한층 고조시
　　　　킬 어떤 것이야. 보아하니 내가 없는 동안 전부 우울 모
　　　　드에 빠져 있었던 것 같은데.

밀　　 턴: (날카로운 목소리로) 네가 없어져서 걱정하느라 그런 거
　　　　란 생각은 안 해봤어?

폴은 배낭에서 보자기를 꺼내더니 테이블 위에 넓게 펼쳤다.

마 르 타: (큰 소리로 요란하게) 이건 어디서 났어? 어디서 났느냐고!

보 트 하 우 스

"저기 누군가 있었어."

데이비드는 고개를 저었다.

"네가 착각한 거야. 계속 가기나 해."

카티는 여전히 다리의 반대쪽을 주시하고 있었다. 하지만 분명히 보였던 누군가의 실루엣은 신기루처럼 사라지고 없었다. 그녀는 어깨를 으쓱하곤 이미 앞서 걷기 시작한 로버트의 뒤를 따라갔다.

폭포 쪽에는 안개가 완전히 걷힌 상태였다. 공기는 습하고 따뜻했다. 카티는 잠시 하늘을 올려다보았다. 구름 사이로 밝고 파란 하늘이 펼쳐져 있었고 길 위의 수많은 물웅덩이들이 거울처럼 햇빛을 반사했다. 또다시 아름답고 따뜻한 겨울날이 되려 하고 있었다.

길은 나무다리 뒤편에서 두 갈래로 나뉘었다. 오른쪽은 호수를 따라 가파른 내리막길이 계속되고 있었다. 지난 5월 안젤라 파인더의 시체를 발견한 곳도 바로 그 길이었다. 카티는 그 사건이 까마득한 옛일처럼 느껴졌다. 하지만 그럼에도 모든 사건들이 서로 연관되어 있는 것 같았다. 서로 얽혀 시작과 끝을 분간하기 어려운 사건들이.

고르디우스의 매듭처럼.

로버트는 나무들이 빽빽하게 우거진, 보트하우스가 있는 왼쪽 길로 향했다. 수많은 일꾼들이 정기적으로 손질하는 캠퍼스 쪽 숲과 달리 이곳은 사람의 손길이 닿지 않았다. 심지어 도저히 지나갈 수 없을 만큼 잡초들이 엉켜 있는 곳들도 있었다. 아래로 축 늘어져 있는 소나무와 전나무 가지들이 마치 카티를 못 가게 붙잡는 것처럼 재킷에 휘감겼다. 바닥에는 두껍게 눈이 깔려 길조차 알아보기 힘들었다. 나무들 사이로 구불구불하게 난 길을 그저 느낌만으로 찾아 걸어가야 했다.

서서히 미러 호가 시야에서 사라지고 곧 철조망이 있는 곳에 다다랐다.

거기서부터 폐쇄 구역은 시작되었다.

카티는 등반할 때마다 디딤대로 사용했었던 나무 그루터기를 찾아 주위를 두리번거렸다. 그런 뒤 배낭을 벗어 반대편으로 던진 다음 능숙하게 철조망을 타고 올라 다리가 불편한 데이비드를 도와주었다.

"너희 생각은 어때? 폐쇄 구역은 진짜 위험한 걸까 아니면 그냥 우릴 겁주려고 만들어놓은 속임수일까?"

로버트가 철조망을 넘으면서 말했다.

"그동안 학교에서 일어났던 일들에 비하면 이런 금지 팻말쯤은 아무것도 아닌데. 이런 걸로 겁먹는 사람이 있기나 할까?"

"네 악몽은 어떻게 된 거야?"

로버트는 철조망 아래로 뛰어내리더니 손목시계를 들여다보았다.

"난 늘 그것과 싸우고 있어."

"그거라니? 숫자 말이야?"

"어떤 경우에서건 무시하는 것보단 나아……. 너처럼."

"넌 나에 대해 아무것도 몰라, 로버트 프로스트!"

카티가 버럭 화를 내며 소리쳤다.

"전혀 모른다고! 알겠어?"

"그건 너도 마찬가지야."

햇빛이 점점 더 강렬해지고 있는데도 데이비드는 재킷 지퍼를 채웠다. 그러곤 화난 목소리로 말했다.

"제발 말싸움 좀 그만둘 수 없어? 지금 뭐가 더 중요한지 잊은 거야?"

그는 다시 발걸음을 옮겼다. 그야말로 늪이나 다름없는 질

척한 길에 왼쪽 다리를 끌다시피 하는데도 불구하고 빠르게 앞서가는 데이비드를 보고 카티는 속으로 감탄했다. 로버트는 데이비드를 따라잡아 나란히 걸어갔지만 카티는 조금 거리를 둔 채 뒤따라갔다.

그녀는 문득 거기서 그리 멀지 않은 곳에 있는 추모비가 떠올랐다. 그리고 벤저민의 비디오가 그곳으로 향하지 않은 게 다행이라는 생각이 들었다. 그 추모비에는 카티가 처음엔 알아보지 못했던 어머니의 이름이 새겨져 있었던 것이다.

미수는 그 시절에도 서양인들 사이에 자연스럽게 녹아들기 위해 수단과 방법을 가리지 않았던 모양이었다. 그래서 미수라는 이름을 버리고 미국식 이름인 '엘리자'란 이름을 썼던 것이다.

카티는 고스트 산에서 발견한 낡은 폴라로이드 사진에 자기 어머니가 찍혀 있는 걸 알아차린 후에야 두 이름 사이의 연관성을 깨달았다. 그 후로 그녀는 줄곧 미수가 그 꼭대기에서 뭘 했는지 궁금해했다.

그들은 모두 죽었다고 알려져 있는데 왜 우리 어머니는 살아 있는 거지? 그리고 왜 한 번도 내게 그 일에 대해 얘기해주지 않았을까?

그렇지, 마지막 질문에 대한 대답은 간단해. 완벽한 나의 어머니에겐 숨겨야 할 과거 같은 건 있어선 안 되니까.

그녀의 인생에서 가장 중요했던 시기는 기억의 블랙홀로 남아 있었다. 서울에서 고등학교를 졸업한 만 열여덟 살 이후부터 미국 대사관에 근무할 때 자신보다 열 살이나 많은 남자를 사귀게 된 만 스물다섯 살 사이의 시간은 아예 존재하지 않는 것 같았다. 카티는 미수가 결혼 전까지 한국에 있었다고 생각했었다. 하지만 진실은 그게 아닌 모양이었다. 그 시간 동안 미수는 캐나다 대학을 다녔고 바로 이 계곡에 있었던 것이다. 그런데 자신의 딸이 이곳으로 가겠노라고 했는데도 왜 한마디도 하지 않았을까?

입장을 바꿔놓고 생각해봐. 너 같으면 네 딸한테 세바스티앵에 대해 얘기할 수 있을 것 같아?

생각에 잠겨 잠시 한눈을 팔았던 카티는 눈 위로 날카롭게 튀어나와 있는 죽은 나뭇가지를 가까스로 피했다.

그런 생각을 하다니 무의미한 짓이야. 나한테 딸 같은 건 없겠지. 애들을 싫어하니까.

앞서가던 로버트가 걸음을 멈추고 앞쪽을 가리켰다. 그곳으로부터 그리 멀지 않은 곳에서 카티는 보트하우스의 지붕을 알아볼 수 있었다.

***

카티는 지금까지 딱 한 번 그곳에 와본 적이 있었다. 블랙 드림 암벽에서 돌아오던 길에 갑자기 쏟아지던 폭우를 피하기 위해서였다. 그녀에게는 데이비드나 로버트와 달리 이곳에 대한 나쁜 기억이 없었다. 5월에 있었던 극적인 구조 작전에 대해선 그저 전해 들은 이야기가 전부였다.

로버트가 솔로몬 바위에서 어떤 여학생이 뛰어내리는 장면을 목격한 일, 그녀를 구하기 위해 호수로 뛰어들었던 일, 로버트를 구하기 위해 데이비드까지 뒤따라 뛰어내린 일 등등. 하지만 나중에 그 일은 재학생들의 유치하면서도 위험천만한 장난이었던 것으로 밝혀졌다.

로버트가 수첩을 꺼내고 시계를 본 뒤 뭔가를 기록하는 동안 카티는 계단을 올라갔다.

뒤따라오던 데이비드가 물었다.

"벤이 여기서 찍은 게 정확히 뭐야, 카티?"

카티는 떠나기 전에 로버트와 데이비드에게 비디오카메라로 본 장면들을 정확히 설명했었다. 하지만 이젠 작은 것 하나까지 모두 기억해내야 했다. 그런데 벤저민이 이곳에서 그리 오래 머물지는 않은 것 같은 느낌이 들었다.

보트하우스의 문은 살짝 닫혀 있었고 내부는 어두웠다. 문을 열자 탁하고 눅눅한 공기에 숨이 막혔고 코를 찌르는 듯한 시큼한 냄새에 절로 기침이 나왔다.

뭔가 이상해.

그녀는 찜찜한 느낌의 원인을 금세 알아채진 못했지만 그 느낌은 사라지지 않았다.

로버트가 데이비드에게 말했다.

"소파에 앉아서 잠시 쉬어. 발은 어때?"

"감각이 없어. 꼭 납덩이를 달고 다니는 기분이야."

카티가 주위를 둘러보며 로버트 대신 말했다.

"눈 때문에 그래. 걷는 게 평소보다 열 배는 더 힘들어."

서서히 어둠에 시야가 적응됐다. 실내에는 시꺼먼 먼지가 자욱이 깔려 있어서 한 줄기 빛조차 뚫고 들어오기 힘들었다.

카티는 데이비드를 가만히 지켜보았다. 그는 배낭에서 구급상자를 꺼내고 있었다. 그사이 화장실조차 다녀오지 않은 것 같았다.

데이비드는 구급상자를 열기 전에 오두막 안을 두리번거리더니 말했다.

"벤이 여기 있었어."

"네가 그걸 어떻게 알아?"

그는 문 옆에 있는 창문 하나를 가리켰다. 유리에 '희미하게 사라지느니 활활 타버릴 것이다'라는 문장과 'KC'라는 이니셜이 적혀 있었다.

"벤저민은 커트 코베인의 팬이었어."

"넌 저게 코베인의 말이라는 걸 어떻게 알았어?"

"그냥 좀 알아."

데이비드의 얼굴에 잠시 어두운 그늘이 드리웠다. 카티는 그 이유가 이제 막 소독을 끝내고 붕대를 감아놓은 상처 때문일 거라고 생각했다. 피가 나던 곳에 딱지가 앉기 시작했다.

로버트는 오두막 안을 서성거리면서 구석구석 꼼꼼히 살펴보았다.

갑자기 바닥에 있는 축축한 액체를 밟은 카티가 깜짝 놀라며 뒷걸음질했다.

"깜짝이야! 여기 이케가 왔었나? 이 오두막이 혹시 이케의 전용 화장실인 거 아냐?"

로버트는 무릎을 꿇고 앉아 정체를 알 수 없는 갈색 액체를 살펴보았다. 그러더니 인상을 잔뜩 썼다.

"아니, 이건 토사물이야. 누가 여기에다 토를 해놨어."

"재수 없어!"

카티는 한 걸음 물러나선 토사물을 피해 멀리 돌아갔다. 그리고 밖에서 일어난 사건으로부터 어느새 회복됐는지 토사물을 살피고 있는 데이비드를 쳐다보았다. 심지어 데이비드는 손으로 토사물을 집어 냄새를 맡아보고 있었다. 그러면서도 안색조차 변하지 않았다. 아니, 오히려 한술 더 떠 그녀의 코앞에 토사물을 갖다 댔다.

"어떤 것 같아?"

"어떻긴, 더럽지!"

카티는 금방이라도 토할 것처럼 속이 울렁거렸다. 로버트는 그녀의 말을 못 들은 척했다.

"벤저민은 토를 하러 미처 밖으로 나가지 못했던 것 같아."

"그래서 뭐? 그 사실이 무슨 도움이라도 돼?"

로버트는 나무로 지피는 난로로 다가갔다. 난로 위에는 '부시스 베스트 그릴린 빈즈'라고 쓰인 낡은 통조림 깡통이 놓여 있었다.

"여기서 음식도 해 먹었나봐."

"그럴 리가 없어. 물론 학교 식당이 1급 레스토랑 수준은 아니지만 그래도 강낭콩 통조림보단 훨씬 낫잖아. 게다가 여긴 무지 추웠을 것 같은데."

데이비드가 끼어들었다.

"마약을 하면 평소와는 감각이 완전히 달라져. 피곤함, 허기, 추위 같은 건 느끼지 못해. 최근 며칠간 날이 포근했으니 망정이지 안 그랬으면 그 상태에서 얼어 죽었을지도 몰라."

"좋아, 다시 한 번 정리해보자. 벤저민이 여기 왔었다는 사실은 그 전부터 알고 있었어. 그래서 결론은 뭐지?"

로버트가 말했다.

"우리가 감을 제대로 잡은 거야. 데이비드, 이 토사물을 좀 갖고 가야겠어."

"하지만 약물 검사 결과는 음성으로 나왔잖아."

로버트는 고개를 저었다.

"나도 각종 마약들의 독성에 대해선 잘 몰라. 하지만 어쩌면 먹은 지 이삼일이 지나면 전혀 흔적이 남지 않는 종류일 수도 있잖아."

카티는 어깨를 으쓱했다.

"어쨌든 이제 돌아가도 되는 거라면, 난 찬성."

막 냄비 속 내용물을 살펴보던 로버트가 물었다.

"카티, 넌 여기 대체 왜 온 거야?"

"너희들이 날 억지로 데리고 온 거잖아."

"그건 아니지."

로버트는 허리를 굽혀 바닥에 땔감과 같이 있던 신문 한 장을 집어 들었다.

"카티, 넌 지금 거짓말을 하고 있어. 그동안 너한테 특별한 일이 있었던 게 틀림없어. 너와 관련된 지극히 개인적인 일이. 맞지?"

"맞아, 네 말대로 다른 사람들하곤 아무 상관 없는 극히 개인적인 일이야."

카티가 그렇게 말하곤 문을 나서려는 바로 그 순간 로버트가 말을 걸었다.

"문제는 사람들이 늘 어떤 일에 대해 도움이 되는 일과 그 반대되는 일을 결정할 수 있다고 생각한다는 거야. 하지만 그건 틀렸어. 어떻게 해야 할지 제대로 알 때까진 기다려야 해."

카티는 뒤를 돌아보고 말했다.

"네가 그런 말을 하다니 참 아이러니해. 넌 수학자잖아."

"그렇다고 바보는 아니야."

로버트의 말에 카티가 막 웃음을 터뜨리려는 순간 베란다

쪽에서 발소리가 들렸다.

삐걱—

그러더니 다시 조용해졌다.

다시 한 번 조심스럽게 딛는 발소리가 들렸다.

그녀가 잘못 들은 게 아니었다.

누가 그들의 뒤를 쫓아온 거였다.

카티는 단숨에 문 쪽으로 걸어가 문을 벌컥 열었다.

"당신이었어요?"

카티는 어이없어하는 표정으로 문밖에 서 있는 그를 바라
보았다.

그레이스 보고서

마르타 플레밍스

질투심
_____

(잠자리) 파트너에게 속았다는 확신. 거의 정신병 환자 또는 알코
올중독자들에게게만 나타나는 이 광기는 처음엔 의심에 가득 차서
매순간 감시를 하고 이유도 없이 비난을 하다가 그 횟수가 점차 잦
아지며 싸움을 걸고 급기야는 살인까지 저지르게 만든다.

『정신병리학 핸드북』, 뉴욕 1969년

질투심

톰.

카티는 설마 그일 거라곤 상상도 하지 못했었다.

베란다에 서서 놀란 표정으로 카티를 마주 보고 있는 건 톰이었다. 그는 무릎까지 오는 긴 재색 외투를 입고 목에는 오렌지색과 흰색 줄무늬 목도리를 둘렀고 손에는 검은색 가죽 장갑을 끼고 있었다. 그는 이 험한 산속에 들어오면서도 옷차림에 신경을 썼다. 하지만 당연하게도 여기까지 오는 동안 옷이 멀쩡할 리 없었다. 가격을 알면 비명이 나올 만큼 비싼 브랜드의 청바지는 무릎까지 흠뻑 젖어 있었고 갈색 가죽 신발은 진흙투성이였다.

카티가 물었다.

"내가 지금 유령을 보는 건가요? 아니면 진짜 당신이 우릴 미행한 거예요?"

"말해줘."

"뭘? 뭘 말하라는 거예요?"

"너희는 다 알고 있었지, 맞지?"

톰은 목이 쉬어 있었다.

"너희는 처음부터 다 알고 있었어."

"뭘 말이죠?"

"벤저민한테 다른 사람이 있었다는 거."

그의 말투에서 절망감이 느껴졌다.

카티는 어이없어하는 표정으로 그를 빤히 쳐다보았다.

"지금 무슨 소릴 하는 거예요?"

"사실대로 말해줘. 벤저민이 날 속인 거지?"

카티는 두 손을 올려 보였다.

"장담하지만 난 절대로 벤이 좋아할 만한 타입은 아니에요. 게다가 걘 어차피 여자는 안 좋아해요. 그건 그쪽이 더 잘 알잖아요."

톰은 고개를 저었다.

"물론 넌 아니야. 하지만 틀림없이 다른 사람이 있었어."

"그런데 왜 우릴 미행했죠?"

"벤이 너한테 비밀을 털어놓은 것 같아서."

"아니, 그런 적 없어요. 벤은 알아들을 수 없는 소리만 지껄

여댔어요."

톰은 앞으로 한 발짝 다가와선 카티 옆을 지나 안으로 들어가려고 했다. 하지만 카티가 그의 앞을 가로막았다. 벤저민의 애인은 형편없는 배우였고 그가 실감 나게 보여줄 수 있는 표정이라곤 절망감에 빠진 표정밖에 없었다. 나머지 표정은 전부 다 거짓이었다.

"비켜줘."

불안한 그의 시선이 카티의 어깨를 넘어 오두막 안을 훑고 있었다.

"그 전에 먼저 여기에 왜 왔는지부터 말해요. 난 다른 사람이 내 뒤를 캐고 다니는 거 무지 싫어하니까."

"난 진실을 알아내야 해."

"아, 그래요? 그건 우리도 마찬가지예요."

"누구야? 그 마약 장수 오코너? 걱정 말고 말해줘. 두 사람은 시도 때도 없이 붙어 다녔으니까. 네가 말 안 해줘도 어차피 알아낼 수 있어."

그제야 카티는 사태를 파악할 수 있었다. 톰은 벤저민의 상태를 걱정하고 있다기보단 질투심에 사로잡혀 있었던 것이다. 문제는 그거였다.

"톰, 정신 차려요! 우린 지금 벤의 목숨을 구하려고 노력 중이란 말예요. 당신 지금 벤이 어떤 약에 중독됐는지 관심도 없죠? 오직 벤에게 다른 애인이 있었는지 그것만 중요한 거잖아요. 그런 건 벤한테 직접 물어보지 그랬어요?"

"어떻게 물어봐? 어느 날 갑자기 사라져버렸는데. 사흘씩이나 모습을 보이지 않았다고."

그는 잠시 말을 중단했다가 다시 이었다.

"벤한테 진짜 다른 사람이 있었던 거 아니야?"

"지금 제정신이에요? 지금 중요한 건 그게 아니잖아요."

톰은 내면 깊숙한 곳에서부터 무너지고 있었다. 그는 어깨를 잔뜩 움츠렸고, 카티가 착각한 게 아니라면 눈물까지 글썽거렸다.

"미안해. 하지만…… 이미 그 전부터…… 그는 달라져 있었어, 카티. 전의 벤 같지가 않았어. 몇 주 전부터 이상했었다고."

그러더니 급기야 훌쩍거리기 시작했다.

"난 벤 없인 살 수 없어……"

울고 징징거리는 것, 나약함, 루저. 이런 건 카티가 제일 싫어하는 것들이었다. 다만 살다보면 가끔은 뭐가 진짜 중요한지 잊어버리는 상황들도 있다는 걸 그녀도 잘 알고 있었다. 직접 겪었으니까. 경찰과 구급차를 부르는 대신 카티는 울면서 포토맥 강가로 내려가선 세바스티앵 옆에 앉아 그의 손을 잡아주었었다.

의사는 이렇게 말했었다.

"시간이 너무 지체됐어요. 사고 현장에 조금만 더 일찍 도착했더라도 방법이 있었을 텐데."

그랬던 그녀가 어떻게 톰을 평가할 수 있겠는가?

"기운 내요."

카티가 톰과 대화를 나누는 사이 로버트와 데이비드는 오두막에서 나왔다.

"잘 들어요, 우린 지금 벤저민이 쓰러지기 전까지 어디서 뭘 했는지 되짚어보는 중이에요."

로버트의 표정이 심각해졌다.

"어쩌면 당신이 도움이 될 수도 있어요, 톰. 벤을 마지막으로 본 게 언제였죠?"

톰은 눈물을 닦았다.

"나흘 전이야. 화학 수업이 끝나고 벤이 나한테 와서 몸이 아프다고 말했어. 방에 가서 누워야겠다고."

"그게 벤과 나눈 마지막 대화인가요?"

톰은 고개를 끄덕였다.

"그러곤 오늘 처음 본 거야. 사람들이 벤을…… 벤을 병원으로 데리고 갈 때."

톰의 목소리가 갈라졌다.

"그건 벤이 아니었어, 맞지? 벤이 아니야. 완전 다른 사람이었다고."

카티가 말했다.

"벤은 내가 아는 사람 중에 제일 게으르고 속 편한 사람이었어. 그런데 그런 사람이 여기서 사흘씩이나 통조림 따위를 먹으면서 지냈다고? 말도 안 돼."

데이비드가 순간 멈칫했다.

"아니, 어쩜 가능한 일일지도 몰라. 벤이 계속 수업을 빼먹으면 퇴학당할 거라는 경고를 처음으로 받았거든."

카티가 물었다.

"언제? 그게 언제였어?"

"사흘 전이야."

"왜 우리한테 그런 말을 진작 안 했어?"

"절대 말하지 않겠다고 벤한테 약속했으니까."

***

"좋아. 그러니까 벤은 어쩌면…… 돌아버렸을지도 모른다는 거네, 대학에서 퇴학당할까봐? 그래서 아예 달아나버리다니 진짜 현명한 판단이다, 안 그래? ……아무리 벤이라도 그렇게 멍청하진 않아. 게다가 그걸로 해명될 수도 없어."

카티가 갑자기 말을 멈추자 신발 끈을 묶던 데이비드가 물었다.

"뭐가 해명될 수 없다는 거야?"

"말해, 카티."

로버트의 말투는 명령조에 가까웠다.

"뭘 말이야?"

카티는 누군가에게 강요당하는 걸 싫어했다. 아무리 로버트라 해도 마찬가지였다.

"벤저민은 왜 하필 너한테 도와달라고 부탁한 거야?"

저건 또 로버트가 어떻게 알았지? 도대체 어떻게!

카티는 자기도 모르게 로버트의 특별한 능력에 점점 집착하고 있었다.

그건 간단하잖아. 벤저민이 강의실 안으로 뛰어 들어왔을 때 로버트도 거기 있었으니까 벤저민이 한 말을 들었겠지.

……조심하지 않으면 다른 사람들의 미스터리 이야기나 음모론에 쉽게 빠져드는 사람한테 나도 전염되겠어.

"그건 벤이 여가 시간에 뭘 하는지 내가 전혀 관심이 없기 때문 아니었을까? 아니면 그가 맛이 가든 말든 내가 상관하지 않아서 그랬는지도 모르고. 또는 내가 그 강의실에서 벤을 전혀 두려워하지 않는 유일한 사람이었기 때문이거나."

하지만 그게 전부가 아니라는 걸 그녀도 알고 있었다.

벤저민은 왜 공작에 대해 그토록 궁금해했던 걸까?

그들 중 아무도 톰에게 따라오라고 말하지 않았다. 톰은 탐험을 함께할 수 있는 상태가 아니었다. 그는 일단 벤저민이 자기를 속인 게 아니라는 사실을 확인한 후에야 애인이 죽을 수도 있다는 사실을 걱정하는 듯했다. 그리고 가능한 한 빨리 캠퍼스로 돌아가서 레이크 루이스에 있는 병원에 가고 싶어했다.

"이걸 갖고 가서 도착하는 대로 병원에 제출해줘요. 어쩌면 도움이 될지도 모르니까."

로버트가 그에게 비닐 봉투를 내밀었다.

"이게 뭔데?"

톰은 벤저민이 게워낸 토사물이 든 비닐 봉투를 역겹고 미심적은 듯한 표정으로 쳐다보았다. 하지만 로버트는 태연하게 대답했다.

"그게 뭔지 실험실에서 알아내겠죠. 어쩌면 도움이 될 만한 게 있을지도 몰라요."

톰이 고개를 끄덕였다.

"거기 도착하는 즉시 제출해야 해요."

"알았어, 그건 어렵지 않아."

로버트도 고개를 끄덕였다.

"맞아요. 중요한 건 벤을 어떻게든 도와주려는 우리의 노력과 의지예요."

톰이 학교가 있는 방향으로 사라지자마자 휴대전화를 들고 있던 카티가 데이비드에게 물었다.

"혹시 병원 전화번호 알아?"

그는 혼란스러워하는 표정으로 고개를 끄덕였다.

"응, 학장님께 받았어. 하지만 내가 친족이 아니라서 아무 정보도 들을 수 없었어. 그런데 병원 전화번호는 왜?"

그녀는 급히 휴대전화를 내밀었다.

"왜긴 왜야? 나라면 벤이 벌써 죽었을지도 모른다고 걱정만 하기보단 전화를 걸어서 확인하겠어."

그 말에 데이비드는 부끄러운 듯한 표정을 지었다. 그 모습을 보자 카티는 마음이 약해졌다.

그 빌어먹을 정신과 의사가 뭐라고 했더라?

"그녀가 계속 다른 사람들에게 공격적인 말을 내뱉는 건 근본적으로 환자 스스로 부정하고 있는 깊은 내적 상처에 대한 표현입니다."

그건 사실이었다. 어쨌거나 그녀는 데이비드의 정곡을 찔렀지만 그래도 그라면 잘 참아낼 것이다.

이 정도쯤이야. 나도 벤저민을 살리기 위해 노력하는 중이잖아, 안 그래?

연결음이 울리고 한참이 지나서야 상대방의 목소리가 들렸다. 카티는 로버트가 보트 데크 앞으로 다가가 거울처럼 매끈한 호수를 조용히 내다보는 모습을 지켜보았다. 호수는 쥐 죽은 듯 고요했다.

"여보세요? 레이크 루이스 병원입니다."

카티는 문장 하나하나가 조용한 노래처럼 들리는 외할머니의 목소리를 택했다.

"아, 네! 조금 전에 우리 오빠가 병원에 실려 갔다는 소식을 들었거든요. 지금 오빠의 상태가 어떤지 알 수 있을까요? 저 지금 공항에 와 있어요. 당장 밴쿠버로 가는 비행기를 알아보고 있는 중이에요."

"성함이 어떻게 되시죠?"

상대편의 간호사는 세바스티앵의 상태를 묻기 위해 자주 통화하곤 했던 워싱턴의 하워드 대학 병원 간호사처럼 친절했다. 물론 간호사가 세바스티앵에게 여동생이 없다는 사실을 알게 되기 전까지에 해당하는 얘기였다.

"제 성은 폭스예요, 에덴 폭스."

에덴이라고? 맙소사, 왜 하필 그런 이름이 떠올랐을까.

"제 말은, 그러니까 환자분 성함 말이에요."

"아, 네…… 벤저민이요, 벤저민 폭스."

통화 대기음이 들리더니 응급실 간호사가 연결되었다. 카티는 아까 했던 말을 반복했다. 그런데 벤저민의 상태에 대해 묻자 답을 들을 때까지 상당히 오랜 시간이 걸렸다. 이유를 알 수 없는 의사소통의 블랙홀이 이어지더니 간호사가 조심스럽게 물었다.

"폭스 양, 혹시 어머니랑 직접 통화하시겠어요? 불러드릴 수 있는데요."

"아, 무슨 큰일이라도 났나요? 제발 말해주세요……."

이런 경우 눈물이 큰 장점이 될 수 있으련만. 카티는 거짓말은 잘할 수 있었지만 연기는 꽝이었다. 그녀가 마지막으로 울었던 건 포토맥 강가에서였다. 젠장. 이젠 전략상 후퇴할 수밖에 없었다.

"앗, 지금 막 제 이름이 호명됐어요! 이러다가 비행기 놓치겠어요."

그러자 간호사가 수화기에 대고 속삭였다.

"에덴 양, 지금으로선 최대한 빨리 병원으로 오시란 말밖엔 드릴 수가 없네요."

***

자연이 마치 병원에서 전달한 불길한 소식을 꾸짖기라도 하려는 것 같았다. 갑자기 안개가 걷히더니 구름 한 점 없는 환하고 푸른 하늘이 드러났다. 또 햇살은 따스했고 포근했다.

그녀를 둘러싼 자연경관은 황량했고 인간의 손길이 전혀 닿지 않은 그대로였다. 시선이 닿는 곳마다 굵은 마디가 불거져 나온 노간주나무들이 두꺼운 눈뭉치에 덮여 있었다.

카티는 휴대전화를 주머니에 도로 넣고 사람의 코처럼 호수 위로 우뚝 솟아 있는 솔로몬 바위를 바라보았다. 바위의 존재가 여느 때보다 더 숭고하게 다가왔다. 그녀는 자신이 영령기념일에 계곡 이곳저곳에 뿌리째 뽑혀 뒹굴고 있던 나무들처럼 중심을 잃은 느낌이 들었다. 폐쇄 구역 안쪽은 아무도 손대질 않아서 발 디딜 곳이 없을 만큼 엉망이었다. 그곳은 아마도 자연 상태 그대로 두기로 한 모양이었다. 잡초건 나무건 빽빽이 자라서 사람의 발길이 미치지 못하도록 하기 위해서.

이번에는 시선을 고스트의 흰 봉우리로 옮겼다. 그 산 정상의 크레바스 안에서 그녀는 아나의 목숨을 구했었다.

아나.

벤저민.

세바스티앵.

그들은 각자 다른 방식으로 카티의 도움을 필요로 했다.

그런데 난 어떻게 했지? 오직 달아날 궁리만 했어.

그건 정상이 아니야.

난 정상이 아니야.

그녀의 내면은 칠흑처럼 새까맸다. 그 누가 카티를 두려워하는가?

그녀는 그런 방법으로 부모님을 절망에 빠뜨렸다.

하지만 그건 그들 잘못이었어. 안 그래?

카티는 어린 시절을 엘리베이터와 보안 요원 그리고 개인 테라스가 있는 고층 아파트에서 보냈다. 그녀의 부모님은 그녀에게 컵케이크에서 배양시킨 인간 요정처럼 보이는 끔찍한 옷들을 입혔다.

그녀는 쇼핑몰을 제외하곤 시내를 걸어서 돌아다닐 수 없었다. 자전거를 타서도 안 되었고 스케이트나 서프보드 또는 스노보드도 탈 수 없었다. 솔직히 말해 카티는 오랫동안 자신이 집에서 갇혀 지내는 애완동물처럼 느껴졌었다.

하지만 그녀는 애완동물이 아니었다.

설탕처럼 달콤한 핑크색 컵케이크 요정은 더더욱 아니었다.
더는.

***

길을 안내한 사람은 로버트였다. 그는 보트하우스 옆으로
난 좁은 길을 따라 미러 호 언저리로 내려가기 시작했다.
카티가 물었다.

"쟤 지금 뭐 하는 거야?"

솔로몬 바위로 향하는 호수 연안의 사잇길은 가파른 오르
막이 계속되고 있었다. 여름에는 카티도 종종 그 길을 타고
오르곤 했었지만 지금은 돌이 축축하고 미끄러웠고 게다가
살얼음이 끼어 있는 바위도 있을 게 분명했다.

"정신 나간 거 아냐? 돌들이 얼마나 미끄러운데. 게다가 얼
어 있을 거야."

데이비드도 수긍의 뜻으로 고개를 끄덕였다.

"맞아, 로버트. 그 길은 너무 위험해. 숲길로 가는 게 좋을
것 같아."

그러자 로버트는 걸음을 멈추더니 뒤를 돌아보지도 않고
말했다.

"아냐, 그러면 시간이 너무 많이 걸려. 그리고 정확한 데이
터도 얻을 수가 없어."

"데이터라니, 무슨 데이터?"

또다시 로버트는 대답도 없이 굽이를 돌아 사라져버렸다. 카티는 곧바로 그 뒤를 따라갔다.

그들 앞에는 거대한 바위가 놓여 있어 시야를 가리고 있었고 그 너머엔 호수가 있었다. 그들 왼편에는 매끈한 암벽이 자리하고 있었다.

"로버트, 막다른 길이야!"

하지만 그는 신경 쓰지 않고 바위 위로 기어오르기 시작하더니 이렇게 말했다.

"역시 내가 생각했던 대로였어."

"무슨 생각을 했는데?"

로버트가 대꾸도 않고 바위를 넘어 반대편으로 사라져버리자 데이비드가 입술을 깨문 채 중얼거렸다.

"대체 왜 저러는 거지? 조심하지 않으면 호수로 빠지는데."

하지만 놀랍게도 바위 뒤에서 로버트의 머리가 불쑥 올라왔다.

"카티, 아까 벤의 비디오에서 미러 호가 꽁꽁 얼어 있는 걸 봤다고 했었지? 여기가 바로 거기야. 봐, 이 바위에 가려 그늘진 곳이 실제로 얼어 있잖아. 그래서 아주 편하게 솔로몬 바위까지 걸어갈 수 있었던 거야."

카티가 볼멘소리를 했다.

"그야 얼음이 깨지지 않을 경우지. 하지만 설사 물에 빠지더라도 헤엄쳐서 가면 되면 되겠다, 뭐."

그녀는 투덜거리면서 로버트의 뒤를 따라 바위를 넘어 얼어붙은 호수가 있는 반대편으로 갔다. 발끝으로 조심스럽게 얼음을 밟아본 결과 로버트의 말이 옳았다는 걸 인정할 수밖에 없었다. 비록 미러 호 한가운데 빙하가 떠 있진 않았지만 암벽 부근은 콘크리트 바닥만큼이나 단단한 얼음길이 나 있었다.

데이비드가 그녀의 뒤를 따라 바위를 넘어왔다. 뒤를 돌아본 카티는 데이비드가 바위 아래로 내려오기 힘들어하는 걸 눈치채고 도와주었다. 로버트는 암벽에 등을 기댄 채 시계를 들여다보곤 또다시 수첩에 뭔가를 적었다.

데이비드와 함께 로버트가 있는 곳에 이른 카티가 물었다.

"그 수상한 데이터라는 건 대체 뭐야?"

"아주 중요한 거야. 이 모든 게 나 혼자만의 상상인지 아닌지 확인해야 해. 내 이론이 실제로 가능한 건지 아니면 터무니없는 건지 말이야."

"그 이론을 우리한테도 좀 알려주면 안 되겠어?"

하지만 로버트는 대답하지 않았다.

당연히 그렇겠지.

대신 그는 이렇게 말했다.

"계곡에서 무슨 일이 일어나고 있는지 알지 못하면 우린 굴복당하고 말아. 그러면 벤저민도 구할 수 없어."

카티는 얼음 위에 서 있는 그를 빤히 쳐다보았다. 얼음 위에선 로버트는 평소보다 더 말라 보였다. 그는 다시 돌아서서 앞서가기 시작했다. 지금까지 의식하지 못했지만 카티는 그의 그런 모습을 좋아하고 있었다. 그냥 괜찮다고 생각한 정도가 아니라 진짜 좋아했다.

피할 수 없는 뭔가가 그를 충동질하고 있었고 그녀 역시 그 점을 이해했다. 그것이 숫자이든 고소공포증에 대한 도전이든 상관없었다. 카티가 높이 사는 건 한 인간의 의지였다. 인생은 그러니까 뭐랄까…… 꼬리를 감추고 도망치기에는 너무 짧다고나 할까.

그들은 매끈한 얼음판 위를 성큼성큼 걸어 나갔다. 잠시 후 독수리 부리처럼 날카롭게 솟은 솔로몬 바위가 나왔다. 그들보다 몇 발자국 앞서 걸어가던 로버트가 갑자기 소리쳤다.

"잠깐!"

그가 손을 들어 앞쪽을 가리켰다. 표정이 변했고 눈은 한곳만 응시하고 있었다. 로버트는 손을 앞으로 뻗은 채 억양 없는 투로 말했다.

"저 앞에 저거 보여?"

다음 순간 카티는 그가 뭘 말하려는지 알아차렸다.

그린 아이 위로 거대한 구름이 걸려 있었다. 맑디맑은 하늘에 어울리지 않는 한 점의 먹구름이.

데이비드가 믿어지지 않는 표정으로 물었다.

"설마 눈구름은 아니겠지?"

카티가 중얼거리듯 대답했다.

"그건 아닌 것 같아."

"그럼 뭐지?"

"먼지구름. 저건 거대한 먼지구름이야."

그들은 잠시 입을 다문 채 서 있었다. 카티의 머릿속에 또다시 벤저민이 약에 취해 중얼거렸던 말이 떠올랐다. 모래와 하늘 그리고 별 어쩌고 했던.

혹시 저걸 말했던 걸까?

데이비드가 중얼거렸다.

"말도 안 돼."

카티는 로버트의 시선을 좇았다. 하지만 그는 등을 돌리고 서 있었다. 잠시 동안 그는 꼼짝 않고 돌처럼 서 있었다. 그러더니 곧 무릎을 꿇고 앉아선 구름을 노려보았다.

그레이스 보고서

캐서린 벨라미

1974년 8월 28일

맙소사. 꼭대기에서의 생활은 지루하기 짝이 없다. 그래서 그레이스가 발명한 게임을 시작했다. 그런데 모두 그레이스가 어떤 아이인지 잘 알기 때문에 아무도 그녀에게 반박을 못 했다. 그녀는 각자의 이름이 적힌 이름표를 나눠준 다음 누구와 함께 담 위를 걷고 싶은지 표시하라고 했다. 최소한 한 명을 선택해야 하고 많으면 두 명까지 (남녀 각각 한 명씩) 선택할 수 있었다.

이 얼마나 유치한 발상인가.

프랭크가 기타를 칠 때만 쓰는 모자 안에 접은 종이를 넣었다.

말하자면 유치한 비밀투표인 거다.

그레이스가 투표할 때처럼 종이를 한 장씩 뽑고 마르타가 호명된 이름에 표시를 했다.

마크 1

엘리자 1

우리 모두 웃었다. 누가 누구를 선택했는지 너무 뻔하니까.

프랭크 2

캐서린 2

폴 1

마르타 1

밀턴 0

제길!

그는 벌떡 일어나서 밖으로 나가버렸다.

수상한 폭포

로버트는 호수 위 하늘을 가리고 있던 거대한 먼지구름이 사라지고 난 후에야 자리에서 일어났다. 그 구름은 바람 한 점 불지 않았는데도 저절로 고스트가 있는 방향으로 흘러갔다. 그러다 거대한 갈색 벨트처럼 넓게 산자락까지 펼쳐져 있는 늪 위에서 잠시 머무는가 싶더니 가파른 암벽 가까이에 이르자 연기처럼 사라져버렸다.

이윽고 로버트가 발걸음을 옮기기 시작했다.

이번에는 카티가 앞서갔다. 그들은 곧 솔로몬 바위 자락이 있는 넓은 암석 위에 다다랐다. 지난 5월 데이비드와 로버트가 구출되었던 바로 그곳이었다. 카티 역시 솔로몬 바위 꼭대기로 올라갈 수 있는 플랫폼 같은 곳이 있다는 걸 알고 있었다. 그 길은 극히 초보자를 위한 코스라서 그녀는 늘 한쪽으로 제쳐두었었다. 그런데 오늘은 그 길이 너무 쉬운 게 오히려 다행이라고 생각했다. 내색하진 않지만 실은 다리 때문에 힘들어하는 데이비드가 점점 더 걱정됐기 때문이다. 표정을 보아하니 통증이 심한 게 틀림없었다.

바위 위로 오를 때 그는 한 마디도 하지 않았고 안색은 창백해졌다. 좋은 징조가 아니었다. 데이비드는 평소 어떤 상황에서도 평정심을 잃는 법이 거의 없었기 때문에 사람들에게 안정감을 주었고 든든한 버팀목 같은 역할을 하던 친구였다. 그런 그가 마지막 남은 몇 미터는 결국 카티의 도움을 받아 겨우겨우 바위로 올라왔다.

꼭대기에 이르자마자 로버트는 또다시 시계를 들여다보고는 소리쳤다.

"역시! 정확히 맞아떨어져!"

카티가 숨을 헐떡이며 물었다.

"뭐가 맞아떨어진다는 거야?"

"보트하우스에서 여기까지의 거리 말이야. 물론 얼음과 바위를 감안해서 몇 미터 더 추가해야겠지만."

카티는 이마에 흐르는 땀을 닦았다.

"로버트, 혹시 그 공식 말이니? 이젠 그게 뭔지 제발 말해줄래? 그리고 네 계획이 뭔지도 말해줘."

로버트는 어깨를 으쓱했다.

"우선은 내가 먼저 정확히 알아야 해. 어쨌든 내 생각에 이건 서로 연관되어 있어. 기본 체계를 이해하면 공식의 특이점도 알아낼 수 있을 거야."

카티는 그제야 율리아가 왜 가끔 로버트 때문에 짜증을 내곤 했는지 이해할 수 있었다.

"평면에서 두 점을 잇는 가장 짧은 선은 직선이야."

카티는 왼쪽 어딘가에서 바스락거리는 소리를 들었지만 신경 쓰지 않고 빈정거리며 말했다.

"와! 세상을 아주 발칵 뒤집어놓을 만큼 대단한 수학적 발견인걸."

"물론 그건 아니야. 게다가 여긴 직선 길이 없어. 왜냐하면 호수가 굽어 있으니까. 아! 어쩌면 길이 원처럼 휘어 있을지도 모르겠다."

로버트는 순진한 표정으로 눈을 깜빡거렸다. 카티가 불만을 드러내며 반박하려는 순간 데이비드가 가로막았다.

"로버트는 뭔가를 아는 것 같아. 그냥 믿어보자."

다시 혈색이 돌기 시작한 데이비드의 얼굴을 쳐다보며 카티가 말했다.

"그런데 어쩌지? 난 나 빼곤 아무도 못 믿는데. 미안해, 로버트. 너한테 개인적인 유감이 있는 건 아니야."

데이비드는 부상을 당하지 않은 다리에 체중을 실은 채 서 있었다.

"너희들, 저 소리 들려? 바스락대는 소리. 무슨 소리지?"

데이비드가 불안한 목소리로 묻자 카티는 숨소리를 죽였다. 그곳에서 그녀에겐 엘도라도와도 같은 블랙 드림까지는 그리 멀지 않았다. 기껏해야 걸어서 10여 분 거리였다. 그녀는 여름에 그곳에 자주 갔었다.

하지만 이런 소리는 한 번도 들은 적이 없었다.

그녀는 주위를 두리번거렸다. 솔로몬 바위 꼭대기에서는 캠퍼스가 바로 내려다보였다. 날씨가 맑을 때는 본관 건물과 정면의 유리벽까지 또렷이 보일 정도였다. 카티는 발걸음을 옮겨 솔로몬 바위 뒤를 돌아 숲을 가로질러 블랙 드림으로 갈 수 있는 샛길로 들어섰다. 그곳에선 작은 소리가 더욱 또렷하게 들렸다. 그건 마치 거대한 파도가 바위에 부딪쳐서 나는 소리 같았다. 아니, 그게 아니라…… 세차게 떨어지는 우박 소리처럼 들렸다.

벤저민은 폭포를 촬영했었다. 그녀도 그 녹화 영상을 보았었다. 그런데 만약 그곳이 나무다리 부근이 아니었다면…… 그러면……

그렇다면 옳은 길을 찾아온 건가?

"따라와!"

그녀는 크게 소리치고는 길을 따라 뛰어 내려갔다.

***

뒤를 힐끔 돌아본 카티는 자기를 따라오는 사람이 데이비드뿐이라는 걸 깨달았다. 하지만 폭포 소리가 점점 더 커져 아예 목소리가 들리지 않을 정도여서 왜 로버트는 따라오지 않은 건지 물어볼 수가 없었다.

물론 그 전에 그녀가 따라오라고 외치는 소리를 로버트가 듣지 못했을 리는 없었다.

그들은 솔로몬 바위와 블랙 드림을 뒤로한 채 계속 걸어갔다. 한동안 직선 길이 계속되는가 싶더니 왼쪽으로 휘어지는 얕은 내리막이 나왔다. 내리막길은 암벽을 따라 계속 이어졌는데 바위들이 너무 뾰족하고 날카로워서 카티조차 그 벽을 타보고 싶다는 생각을 접게 만들었다. 드디어 호수 연안으로 이어지는 길이 끝났다.

카티는 암벽 쪽으로 고개를 돌려 소리가 나는 곳을 찾아보았다.

물은 카티의 머리 위 약 6미터 높이에 있는 암석에서 세차게 쏟아져 내리고 있었다. 마치 단단한 바위도 거센 물의 위력을 견뎌낼 수 없어 틈을 내준 것처럼. 귀가 먹먹해질 정도로 큰 소리와 함께 물줄기는 큰 곡선을 그리며 미러 호로 떨어지고 있었다. 물방울이 사방으로 튀었다. 카티는 눈 깜짝할 사이에 흠뻑 젖었지만 그 장관으로부터 눈을 뗄 수가 없었다. 큰 곡선을 그리며 미러 호 속으로 떨어지는 물줄기는 파랗지 않고 회색이나 녹색을 띠었다. 아니 그보다는 밝고 거의 불그스름한 갈색에 더 가까웠다. 그리고 물줄기에 섞여 떨어지는 작은 자갈들이 물소리를 더 요란하게 만드는 데 한몫했다.

카티는 부글거리는 수면을 가만히 응시했다. 그리고 머릿속으로 나무다리 옆에 있던 폭포, 지금은 얼음벽이 되어버린 그곳을 떠올렸다.

지난 며칠간의 온화한 기온만으론 그 물을 다 녹이긴 역부족인 듯했다. 하지만 이곳의 물은 바위에서 바로 흘러나오고 있었다. 겨울 내내 계곡의 온도가 평균 영하 20도에 달했던 걸 생각하면 놀라운 일이 아닐 수 없었다.

더군다나 그 물은 바위틈에 얼어 있던 해빙수가 아니어서 더더욱 신기했다. 왜냐하면 그 폭포는 폭이 최소 3미터에 달했기 때문이었다.

데이비드가 그녀에게 뭐라고 외쳤다. 하지만 카티는 고개를 젓곤 손으로 귀를 가리켰다.

그러자 그가 그녀 쪽으로 몸을 기울여 더 크게 외쳤다.

"거기 아래 있는 게 뭐야?"

"뭐?"

"저거 안 보여?"

그가 발아래 호수를 가리켰다.

데이비드의 말이 옳았다. 그제야 그녀도 그가 말하는 걸 발견하곤 정체를 알아내려고 눈을 가늘게 떴다. 물줄기 사이로 희고 길쭉한 것들이 반짝거렸다.

데이비드가 소리쳤다.

"종이 같지 않아?"

종이라고?

카메라에 찍힌 영상. 흰 점들. 그녀도 그걸 보면서 찢어진 종잇조각을 떠올렸었다. 하지만 그녀를 혼란스럽게 만든 건 그게 아니었다.

"이 폭포 좀 이상해!"

카티는 크게 소리쳤치만 이런 소음 속에서는 더 이상 대화가 불가능했다.

"뭐라고?"

데이비드가 못 알아듣겠다는 표정으로 그녀를 보고 있었다. 그녀가 위쪽 벽을 가리키곤 두 눈을 질끈 감자 데이비드가 어깨를 으쓱하며 말했다.

"무슨 뜻인지 전혀 모르겠어. 난 돌아가서 로버트가 뭘 하고 있는지 보고 올게. 알았지?"

카티는 잠시 가만히 서서 손으로 따가운 햇볕을 가린 채 반짝이는 것의 정체가 뭔지 알아내려 애쓰고 있었다. 빛이 돌과 또 거대한 폭포가 되어 떨어지는 물에 반사되고 있었다.

틀림없이 그 넓은 물의 장막 뒤에서 뭔가가 반짝거리고 있었다.

반짝이는 돌일까? 아니면 금속?

카티는 그 자리에서 꼼짝도 하지 않았다. 서서히 머릿속에서 어떤 생각이 자리 잡더니 그녀의 아버지가 늘 정신이 나갔다거나 또는 아주 특이하다고 표현했던 착상들 중 하나로 응축되어갔다. 가망이 없는 걸 알면서도 필사적으로 인정받고 싶어 했던 재주 많은 아이들이 흔히 갖고 있는 이야기들로.

만약 그 이론이 맞는다면 대체 모험에 대한 끝없는 갈구는 누구로부터 물려받은 것일까? 거드름 피고 잘난 체하는 것은 아버지의 트레이드 마크였다. 그러면서도 다른 한편으로 그는 아무리 부패해도 정치인이라면 무조건 머리를 조아렸다. 아버지의 삶의 원칙은 오직 세상의 중심에서 노는 것뿐이었다.

젠장!

몽상은 그만둬, 카티! 정신 차려!

물속의 종잇조각과 암벽의 기이한 반짝거림. 그 두 가지 모두 벤저민이 찍은 영상에서 이미 봤던 것들이었다.

"카티, 그를 그렇게 배신하면 안 돼"라고 데이비드는 말했었다.

그건 카티가 알레르기 반응을 보일 정도로 싫어하는 말이었다. 세바스티앵이 깨어나자 죄책감이 더욱더 마음을 괴롭혔다. 그녀는 그에 맞설 수밖에 없었다. 〈스타워즈〉에서처럼 방패를 썼던 것이다. 하지만…… 다른 사람의 부정적인 에너지로부터 자신을 보호하기 위해서가 아니라 다른 사람들을 카티 베스트로부터 보호하기 위해서였다. 특히 세바스티앵을.

그에게 전화할 것이다.

그 사실에는 의심의 여지가 없었다. 하지만 마침내 그에게 무슨 말을 해야 할지 깨달았다. 그녀가 그에겐 악몽이었다는 걸 설득시켜야만 했다.

그녀는 또다시 위를 올려다보았다. 불그스름한 물의 장막 뒤로 또다시 금속 같은 게 번쩍거렸다. 그녀가 착각한 게 아니었다. 그건 특이하고 아주 보기 드문 어떤 것이었다.

게다가 그녀는 어차피 다른 할 일도 없었다.

그레이스 보고서
그레이스 모건

제퍼슨 에어플레인이 부른 〈흰 토끼White Rabbit〉의 다른 버전

엄마가 주신 약,
아무 효과도 없네,
아무 효과도 없네.
하지만 크게 자라고 싶다면
앨리스에게 가서 물어봐.
앨리스에게 가서 물어봐.

네가 떨어질 거란 걸 안다면
네가 떨어질 거란 걸 안다면,
물파이프를 피는 애벌레가 널 불렀다고
말해.
앨리스처럼,
앨리스처럼.

그리고 체스 판의 남자들이 네게

어디로 가야 한다고 말하면
어디로 가야 한다고 말하면
널 자라게 하는 약을 먹으렴.
그리고 앨리스를 따라가.
앨리스를 따라가.

더는 기타를 칠 수가 없다. 오른손이 좀 이상한 것 같다.

미지근한 물

피부론 거의 느껴지지도 않는 미풍이 자꾸만 카티의 얼굴에 물방울을 뿌려댔다. 그런데 놀랍게도 떨어지는 물방울은 차갑지 않고 미지근했다.

여기 어딘가에 혹시 쿠트네이 국립공원처럼 온천수가 숨어 있는 건 아닐까?

그녀는 언젠가 부모님과 함께 2주간 레이디엄 핫 스프링스에 간 적이 있었다. 그곳의 수온은 무려 57도나 되었다. 인디언들이 천연 온천수에 대한 열렬한 사랑을 벽화로 남겼었다는 사실에도 불구하고 카티는 그곳에서 지내는 동안 지루해 죽을 지경이었다.

벽화를 생각하자 그녀는 고스트에 올랐을 때 터널에서 누군가 벽화에 남겨놓았던 한 문장이 떠올랐다.

'카티, 여기에 오다.'

그녀가 서 있는 곳에서는 폭포가 시작되는 근원지를 알아볼 수 없었지만 아무래도 상관없었다. 그냥 오르고 싶은 마음뿐이었다.

물론 그 후에는 온몸이 흠뻑 젖을 게 뻔했다. 하지만 재킷과 신발은 방수용이었다. 힘든 건 추위였다. 특히 손가락. 그녀는 장갑도, 헬멧도, 로프도 없었다.

물론 솔로몬 바위로 되돌아가는 방법도 있었다. 숲을 가로질러 위쪽으로 가서 폭포로 들어가는 방법을 찾아볼 수도 있었다. 사실은 그편이 훨씬 더 쉽고 안전했다.

하지만 그건 너무 시시해.

그런 생각을 하는 동안 카티는 자기도 모르게 저절로 웃음이 났다.

그녀는 첫눈에 등반이 가능한 코스를 알아보곤 앞으로 한 발 나가 왼손으로 차가운 돌멩이를 움켜잡았다. 그런데 이상하게도 부드럽고 물컹물컹한 느낌이 났다.

드디어 발걸음을 뗐다.

그녀는 이미 수개월 전부터 로프도 안전벨트도 없이 등반해왔다. 하지만 단순히 다이어트를 할 목적으로 등반을 하는 게 아니었다. 그녀가 등반을 하는 이유는 살기 위해서였다. 정신적인 생존을 위해서.

산을 타는 감각은 수개월 전과 차이가 없었다.

아무것도 잊은 게 없었다.

다만 움직일 때의 리듬감이 조금 떨어졌을 뿐이었다.

바위는 그녀를 오랜 좋은 친구처럼 받아주었다. 손가락은 바위 틈새와 금을 제때 찾아냈고 한 걸음씩 옮길 때마다 점점 더 마음이 차분해졌다.

그녀는 어머니에게서 걸려온 전화 이후로 알게 모르게 품었던 긴장감을 한순간에 떨쳐버렸다. 숲과 돌, 눈의 냄새가 그녀를 바꿔놓았다. 마치 자신이 리셋된 것 같았다.

카티는 폭포와 일정한 간격을 유지하면서 벽을 타고 올랐다. 문제는 암벽을 축축하고 미끄럽게 만드는 물안개였다. 게다가 불그스름한 먼지 같은 것도 손에 달라붙어 떨어질 줄을 몰랐다. 그녀는 계속 손을 씻고 싶다는 충동을 느꼈다. 이런 절벽은 지금껏 타본 적이 없었다. 푹신하고 끈적거리는 것 같으면서도 단단한, 희한한 돌이었다.

하지만 그녀는 놀라울 정도로 빠르게 올라갔고 폭포의 근원지에 거의 도달했다는 사실을 확인하자 아쉬운 마음이 들 정도였다. 그녀는 방향을 바꿔 폭포 쪽을 향해 수평으로 기어갔다.

갑자기 낙하하는 폭포를 시야로부터 가리는 돌출 바위에 이르자 그녀는 멈칫했다. 그곳에서는 호수가 곧바로 내려다보였다. 수면에 소용돌이가 일고 있었고 얼음은 흔적조차 보이지 않았다. 대신 물거품과 기이한 종잇조각이 마치 자석에 이끌리듯이 미러 호 한가운데로 떠내려가고 있었다.

카티는 조심스럽게 돌출 바위 끝으로 다가갔고 폭포까지 얼마 남지 않은 거리를 단숨에 해치웠다. 그런데도 여전히 폭포가 어디서 시작되는지는 보이지 않았다. 대신 아래에서는 눈에 띄지 않았던 특징을 발견했다. 그저 편평하게만 보였던 절벽이 실은 양각처럼 볼록 튀어나와 있었던 것이다. 마치 바위 전체가 수없이 많은 형상들을 새겨놓은 토템 기둥 같았다.

하지만 카티에게 자연의 아름다움이란 모호한 개념에 불과했다. 그녀는 자연을 스포츠 마니아의 시선으로 바라볼 뿐이었다. 그렇기에 폭포까지의 마지막 코스를 온전히 즐겼다.

세상에!

길고 혹독한 겨울을 보낸 후 느끼는 자유로운 기분이란 말로 다 표현할 수가 없었다. 또 높은 고지에 올라섰을 때 느끼는 성취감도!

얼굴에 내려앉은 축축한 안개는 이슬 또는 비단 같았다. 아드레날린이 뇌세포를 마구 흥분시켰다. 그리고 그 뇌세포 속에 있는 시냅스들은 긍정적인 정보만 내보냈다. 그녀의 몸은 모두 다 기억하고 있었다. 몇 주, 아니 한 달 또는 두 달만 있으면 그녀는 매일 아침을 이 꼭대기에서 보내게 되리라. 몸은 녹초가 되겠지만 계곡에서 느끼는 답답함과 경악스러움으로부터 자유로울 수 있으리라.

갑자기 그녀는 몇 분 전부터 자신이 데이비드도 로버트도 모두 까맣게 잊고 있었다는 걸 깨달았다. 그리고 특히 벤저민을 잊고 있었다.

어쩌면 벤도 여기 왔었고 나와 같은 생각을 하지 않았을까?

그러는 사이 드디어 눈앞에 폭포가 나타났다. 넓고 규칙적인 벨트처럼 뾰족한 바위 모서리를 지나 가파르게 곡선을 그리며 호수로 떨어지는 물줄기를 보면서 카티는 그제야 왜 폭포가 이상해 보였는지 알게 되었다.

그 폭포는 자연스럽지가 않았다. 그건 온천지나 최고의 휴식을 보장하는 최고급 웰빙 라이프스타일 관광지에서 흔히 볼 수 있는 인공 폭포를 연상시켰다.

이 폭포가 단순히 겨울 내내 얼었던 물이 녹아서 만들어진 거란 설명은 신빙성이 없었다. 그렇다기에는 물의 양이 너무 많았다. 게다가 이곳의 바위들은 다른 쪽에 있던 폭포 근처의 바위들에 비해 너무 매끈했다.

그녀는 고개를 젖혀 위를 올려다보았지만 바위에 가려 여전히 폭포의 근원지는 보이지 않았다.

카티는 입김을 불어 꽁꽁 언 손가락을 녹인 뒤 전문가가 아니라면 거의 발견도 못 했을 좁은 모서리에 오른발을 올려놓았다. 그런 다음 온몸을 바위에 바싹 붙였다. 두 팔이 공중에서 허우적거렸다. 아직은 등반 경로가 위로 가면서 어떻게 이어지고 있는지 보이지 않았다. 오직 본능과 감각에 의지할 수밖에 없었다. 믿어야만 했다.

아니, 믿어선 안 됐다. 이미 경험하지 않았던가. 어떤 바위도 완전히 매끈하진 않다. 그건 자연의 법칙에 위배된다. 돌은 모두 불규칙성을 띠고 비록 사소하고 지극히 작다 할지라도 일정하지 않은 표면을 갖고 있기 마련이다.

사실 그런 이유 때문에 카티는 로버트의 이론에 의구심을 갖고 있었다. 그는 규칙성이나 패턴, 공식 같은 걸 찾고 있었지만 그 모든 건 자연적인 현상과 반대되는 것이었다.

그녀는 손을 뻗어 머리 위의 바위를 더듬었다. 그런데 표면이 너무 축축하고 미끌미끌해서 그만 손이 미끄러지고 말았다. 폐가 타들어가는 듯했고 호흡할 때마다 쌕쌕거리는 소리가 났다. 그래서 코로 숨을 쉬기 시작했다.

바로 그 순간, 카티는 틈을 발견했다. 머리카락처럼 가는 실금에 온몸을 맡긴 채 위로 올라갔다. 머리 위로 물줄기가 격렬하게 떨어졌다. 그녀는 깜짝 놀라 뒤로 물러났다. 손가락에 스르륵 힘이 풀렸다.

꽉 잡아야 해! 놓치면 안 돼!

춥기도 하고 또 안간힘을 쓰느라 마비된 손가락으로 실금을 꽉 붙들고선 발을 디딜 만한 곳이 어디 있는지 찾았다. 그러고선 다시 몸을 위로 끌어올렸다.

이번에는 물줄기가 떨어질 거라는 걸 미리 예상해서 두 눈을 꼭 감은 채 머리를 바위 모서리 위로 쑥 디밀었다. 오른쪽 다리가 공중에 잠시 떴다가 순식간에 디딜 곳을 발견하자 왼발도 마저 올렸다.

잠시 후 카티는 성취감을 만끽할 수 있었다. 지치고 온몸이 흠뻑 젖은 상태로 그녀는 바위 위에 엎드려 있다가 한참만에야 일어서 주위를 둘러보았다.

그런데 그 순간 또다시 머리 위로 물줄기가 떨어졌다.

하지만 그녀는 더는 이 미지근한 물에 신경 쓰지 않았다. 왜냐하면 그보다 더 놀라운 것이 그녀를 기다리고 있었기 때문이다. 그녀의 몸은 곧바로 경계 태세에 들어섰고 모든 피로감은 빛의 속도로 사라져버렸다.

그레이스 보고서

마크 드 빈센츠

1974년 8월 30일

캐서린이 자꾸 밖에 나가서 기념사진을 찍자고 우겼다. 그러더니 이곳 산까지 꾸역꾸역 가지고 온 커다란 폴라로이드 카메라를 꺼냈다.

오랫동안 비가 내리더니 오늘은 모처럼 해가 났다. 그래서 모두 기분이 한결 좋아졌다. 지난 며칠간 곤두서 있던 분위기가 다소 진정된 듯했다.

캐서린이 말했다.

"고스트 봉이 배경으로 나오도록 서봐."

우리는 베란다에 모였다. 엘리자는 머리를 새롭게 땋고선 내 옆에 섰다. 나는 그녀의 어깨에 팔을 올렸다.

엘리자가 놀리는 투로 물었다.

"카티, 너 그 카메라는 어디서 났어?"

"빌렸어."

그러자 폴이 물었다.

"미스터 슈퍼맨이 그걸 빌려주는 대가로 뭘 바랐어?"

"아무것도. 하긴 뭘 바란다고 들어줄 나도 아니지만."

캐서린은 무뚝뚝하게 대답하고선 목재 난간 위에 카메라를 고정시켰다.

"그 사람은 너랑만 거래하잖아."

"그건 네가 상관할 바가 아니야, 폴. 내가 뭘 해야 하는지는 내가 제일 잘 알아."

그녀는 카메라를 들여다보며 초점을 맞추더니 지시를 했다.

"그레이스, 마르타 그리고 엘리자는 조금 더 앞으로 나와. 지금 상태론 하나도 안 보여."

엘리자가 한숨을 쉬곤 앞으로 나가 마르타 옆에 섰다. 폴은 그레이스 바로 뒤에 서서 강아지풀로 그녀의 목을 간질였다.

그녀가 키득거리며 말했다.

"하지 마."

"이제 움직이지 말고 가만히들 있어. 모두 앞을 봐! 이제 셔터 누를 게. 내가 너희들 옆에 서자마자 모두 '치즈'라고 외치는 거야, 알았지?"

캐서린이 셔터를 누르자 즈즈즈— 하고 타이머가 작동하는 소리가 났다.

마르타가 소리쳤다.

"얼른 와!"

캐서린이 잽싸게 뛰어가서 엘리자의 목에 팔을 둘렀다. 그리고 숫자를 셌다.

"하나, 두울, 셋……."

"치—즈!"

동굴의 문

카티는 믿기지 않는다는 듯한 표정으로 암벽 사이에 올라오는 물거품을 지켜만 보고 있었다. 눈앞이 어른거리고 희미해졌다.

이건 정말 말도 안 돼. 설마?

아냐, 착각일 거야!

그녀는 얼른 방수 재킷에 달린 모자를 쓰고 지퍼를 턱까지 올려 채운 뒤 앞으로 나아갔다. 바위에서 솟아나오는 물을 얼마든지 뚫고 지나갈 수 있을 만큼 힘과 에너지가 넘쳤다.

이 폭포에 비하면 학교 기숙사의 샤워기 물은 졸졸 흐르는 개울에 불과해.

물줄기에 휩쓸린 작은 돌멩이들이 몸 위로 떨어졌다. 카티는 온몸이 젖은 수건처럼 무겁게 느껴졌다.

드디어 문제의 그 장소에 이르자 젖은 얼굴을 연신 옷소매로 닦으면서 위를 올려다보았다. 그리고 도저히 믿을 수 없었던 광경을 두 눈으로 똑똑히 확인했다. 물은 바위에서 튀어나와 있는 여러 개의 금속관 위로 떨어지고 있었다. 그리고 카티의 머리 위로 금속의 회전 손잡이 같은 게 햇빛을 받아 반짝거리고 있었다. 카티가 아래에서 본 반짝이는 물체의 정체는 바로 그것이었다.

카티는 팔을 뻗어 얼음처럼 차가운 금속 막대를 잡았다.

어느 방향으로 돌려야 하는 거지? 이걸 돌리면 어떤 일이 일어날까?

회전 손잡이를 돌리는 순간 계곡이 와르르 무너지는 상상을 하자 온몸에 소름이 돋았다. 그렇지만 두려움이 호기심을 이기진 못했다.

카티는 먼저 회전 손잡이를 오른쪽으로 돌려보았다. 하지만 손잡이는 단 1밀리미터도 움직이지 않았고 번번이 차갑고 미끌미끌한 금속 때문에 손가락이 미끄러졌다. 다음엔 왼쪽으로 돌려보았다. 그러자 아주 조금이지만 돌아간 것 같았다.

그녀는 깊이 숨을 들이마셨다.

이 망할 놈의 막대기가 왜 안 돌아가는 거야.

카티는 손잡이 위로 몸을 숙여 체중을 실은 채 꾹 눌러보았다. 그러자 처음에는 아주 작은 소리가 나더니 점차 마찰음이

커지면서 순식간에 손잡이가 백팔십도로 돌아갔다.

게다가 달라진 게 한 가지 더 있었다. 아까보다 물소리가 확연히 약해진 것이었다. 그녀가 착각한 게 아니라면 쏟아지는 물의 양이 눈에 띄게 줄어들었다. 그 자체만으로도 기이한 일이었지만 아직 이성을 발휘할 순간은 아니었다. 그녀는 다시 한 번 손잡이를 쥐고 왼쪽으로 힘주어 돌렸다.

그러자 이번에는 손잡이가 아무런 저항 없이 아주 쉽게 돌아갔다. 게다가 물줄기도 완전히 멈췄다. 간간이 물줄기가 떨어지긴 했지만 전처럼 곡선을 그리며 쏟아지던 엄청난 폭포는 사라졌다.

그동안 줄곧 카티의 귓가를 울렸던 물소리가 멈췄다.

그녀는 안도의 한숨을 내쉬었다. 하지만 안심하는 것도 잠시뿐, 갑자기 찾아온 정적이 다시 마음을 무겁게 짓눌렀다.

그 순간 누군가 큰 소리로 그녀를 불렀다.

"야, 카티!"

처음에는 그 소리가 어디에서 나는지 방향을 가늠하기 어려웠지만 잠시 후 솔로몬 바위 위에서 자신을 향해 손을 흔들고 있는 두 사람이 보였다. 데이비드와 로버트가 그 위에서 그녀 쪽으로 오는 길을 찾고 있었던 모양이었다.

"무슨 일이야? 왜 갑자기 물소리가 그쳤지?"

카티는 손짓을 하곤 소리쳤다.

"이리 와서 이걸 좀 봐!"

데이비드가 큰 소리로 외쳤다.

"여기서 네가 있는 곳으로 내려가려면 어떻게 해야 해?"

카티는 주위를 두리번거렸다. 그녀는 암벽에서 1미터가량 튀어나온 비스듬한 바위 위에 서 있었다. 그 위로 4~5미터가량의 가파른 절벽이 솟아 있었고 그곳에서부터 고스트 산자락까지 이어지는 숲이 시작되었다.

그런데 그 순간 카티의 시야에 뭔가가 들어왔다. 위에서는 잘 보이지 않는 철재 사다리가 암벽에 단단히 고정되어 있었던 것이다.

"이쪽에 사다리가 있어! 그걸 타고 내려와!"

카티의 말에 데이비드가 뭐라고 다시 소리쳤지만 카티는 무시해버렸다. 왜냐하면 철재 사다리 옆에 그녀의 시선을 끄는 뭔가를 발견했기 때문이다. 그건 암벽 한가운데 난 동굴 입구였다.

그녀는 사다리를 타고 단숨에 그곳까지 내려가서는 지름이 1미터가량 되는 동굴 입구 앞에 정확히 착지했다. 동굴 입구 앞에는 문이 있었다.

***

문은 바위 한가운데 설치되어 있었다. 금속 재질의 문은 내리쬐는 햇빛이 반사되어 흐르는 은처럼 반짝거렸다. 문 위에

는 지름이 50센티미터쯤 되는 문양 또는 보기에 평범한 원이
새겨져 있었다.

카티는 지금까지 발견한 것들을 머릿속으로 정리해보려고
애썼다. 그런데 이상하게도 혼란스럽다기보다는 흥분되고 그
러면서도 마음이 놓였다. 그날의 발견으로 인해 예전에는 불
가능하게 생각되었던 것의 경계가 확장된 듯한 느낌이 들었
다. 정확히 말로 표현하긴 어렵지만 중요한 통찰력을 얻었다고
나 할까. 어쨌거나 그녀는 계곡에 대한 진실이 밝혀질 순간이
임박했음을 직감했다.

그런데 그 시점에서 한 가지 걸리는 게 있었다. 즉 자신의
운명이 이 사건들과 필연적으로 얽혀 있다는 생각을 떨쳐버
릴 수가 없었던 것이다.

만약 계곡의 비밀이 내 운명과 연관되어 있다면 세바스티앵
의 운명과도 관련이 있는 건 아닐까?

하지만 그게 가능하기나 한 일일까?

그녀의 어머니는 사라진 학생들 중 한 명이었던 것으로 밝
혀졌다. 카티는 산꼭대기 산장에서 발견한 사진에서 어머니의
얼굴을 똑똑히 알아보았다. 게다가 카티 자신 역시 예상치도
않게 같은 대학의 초대를 받았다. 그 전까진 이름을 들어본 적
도 없었고 개인적으로 지원을 한 적도 없었다. 그런데 그녀는
시험조차 보지 않고 입학을 허락받았던 것이다.

하지만 세바스티앵의 일이 아니었더라면 결코 이곳으로 오

지 않았을 것이다. 그래, 세바스티앵은 조지타운 대학에서 수학할 계획이었고 그녀 역시 그 곁에 머물 계획이었다.

그러니 이 모든 사건을, 세바스티앵의 사건을 포함해서 모두 단순한 우연으로 여겨야 할지 아니면 운명으로 받아들여야 할지 알 수 없었다. 그녀는 이 사건들의 연관성을 무시할 수 없었지만 그렇다고 모든 것들을 운명으로 받아들일 수도 없었다.

그렇다면 어떻게 해석해야 하지?

어쩌면 나는 오늘 드디어 진실에 한 발짝 다가서게 될지도 몰라. 그다지 편안하지 않은 진실, 또는 말 그대로 벤저민을 죽도록 놀라게 만든 그 진실에.

"카티? 카티!"

얼마동안 불렀던 걸까? 생각에 너무 깊이 빠져 있었던 탓에 그녀는 자신을 부르는 목소리를 전혀 듣지 못했다.

카티는 동굴 입구 앞에서 발길을 돌렸다. 회전 손잡이가 있는 곳으로 돌아가는 동안 연신 눈을 깜빡거렸고 밝은 햇빛에 겨우 적응한 후에야 다시 철제 사다리를 타고 두 사람이 있는 곳으로 올라갔다.

어리둥절한 표정으로 쳐다보는 데이비드와 로버트에게 카티는 격양된 목소리로 물었다.

"뭐야? 둘 다 여기 아예 눌러앉을 셈이야?"

"왜 갑자기 폭포가 멈춘 거지?"

데이비드는 마치 그게 카티의 책임이라도 된다는 듯한 눈빛을 보냈다.

"내가 잠갔어. 너무 시끄러워서."

그녀는 슬쩍 웃어 보이기까지 했다. 너무 쉽게 대답을 해서인지 꼭 선문답처럼 들렸다.

"네가 잠갔다고?"

데이비드는 카티가 농담을 하고 있는 건지 미심쩍어하는 표정으로 빤히 쳐다보았다. 하지만 로버트는 그다지 놀라지 않은 것 같았다.

카티가 손을 내저으며 말했다.

"설명은 이따 해줄게. 그보다 내가 뭘 발견한 줄 아니?"

데이비드의 시선이 사다리 쪽으로 옮겨갔다. 그러면서 아주 살짝 오른발을 움직였을 뿐인데도 카티는 데이비드의 오른발이 상태가 안 좋다는 걸 단번에 알아차렸다.

"저 아래 동굴 같은 게 있어."

카티가 아래쪽을 가리키자 데이비드가 아래쪽으로 몸을 숙이고선 말했다.

"입구 같은 건 안 보이는데?"

"옆쪽에 있어. 그런데 문제는 동굴에…… 문이 달려 있다는 거야."

카티는 잠시 말을 끊었다가 다시 이었다.

"문이라고?"

로버트의 눈에 힘이 실리더니 긴장한 기색이 역력했다.

그래, 그는 상상력과 지식이 풍부하지. 어떤 일이든 근본적으로 파헤치고자 하는 호기심, 특히 계곡에 관한 일이라면 더더욱.

데이비드가 고개를 저으며 말했다.

"카티, 우린 지금 문 따위로 지체할 시간이 없어."

"그래? 데이비드, 우린 벤을 구할 수 있으리라는 네 생각만 믿고 지금까지 숲속을 헤매고 다녔어. 그런데 이제 와서 물러서겠다는 거야?"

"너한테 벤은 안중에도 없잖아!"

"그걸 네가 어떻게 알아?"

"난 널 잘 알아. 네게 중요한 건 오직 모험뿐이지. 안 그래? 그때 고스트에서처럼."

"넌 나에 대해 전혀 몰라! 아무도 날 모른다고. 그리고 앞으로도 그럴 거고. 넌 지금 이게 무슨 문제인지 상상도 못 해. 여기 있는 폭포는 물을 잠갔다 틀었다 할 수 있는 인공 폭포란 말이야. 그것도 아무도 들어올 수 없다는 폐쇄 구역 한가운데에 있지. 그리고 제일 중요한 건 벤이 이 모든 걸 찍었다는 거야. 난 그 영상을 보자마자 단번에 이상하다는 걸 알았어. 그 영상이 지워지지만 않았더라도 이 느낌을 증명할 수 있었을 텐데."

카티는 잠시 말을 멈추곤 데이비드를 똑바로 쳐다보았다.

"벤저민이 쓰러진 직후에 그와 비슷한 종이쪽지를 발견한 건 바로 너였잖아."

그녀는 아래쪽에 있는 미러 호를 가리켰다.

"그런데 저 아래엔 그와 비슷한 종이쪽지들이 널려 있어. 왜 그런지 그 이유가 궁금하지 않아?"

데이비드가 아무 말도 하지 않자 카티가 말을 이었다.

"설사 그 문 뒤에서 벤에게 도움이 될 만한 걸 발견하지 못한다 해도 한 가지는 분명해. 네게도 뾰족한 수는 없다는 것. 다시 말해 네가 할 수 있는 건 그대로 돌아가는 거지. 그러니까 너는 너 하고 싶은 대로 해. 난 동굴로 들어가볼 테니까."

그러자 로버트가 분명하고 단호한 어조로 말했다.

"나도 같이 갈래."

카티는 고마워하는 듯한 표정으로 로버트를 쳐다보았다.

하지만 데이비드는 여전히 망설이고 있었다.

"아무것도 없으면 어쩔 거야? 그러는 사이 벤한테 무슨 일이라도 생기면?"

"최소한 시도는 해봐야지. 돌아가는 건 언제든지 할 수 있잖아."

그레이스 보고서
프랭크 카터

"내 기타를 태웠을 때 마치 제물을 바치는 것 같았다. 사람들은 사랑하는 물건을 제물로 바친다. 그래서 나는 나의 사랑하는 기타를 바쳤다."

지미 헨드릭스

"타협하지 마라. 너는 네가 소유한 것 그 자체다."

재니스 조플린

"네가 사랑하는 삶을 살아라. 그리고 네가 살고 있는 삶을 사랑하라."

밥 말리

"미스탈린! 엑스페리멘탈 미스티사이즘! 머쉬룸! 엑스터시! LSD 25! 양심의 확장! 팬태스티카! 트랜센덴스! 하시시! 비지오네리 보태니! 피지올로지 오브 릴리즌! 인터널 프리덤! 모닝 글로리!"

잡지 『사이키델릭 리뷰』의 전단지

화석

예상과 달리 문은 잠겨 있지 않았다. 마치 새로 기름칠이라
도 해놓은 것처럼 손잡이가 부드럽게 돌아가자 카티는 어리둥
절했다.

문 안은 너무 깜깜해서 아무것도 알아볼 수가 없었다. 좁은
곳, 제한된 곳에 대한 패닉이 잠시 되살아났지만 카티는 곧 두
려움을 한쪽으로 밀어내고 뒤돌아 말했다.

"손전등이 필요할 것 같아."

"여기 있어."

넓은 빛줄기가 어른거렸다. 로버트는 이런 상황을 미리 예
상이라도 한 듯이 만반의 준비가 되어 있었다.

카티는 손전등을 받아 들고 앞으로 나가려다가 뒤로 물러

났다.

"앗, 뭔가를 밟았어. 플라스틱 같은 딱딱한 거야."

그녀는 손전등으로 아래를 비췄다. 바닥에 동그란 검은 물체가 보였다.

비디오카메라 렌즈 뚜껑이었다.

"벤이 여기 왔었어! 진짜 여기 왔었던 거야!"

발견의 기쁨도 잠시뿐 카티는 마음이 편하질 않았다.

이제는 정말 돌아갈 수 없어.

"좋아."

데이비드가 두 손을 들어 보였다.

"지금까지의 일들을 한번 정리해보자. 그러니까 벤저민은 사흘간 행방불명됐었어. 처음에는 보트하우스에 있다가 그다음에는 여기 이 문을 발견했었던 거야."

카티가 말을 가로막았다.

"또는 그 반대일 수도 있어."

데이비드는 어깨를 으쓱했다.

"그럴 수도 있겠지. 어쨌거나 벤은 마치 생명에 위협을 느낀 것처럼 달아났어."

"문제는 대체 무슨 일이 일어났었냐 하는 거지."

그때 로버트가 끼어들었다.

"벤을 겁먹게 만들었던 게 이 문은 아니라는 건 확실해."

데이비드도 그 말에 동조했다.

"맞아, 내가 아는 한 벤은 오히려 동굴로 들어가는 입구를 알아내곤 좋아서 미쳐 날뛰었을 애야."

"하지만 사실은 그것과 반대였지. 자기가 발견한 걸 떠들고 다니는 대신 마약에 취해버렸고 미친 사람처럼 굴다가 혼수 상태에 빠졌어. 그사이 틀림없이 다른 사건이 있었던 거야."

데이비드의 말투가 아주 신중해졌다.

"이제 두 가지 질문으로 요약할 수 있을 것 같아. 첫째는 벤저민이 뭘 먹었냐 하는 거고……."

"……두 번째는 여기서 무슨 일을 겪었느냐 하는 거지."

두 번째 질문을 말한 건 로버트였다. 그는 카티에게서 손전등을 받아 들고 문을 통해 동굴 안으로 들어갔다. 그러더니 잠시 멈춰 서선 시계의 버튼 몇 개를 눌렀다.

그의 뒷모습을 쳐다보고 있던 데이비드는 갑자기 주머니에서 휴대전화를 꺼냈다. 그의 얼굴은 희미한 손전등 불빛에도 섬뜩하리만큼 창백해 보였다.

쟤는 검은 옷 좀 그만 입었으면 좋겠어.

카티는 생각했다.

"안으로 들어가기 전에 벤의 상태가 어떤지 알아야겠어."

그는 단축키를 누르더니 휴대전화를 귀에 갖다 댔다.

"아직 살아 있는지 말이야."

"소용없어. 이 계곡 안에선 수신이 안 되잖아."

카티의 말에 데이비드는 대답 대신 누군가에게 인사말을

건넸다. 지지직─ 하는 소리가 들렸지만 수신인이 누구인지는 알아들을 수가 없었다.

"상황이 어때?"

데이비드가 인상을 찌푸렸다. 하지만 상대방의 대답을 듣고 나선 표정이 조금 편안해졌다.

"확실한 거지?"

카티는 통화 내용을 퍼즐 조각처럼 끼워 맞춰보려 애썼다.

"알았어, 고마워…… 그게 진짜야? ……그래서 그는 떠났어? ……아니, 나중에 얘기해줄게. ……아, 그게…… 그렇게 간단하질 않아. 정말 고마워. 율리아한테…… 아, 아냐. 그냥 내 안부나 전해줘. 잘 있어."

그는 종료 버튼을 누르곤 휴대전화를 주머니에 넣었다.

"로즈와 통화했어. 발덴 학장님의 말씀에 의하면 벤의 상태는 전혀 변화가 없대. 하지만 적어도 아직은 살아 있어. 경찰이 수사 중이고 현재 오코너를 심문하고 있다나봐. 실제로 벤에게 몇 가지 약을 넘겼다는데 의사들은 그 약들이 벤의 현재 상태와는 무관하다고 했대."

그는 이마를 문질렀다.

"그러니까 아직 아무것도 알아내지 못했다는 거야. 그런데 조금 전에 톰이 크리스의 방에 들러서 벤의 카메라를 가져갔대. 병원에 갖고 간다고. 우리랑 약속했던 대로 그걸 레이크 루이스로 가져가려는 거겠지."

로버트의 목소리가 어둠을 뚫고 또렷이 울렸다. 그는 카티와 데이비드에게 자기 뒤를 따라올 건지 묻지도 않고 당연히 그럴 거라는 전제하에 소리쳤다.

"조심해! 들어오자마자 곧바로 계단이 시작되는데 상당히 가팔라!"

***

로버트의 말이 옳았다. 문 안으로 들어서서 3미터쯤 걸어가자 산속으로 깊이 내려가는 가파른 돌계단이 나왔다. 카티는 아주 잠시 망설였다. 그녀는 자기 앞에 다가올 게 뭔지 알고 있었다. 어둠. 좁은 공간. 그리고 자기를 향해 다가오는 벽들.

그럼에도 그녀는 로버트가 비춰주는 희미한 불빛을 따라 조심스럽게 한 발씩 걸어갔다. 불은 겨우 세 사람이 서로 걸려 넘어지지 않고 걸어갈 수 있을 정도의 밝기를 유지했다.

바위를 깎아 만든 계단은 높이가 매우 불규칙했지만 인위적으로 만들어진 것만은 분명했다. 어떤 자연현상으로도 그렇게 긴 계단이 만들어질 순 없었다.

동굴 속은 조용했지만 계곡의 정적과는 다른 고요함이었다. 그야말로 완벽한 정적이었다. 결코 뚫을 수 없는 완전한 정적. 조금 전만 해도 온 세상이 요란한 물소리와 사람의 발소리 그리고 목소리로 꽉 차 있었는데 이제는 그들의 숨소리조차 들리질 않았다. 게다가 아래로 내려갈수록 공기가 습하거나 썩은 냄새가 나긴커녕 상쾌해졌다.

바로 그 순간 로버트가 마치 카티의 생각을 읽기라도 한 듯이 말했다.

"환기 시스템 같은 게 있는 게 틀림없어."

긴 계단이 끝없이 이어졌다. 카티는 서서히 느낌이 오기 시작했다. 좁고 갇힌 공간에 대한 공포심에 시달린 게 불과 며칠 전이었다. 어느 날부터 공포심은 슬금슬금 자라나기 시작했다. 그러다가 세바스티앵의 사고 이후 정신과가 있는 9층으로 엘리베이터를 타고 올라가던 순간 그녀를 완전히 굴복시켜버렸다. 그 후로 그녀는 유독 극심한 폐소공포증에 시달렸는데 특히 그녀처럼 모험심이 투철한 사람에겐 절망적인 증상이었다. 하지만 고스트 봉에서 아나 크리를 구하기 위해 크레바스로 내려갔을 땐 잠시 극복되기도 했었다.

그렇다고 병적인 공포심이 단번에 사라질 수 있을까? 아니면 그녀의 불타는 호기심과 걷잡을 수 없는 지적 갈증 덕분에 그 병을 잘 견뎌낼 수 있게 된 걸까?

만약 그렇다면 그녀는 데이비드의 비난이 옳았다는 걸 받아들여야 했다. 카티에게 중요한 건 벤저민의 생사가 아니라 모험 자체라는 그 말을. 카티는 계곡의 삶을 꼭 쥐고 있는 것처럼 보이는 불가해한 미스터리를 밝혀내고 싶었던 것이다.

드디어 계단 끝에 다다랐다.

"20미터."

혼잣말처럼 중얼거리는 로버트의 목소리가 들렸다.

"무슨 뜻이야?"

"지하로 20미터 내려왔다고."

로버트도 그녀와 마찬가지로 계곡의 비밀을 캐내려 하고 있었다. 그 사실에 그녀는 마음이 놓였다. 하지만 안심한 순간도 잠시뿐이었다. 로버트는 손전등 불빛으로 주변을 비추어보았다. 카티는 몸속에서 다시 아드레날린이 솟아오르는 걸 느꼈다. 칠흑 같은 어둠 속으로 이어지는 긴 복도 양쪽으로 정확히 직각으로 꺾여 들어간 작은 통로들이 보였기 때문이었다.

그들은 다시 한 번 결정을 내려야 했다.

"이제 어쩌지? 동전이라도 던져야 하는 건가?"

데이비드가 한숨을 내쉬며 말하자 카티가 대꾸했다.

"곧장 앞으로 가. 내가 보기엔 그게 최단 길일 것 같아."

"최단 길이라니, 어디로 가는 최단 길이라는 거야?"

"어디든. 좋아, 사실 나도 몰라. 하지만 옆길로 가면 다시 갈림길이 나오지 않으리라고 어떻게 보장해? 앞으로만 곧장 가면 얼마든지 다시 되돌아올 수 있잖아. 방향을 잃을 위험은 없다고."

"넌 되돌아올 생각이 없잖아."

"그렇다고 여기서 길을 잃고 헤매고 싶지도 않아. 난 오래 살고 싶거든. 로버트, 네 생각은 어때?"

카티는 수시로 손목시계를 들여다보고 있는 로버트에게로 고개를 돌렸다.

"저 길은 정확히 남쪽으로 향해 있어."

"그래서 저 길이 맞는다는 거야?"

데이비드는 안심이 안 되는 모양인지 초조하게 물었고 그 말에 로버트가 답했다.

"맞는 길도 틀린 길도 없어. 문제는 다만 시간이 얼마나 걸리느냐는 거지. 시간은 아주 중요한 요소잖아, 안 그래?"

"내가 맞혀볼게. 그건 네 이론에서 나온 거지?"

로버트는 고개를 끄덕이곤 수첩에 뭔가를 끼적였다. 하지만 이번에는 수첩을 주머니에 집어넣지 않았고 아무 말도 없이 다시 발걸음을 옮기기 시작했다.

로버트는 앞으로 난 길을 선택했다. 카티와 데이비드는 서로를 쳐다보며 어깨를 으쓱했다.

두 사람이 배운 중요한 사실은 로버트가 다함께 내린 결정 따위에 전혀 신경 쓰지 않는다는 것이었다.

***

규칙적인 간격으로 로버트는 그들에게 자신들이 걸어온 길에 대해 보고했다.

100미터.

200미터.

마치 지구의 중심을 향해 가고 있는 듯한 느낌이 들었다. 언제부터인지 카티의 귀에는 로버트가 말하는 숫자가 들리지 않았다. 그저 귓가에서 들려오는 잡음에 불과했다.

300.

400.

500.

그러다가 멈춰 섰다. 손전등 불빛이 벽을 스윽 훑었다. 또다시 직각으로 난 두 갈래의 갈림길 앞에 섰다. 이 모든 것들 뒤에는 어떤 의도가 있을 거라는 생각을 더는 부정할 수가 없어졌고 카티는 그 사실이 몹시 불편했다.

그녀는 상상력이 풍부한 사람이 결코 아니었다. 상상력 같은 건 그녀의 세계와 거리가 멀었다. 그런데 원주민들이 발견했던 고스트 봉 아래의 동굴과 달리 이곳 터널은 일종의 제도판처럼 만든 것 같았다. 그리고 그런 상상을 하는 것만으로도 괴기스럽고 섬뜩한 기분이 들었다.

하지만 이런 께름칙한 느낌이 든 이유는 단순히 소변이 급했던 나머지 마음이 불안해져서였는지도 몰랐다. 카티는 최소한 생리 현상은 정상적인 게 다행이다 싶었다.

카티는 명랑한 목소리로 말했다.

"저기, 나 소변이 너무 급해. 여기 어디 화장실 같은 거 없을까?"

물론 그 말에 웃는 사람은 아무도 없었다. 하지만 그 자체로 카티는 마음이 좀 편해졌다.

"그래, 나도 당연히 없을 거란 거 잘 알아. 잠시 저쪽 구석에 갔다 올게. 손전등 좀 빌려줄 수 있어?"

카티는 왼쪽 통로 안으로 들어갔다. 그곳 역시 처음 봤을 때는 중간 통로와 별다를 게 없어 보였다.

아냐, 그래도 혹시……

손전등으로 앞을 비춰 보자 15미터쯤 앞에서 다시 꺾인 길이 나 있었다. 중간 통로를 선택한 건 정말 잘한 일 같았다.

카티는 일단 먼지가 켜켜이 쌓인 바닥에 손전등을 내려놓고 허리띠를 풀었다.

그녀는 밖에서 소변보는 걸 정말 싫어했다. 그건 야외 활동을 누구보다 즐기는 그녀 같은 사람에겐 큰 결점이었지만 타고난 천성이라 어쩔 수가 없었다. 물론 세바스티앵을 만나기 전까진 자신에게 그런 약점이 있는지조차 몰랐었다.

세바스티앵은 그런 그녀를 자주 놀려대곤 했다.

"넌 아직도 소녀인가봐."

"생물학적으로 봤을 땐 소녀 맞아. 그리고 유감스럽게도 아직은 여자들이 밖에서 쉽게 소변을 볼 수 있도록 고안된 옷이 없잖아. 그러고 보니 그거 정말 대박 상품이 될 것 같은데."

그러자 그가 낄낄대며 말했었다.

"안 쳐다볼게."

그녀 역시 웃으며 받아쳤었다.

"난 너 소변 눌 때 볼 거야."

세바스티앵과 함께일 때는 무슨 일이든 쉬웠다. 두 사람의 몸은 서로에게 너무 잘 맞았다. 그는 '마치 음과 양처럼'이란 표현을 쓰곤 했다.

젠장. 대체 이런 일들이 왜 생긴 거야?

그녀는 여전히 축축한 바지를 아래로 내리고 자세를 낮추었다. 그런데 볼일을 끝냈을 때 갑자기 데이비드와 로버트의 목소리가 작아진 듯한 느낌이 들었다. 그녀는 얼른 바지를 다시 올렸다.

그런데 그 순간 길쭉하게 생긴 돌멩이 하나가 눈에 들어왔고 뭔가가 떠올랐다. 수많은 기억의 서랍장들 중에서 '중요하지 않은' 것들의 분류 속에 있었다가 문득 그 순간 갑자기 의미심장한 것으로 떠오른 뭔가가.

그녀는 몸을 숙여 그것을 집어 들었다. 돌멩이는 생각보다 더 묵직했다. 카티는 주변 지역의 암벽들을 자주 탔던 덕에 여러 암석들에 대해 잘 알았다. 그런데 그건 생전 처음 보는 종류였다. 게다가 모양도 특이했다.

그녀는 손전등으로 돌멩이를 비춰 보았다. 5센티미터쯤 되는 길쭉한 돌멩이는 모서리가 많이 닳아 있었고 갈색 계열의 여러 가지 빛으로 반짝거렸다. 그런데 돌멩이를 너무 꽉 잡은 탓인지 손바닥에 흙 같은 게 묻어났다. 게다가 끄트머리마저

부서져 바닥에 떨어졌다. 카티는 황당한 표정으로 손바닥에 남은 잔해를 쳐다보았다. 그런데 돌멩이 안에 뭔가가 들어 있었다. 그건 딱정벌레 사체의 일부였다.

세상에!

그건 계곡에서 발견한 첫 번째 화석이었고 또 그녀가 아는 한 계곡에서 그런 화석을 발견한 사람은 아직 아무도 없었다. 게다가 그게 전부가 아니었다. 그건 그녀가 이케 외에 그레이스 계곡에서 발견한 최초의 동물이기도 했다.

"카티?"

데이비드가 부르는 소리가 들렸다. 그의 목소리가 터널에서 메아리가 되어 울렸다.

"카티?"

개미.

순간 한 단어가 머릿속에 번뜩 스쳤다. 어제 강의실에서 발견한 개미처럼 보였던 물체. 그건 그녀의 손 안에 있는 딱정벌레와도 비슷해 보였다.

자기 자신과의 싸움

"이거."

카티가 로버트에게 돌멩이를 내밀었다.

"이게 뭐야?"

"넌 과학자잖아."

그는 돌을 자세히 살펴보았다.

"화석?"

"그런 것 같아."

데이비드가 심드렁하게 말했다.

"이런 산속에서 화석을 발견한 게 그다지 대수로운 일은 아니잖아."

"하지만 이 계곡은 달라. 이런 걸 발견한 건 이번이 처음이니까."

"화석 따윈 잊어버려. 그건 벤한테 아무런 도움도 되지 못해. 이제 그만 가자."

데이비드가 먼저 발걸음을 떼자 로버트가 카티에게 돌멩이를 돌려주었다.

"데이비드가 한 말이 맞아. 나중에 학교에 돌아가면 좀 더 자세히 살펴보도록 해."

카티는 돌멩이를 주머니에 집어넣었다. 그리고 말없이 가던 길을 계속 갔다.

또다시 로버트는 지나온 길에 대해 보고했다.

980미터.

1,000미터.

그 소릴 듣고 있던 카티는 정신과 의사가 단조로운 목소리로 읊조리던 명상 훈련이 떠올랐다.

1,020.

1,030.

그 순간 손전등 불빛이 문을 비추었다.

아니, 그건 착각이었다. 그냥 길이 끝나 있었던 것이다. 벽, 그러니까 막다른 길이었다.

"좋아."

데이비드가 두 손을 들어 보였다.

"이젠 어떡하지?"

카티는 이마를 문지르며 투덜거렸다.

"아까 거기서 옆길로 갈 걸 그랬나?"

"'갈 걸 그랬나'라니?"

데이비드의 목소리는 곧 폭발할 듯 격앙되어 있었다.

"중간 통로가 맞는 길이라고 굳게 확신한 건 너였잖아!"

카티는 어깨를 으쓱해 보이곤 절망한 듯한 눈빛으로 눈앞에 놓인 벽을 바라보았다.

한동안 침묵이 흘렀다. 결국 데이비드가 헛기침을 해서 침묵을 깼다.

"미안해, 카티. 난……."

오 제발! 고해성사는 사양할게…….

"괜찮아. 지금 내 기분도 날아갈 듯한 건 아니니까."

"네 탓을 하는 건 정당하지 못했어."

"맞아, 그건 정당하지 못해. 하지만 난 네가 항상 공정하거나 매너 있게 굴지 않을 때가 더 좋아. 결코 흥분하지 않는 성인군자 같은 모습도 별로고. 네가 그럴수록 난 더 불안해져, 알겠니?"

"실은……."

"다리 때문이야, 데이비드?"

로버트의 목소리를 듣자 카티는 자신도 모르게 귀를 기울였다.

데이비드는 고개를 끄덕였다.

"느낌이 좀 이상해. 나도 모르겠어. 상처는 가벼운 찰과상에 불과했는데 아무 감각도 느껴지질 않아. 꼭 나무토막을 끌고 다니는 것 같아."

"혹시 상처가 감염된 건 아닐까?"

"그렇다면 통증이 있었을 거야."

로버트가 말했다.

"어차피 우린 뭘 좀 먹어야 해."

뭘 먹는다고?

산에 갈 때는 늘 완벽하게 준비했던 카티였지만 그날 아침엔 예비 식량을 챙길 생각을 못 했다. 사실 그날의 모험이 하루 종일 걸리게 될 줄 몰랐던 것이다. 그녀의 계획과는 전혀 다르게 이제 서서히 배 속에서 신호가 오기 시작했다.

"계획은 좋은데 문제는 뭘 먹느냐는 거지."

로버트는 카티에게 손전등을 넘겨준 뒤 배낭에서 비닐 팩을 꺼냈다.

"시리얼 바 먹을래? 아니면 초콜릿은?"

평소에는 감정을 과하게 표현하는 편이 전혀 아니었지만 그 순간만큼은 카티도 로버트를 꽉 껴안아주고 싶었다.

"둘 다! 일단 초콜릿부터 줘!"

로버트가 배낭에서 2리터짜리 생수병을 꺼내는 동안 데이비드는 벽에 몸을 기댔다.

"손전등을 이쪽으로 좀 비춰줄래?"

카티가 데이비드의 발쪽으로 불빛을 비추자 그는 신발 끈을 풀고 신발과 양말을 차례로 벗었다.

상처는 그다지 심각해 보이지 않았다. 곪은 흔적도, 붉어진 곳도 없었고 평범해 보이는 갈색 딱지가 앉아 있었다.

"괜찮아 보이는데."

"그런데 발에 감각이 없어."

데이비드는 엄살을 떠는 사람이 아니었다. 게다가 특히 그는 풍부한 의학 상식을 지니고 있었다. 카티는 그가 위생 교육을 받았고 나중에 의학 전문대에 가고 싶어 한다는 것도 알고 있었다.

데이비드가 중얼거리듯이 말했다.

"어쩌면 너무 피곤해서 이런지도 모르지."

로버트는 그에게 생수병을 건넸다.

"상처를 씻어내봐."

데이비드는 조심스럽게 상처 위에 물을 부었다. 그러자 카티는 자신이 잘못 봤었다는 걸 알았다. 물과 함께 씻겨 나간 건 사실 딱지가 아니라 흙이었다. 그건 좋은 징조가 아니었지만 카티는 아무 말도 하지 않았다.

"이젠 어떡하지?"

카티는 침묵을 견딜 수가 없었다. 시리얼 바를 한 입 베어 물곤 벽을 노려보았다.

"그 긴 터널을 지나온 게 모두 헛수고였단 말이야? 여기 어딘가 틀림없이 통로가 있을 거야."

그렇게 말하면서 손전등 불빛으로 벽을 다시 훑었다. 1밀리미터까지 모두 꼼꼼히 살펴보았지만 미세한 틈조차 보이질 않았다. 장비 없이는 결코 뚫고 나갈 수 없을 것 같았다. 설사 망치와 곡괭이가 있다 해도 소용없어 보였다. 누가 그 지하 무덤 같은 곳을 만들었건 간에 정말 제대로 만들어놓은 게 틀림없었다.

그런데…… 벽 위쪽에 뭔가가 있었다.

"저거 보여?"

어리둥절한 표정으로 묻는 카티의 목소리에 데이비드가 고개를 들었다.

"뭐?"

"저기 저 표시."

"어디?"

"저 위에."

카티가 손전등을 들어 벽을 비추었다. 동그란 원이 보였고 그 안에 또 작은 원 하나가 그려져 있었다.

로버트가 연신 고개를 끄덕였다.

"바깥쪽 원의 지름이 첫 번째 문에서 본 원의 지름과 같아."

"네 말은, 그러니까 여기가 지금은 막혀 있지만 예전엔 문 같은 게 있었을 거라는 말이야? 혹시 저 너머에 아무도 봐선 안 되는 뭔가가 있는 게 아닐까, 아주 위험한 뭔가가?"

카티는 자신의 말이 꼭 판타지 소설에 나오는 대사 같다는 생각을 했다.

데이비드가 반박했다.

"그래도 문이 정확히 어디에 있었는지는 보여야 하잖아. 게다가 이 원이 뜻하는 건 다른 것일 수도 있어. 이제 그만 돌아가자."

"잠깐 기다려봐. 일단 좀 살펴봐야겠어."

그렇게 말하며 로버트는 시계를 들여다보았다. 갑자기 특이한 마찰음이 들렸지만 그는 놀라는 기색조차 없었다. 처음에는 아주 작은 마찰음에 불과했는데 점차 돌 두 개를 맞대고 문지르는 것처럼 스걱스걱 하는 소리로 변했다. 뽀얗게 먼지가 일어나자 카티는 기침을 했다. 마치 발아래 바닥이 움직이는 것만 같았다.

"젠장. 이게 무슨 소리지?"

작은 소리로 내뱉는 데이비드의 목소리에 겁이 잔뜩 배어 있었다.

뭔가 이상해. 평소의 데이비드 같지 않아.

데이비드는 마치 쓰고 있던 가면이라도 벗어버린 것 같았다. 또는 자신을 여태껏 지탱하고 있던 시스템이 붕괴되어 자기통제와 희생정신을 위해 개발해놓았던 프로그램이 다운되어버리기라도 한 것 같았다.

우린 모두 배우야. 어떤 사람은 연기를 잘하고 어떤 사람은

형편없지.

문득 카티의 머릿속에 그 말이 떠올랐다. 하지만 평소의 데이비드는 배우 중에서도 최고의 배우였다.

진동이 멈추자 카티는 바닥이 움직인 게 아니라 자기 앞에 있던 벽이 움직인 거라는 걸 깨달았다. 벽은 회전문처럼 보이지 않는 축을 중심으로 돌아가 있었고 그 사이로 넓은 틈이 보였다.

"됐다."

로버트가 먼저 벽으로 달려갔다.

"어서 서둘러, 벽이 닫히기 전에."

카티는 로버트가 같은 말을 되풀이하기 전에 얼른 틈으로 빠져나갔다.

***

반대편에서 따뜻하지만 강한 바람이 카티를 향해 불어왔다. 그리고 칠흑 같은 어둠이 그녀를 에워쌌다.

"손전등은 어쨌어?"

카티가 묻자 로버트가 대답했다.

"잠깐만 기다려봐."

불빛이 깜빡거리더니 이내 꺼졌다. 그러곤 또 밝아졌다가 다시 어두워졌다.

배터리가 다 된 거면 어쩌지? 젠장!

하지만 다행히도 깜빡거리던 손전등이 다시 켜졌다.

카티는 상황이 이전과 별로 달라지지 않았다는 걸 알았다. 그들이 있는 곳은 여전히 끝없이 계속되는 터널 안이었다.

카티의 가슴이 죄어왔다.

이젠 진짜 돌아가야 하는 게 아닐까?

돌아간다고?

마지막으로 데이비드가 벽 사이를 빠져나왔다. 어쩌면 카티의 착각인지도 모르지만 상태가 좀 전보다 나아진 듯 보였다.

잠시 쉬는 동안 기운을 회복한 걸까?

로버트는 시계를 들여다보더니 말했다.

"온도가 8도나 올라갔어."

"그건 무슨 기계니?"

카티가 그의 손목을 가리켰다. 아까 솔로몬 바위에서부터 물어보고 싶었던 질문이었다.

로버트는 진지한 표정을 지었다.

"내 친한 친구가 발명한 거야."

그렇게 말하면서 그는 손목을 쓰다듬었다.

"말하자면 필요한 건 모두 갖추고 있는 만능 기계지."

"예를 들면?"

"이 기계에 따르면 우리가 있는 곳은 지하 24미터이고 현재 우리의 진행 방향은 남동쪽이야. 기온은 16도, 습도는 75퍼센

트고."

그건 카티가 갈수록 호흡곤란을 느끼는 이유가 되기에 충분했다. 이곳은 환풍기가 작동하지 않는 모양이었다. 게다가 공기도 이상하게 시큼하고 쾌쾌했다.

아니면 폐소공포증이 또다시 도진 걸까?

카티는 딴생각을 하기 위해 괜히 질문을 던졌다.

"혹시 네 만능 시계에 카메라 기능 같은 건 없어? 여기 벤저민이 있었더라면⋯⋯."

거기서 말을 끊을 수밖에 없었다.

벤저민이 여기 있었더라면⋯⋯ 카티가 이곳에 올 일은 없었을 것이다.

데이비드는 두리번거리며 벽을 살펴보았다.

"컴퓨터 게임에서는 벽이 몇 초 만에 다시 닫히고 그 후로 영원히 되돌아갈 수 없는데."

농담을 던진다는 건 다시 괜찮아지고 있다는 증거기도 했다. 데이비드는 평소에 좀처럼 농담을 하지 않는 편이었다.

"현실에서는 그렇지 않기를 바랄 뿐이야."

마치 그 말에 대답이라도 하듯이 또다시 마찰음이 들렸다.

스걱스걱—

귀를 먹먹하게 만드는 굉음.

돌벽이 또다시 돌아가고 있었다.

카티는 숨이 막혔고 구토가 나올 것 같아 참기 힘들었다.

몇 초가 지나자 등 뒤에 있던 벽이 진짜 닫혀버렸다. 이제 실금 같은 틈조차 보이지 않았다. 마치 돌문이란 게 처음부터 없었던 것처럼.

카티는 입을 벌렸지만 너무 무서워서 목소리가 나오질 않았다. 마치 지금까지 단단하다고 믿었던 모래성이 와르르 무너진 느낌이 들었다. 그녀는 자신이 선택받았다고 정말로 착각하고 있었다. 계곡의 비밀을 알아낼 수 있는 자로 선택받았다고. 그런데 그 대신 그녀는 지하에 갇혀버리고 말았다.

데이비드는 맥이 빠져 벽에 등을 기댔다. 얼굴이 두려움과 체념으로 가득 차 있었다. 하지만 로버트는 아무런 표정 변화도 없이 수첩에 뭔가를 끼적이면서 중얼거렸다.

"이렇게 빨리 닫힐 줄은 몰랐네."

그러자 데이비드가 소리를 버럭 질렀다.

"뭐! 그게 무슨 뜻이야? 그럼 넌 저 벽이 닫힐 줄 알고 있었다는 거야? 그런데도 가만히 있었어?"

카티가 알던 데이비드의 모습이 아니었다. 늘 지나칠 만큼 정확하고 절제되고 배려심 많던 그가 자제력을 잃어버렸다. 갑자기 그를 감싸고 있던 유리에 금이 간 것 같았다. 카티는 데이비드가 그렇게 화를 내는 모습을 처음 보았다.

저게 데이비드의 진짜 모습일까? 어제의 벤저민처럼 가면을 벗은 진짜 데이비드인 걸까?

로버트는 차분히 대답했다.

"다른 선택의 여지가 없었어."

데이비드는 말이 없었다. 어느새 그에게 벤저민의 생사는 뒷전이 돼버린 것 같았다. 그에게 지금 가장 중요한 건 바로 자신의 목숨이었다.

그렇더라도 카티는 그런 그를 비난할 수 없었다. 그녀 역시도 머리 위에 있는 거대한 돌덩어리가 무너지는 상상을 하면 오금이 저렸다. 게다가 이 지하에 영원히 갇힐 수도 있다는 생각까지 더하면 너무 무시무시했다.

이건 의도한 거야. 계곡이 일부러 이러는 거라고. 우릴 모두 굴복시키려고 일부러 이 땅속으로 유인한 거야.

오 하느님, 미칠 것 같아. 미쳐버리겠어.

카티는 깊이 숨을 들이쉬곤 구토가 올라오려는 걸 꾹 참았다. 폭발하지 않도록 자신을 억눌러야 했다.

"로버트를 한번 믿어보자."

카티는 그런 말을 하는 자신의 목소리에 의구심이 배어 있음을 부인할 수 없었다. 그래서 괜히 썰렁한 농담을 덧붙였다.

"로버트가 누구야, 겨우 70초 만에 2백 자릿수 계산의 열세 번째 숫자를 암산해내는……."

카티가 갑자기 말을 멈췄다. 로버트가 비춘 손전등 불빛 끝에 구겨진 종이 뭉치가 보였기 때문이다. 그걸 보자마자 카티의 머릿속엔 호수 위에 떠다니던 흰 종잇조각들이 떠올랐다. 그리고 강의실에서 데이비드가 발견했던 종이쪽지도.

"저게 뭐지?"

카티가 묻자 로버트는 허리를 숙여 종이 뭉치를 집어 든 뒤 펼쳐보았다. 카티가 그 곁으로 다가갔다.

"도움이 좀 될 것 같아?"

"아니, 벤한테는 그다지. 그런데……."

로버트가 그녀에게 종이를 보여주었다.

카티의 눈에 제일 먼저 들어온 건 오른쪽 귀퉁이에 볼펜으로 적어놓은 날짜였다.

'1974년 8월 22일.'

그다음에는 낯설지 않은 이름이 적혀 있었다.

'미수 엘리자 정.'

그건 카티의 어머니가 쓴 글씨였다. 30여 년 전에.

카티는 처음으로 어머니의 마음속을 들여다보는 것 같았다. 어머니 뒤에 가려져 있던 그녀의 젊은 시절 모습도.

데이비드가 카티의 이름을 불렀지만 그녀는 대답할 수가 없었다. 영문에 어울리지 않는 특이한 필체, 그건 어머니의 필체가 분명했다.

카티는 종이를 든 손을 떨구곤 로버트의 눈치를 살폈다.

지금의 내 마음도 읽고 있을까?

하지만 로버트는 그녀를 쳐다보지도 않았다. 그래, 그는 그녀가 떨고 있는 것조차 눈치채지 못한 듯했다.

데이비드가 그녀의 손에 들린 종이를 홱 낚아챘다.

"뭐가 뭔지 도통 모르겠어. 그들도 이 터널 안에 왔었다는 거야? 그 당시 사라졌던 학생들이?"

로버트는 고개를 저었다.

"이건 아무런 증거도 못 돼."

"증거가 못 된다고? 그럼 이런 게 여기 어떻게 있겠어?"

"그야 여러 가지 해석이 가능하지."

데이비드의 목소리가 높아졌다.

"그런 해석은 딴 데서나 해! 지금 난 오직 한 가지 생각밖에 없어. 그때 그 학생들은 사라졌고 다시는 돌아오지 않았지. 그리고 우리가 지나온 터널은 닫혔고. 다시 말해 우리는 이제 밖으로 못 나가. 안 그래? 사람들이 우리가 여기 있는 걸 영영 모르면 어떡하냐고!"

"톰이 알아."

"그 사람은 아무것도 몰라!"

데이비드가 두 손을 들어 보였다.

"아, 처음부터 여길 따라오는 게 아니었는데."

카티는 자기 자신과 싸우고 있었다. 단 한 마디 말이면 데이비드를 안심시킬 수 있었다. 엘리자 또는 미수는 사라지지 않았다고. 그녀는 아마도 지금쯤 워싱턴에 있는 최고급 아파트에서 외할머니가 우편으로 보내주는, 한국 보성이라는 곳에서만 재배되는 녹차를 마시고 있을 것이었다.

하지만 카티는 그 말을 할 수 없었다. 만약 지금 진실을 말해버리면 모든 게 현실이 되고 말 것 같아서였다. 그녀는 자신이 계곡에 온 게 결코 우연이 아니라는 생각을 떨쳐버리기 위해 안간힘을 썼다.

그런데 데이비드가 그 사실을 알면 과연 안심할 수 있을까?

아마도 아닐 것이다.

그 역시 깨닫게 되리라. 판도라의 상자조차도 이 계곡이 가진 비밀에 비하면 아무것도 아니라는 걸.

"이건 그냥 낡은 종이쪽지일 뿐이야. 지금 중요한 건 벤저민이잖아."

그들은 카티가 진심으로 그런 말을 하는 게 아니라는 걸 알면서도 반박하지 않았다.

로버트는 시계를 들여다보더니 중얼거렸다.

"좀 서둘러야겠어."

그레이스 보고서
그레이스 모건

보름달이 떴다.

우리는 돌로 만든 원 안에 앉아 있고 한가운데는 주먹만 한 돌멩이들에 둘러싸인 모닥불이 활활 타고 있었다.

우리는 그 주위에 둘러앉아 있었는데 캐서린이 연신 키득키득 웃었다.

마르타가 설교자 같은 말투로 마지막 지시를 내렸다.

"이건 자연과 신들의 선물이야. 이게 우릴 내적 자연, 외적 자연과 연결시켜줄 거야. 그리고 우리에게 진정한 진실을 직면하게 될 다른 세상으로 들어가는 문을 열어주겠지. 선악과를 먹고 자연과 우리 안에 있는 신적인 것을 발견하자. 우리는 식물과 동물, 지구와 우주, 신들 그리고 특히 우리 자신들에 대한 사랑을 발견하게 될 거야."

이 제식을 제안한 건 폴이었다. 그는 버섯도 찾아냈다. 하지만 구체적인 방법을 알려준 건 마르타였다.

하루 전 날 그녀는 금지해야 할 것들을 말해주었다. 술, 섹스, 그리고…… 나쁜 생각들, 모든 터부들. 마르타의 명령에 따라 우리는 전날 밤 (통조림에 든) 수프만 먹었다. 한밤중에 나는 몰래 아래층으로 내려가다가 폴과 마주쳤다. 그리고 함께 과자 한 봉지를 다 먹어 치웠다.

마르타는 하루 종일 성스러운 장소를 찾느라 바빴다.

우리는 버섯을 약초로 깨끗하게 닦은 뒤 제기에 보관했다. 그런 다음 얼음으로 깨끗이 몸을 닦았다.

참, 마르타는 긴 술 장식이 달린 가죽옷을 입었는데 꼭 인디언으로 변장한 뚱보 백인 같았다. 배낭에 저런 옷을 넣어 오다니 제정신이 아닌 것 같다.

어쨌거나 그녀는 냄비를 하늘 높이 쳐들고 혼자 중얼거렸다. 산장에 제식용 그릇 같은 건 없으니 어쩔 수 없다 치고, 내 생각엔 말도 안 되는 소리를 지껄이는 것 같았다.

그녀는 수건으로 덮어씌워놓은 항아리를 몇 번씩이나 손으로 쓰다듬었다.

그리고 한동안 침묵이 흘렀다.

마르타가 양동이를 들고 오두막에서 나오더니 뜨거운 돌 위에 물을 끼얹었다. 그러자 쉭 하는 소리와 함께 김이 올랐다.

그런 다음 마르타가 또다시 주문을 외웠다. 진짜 인디언 말처럼 들렸다.

프랭크는 무릎 사이에 항아리를 끼고선 손바닥으로 북처럼 두드렸다.

밀턴이 말했다.

"버섯은 세 개면 충분해. 각자 몸무게에 따라 양을 더하거나 줄일 수 있어."

그다음엔 내 차례였다. 나는 수건을 젖혀 항아리 안을 들여다보았다. 그러자 위가 오그라드는 것 같았다. 말린 버섯이 마치…… 맞다, 시꺼멓게 말라비틀어진 벌레 같았다. 이상하게도 색이 누렇지 않고 검었다.

그래도 나는 두 개를 끄집어내 질겅질겅 씹었다.

웩.

역겨웠다!

운명을 넘어서

로버트가 선두로 나섰지만 카티와 데이비드는 불평하지 않았다. 돌벽이 닫히면서 피어난 먼지가 여전히 허공에 떠돌고 있어 숨쉬기가 힘들었다. 카티는 뒤따라오는 데이비드의 숨소리가 거칠어졌다는 걸 알면서도 종이쪽지에 대한 생각을 떨쳐버릴 수가 없었다.

사실 별다른 내용은 없었다. 그저 영화 제목이 적힌 메모지에 불과했다.

그런데 이 쪽지가 여기 어떻게 있는 거지?

그 당시 어머니한테 무슨 일이 있었던 걸까?

그녀는 어떤 질문에도 답할 수가 없었다. 아마도 그사이 벽들이 점점 좁아지고 콘크리트 천장이 아래로 내려오는 듯한 느낌이 들어서였을 것이다. 그녀는 마치 압착기 안에 갇혀 있는 기분이 들었다. 이러다간 곧 납작하게 눌려버릴 것 같았다. 하지만 그보다 더 중요한 게 있었다.

그건 어리둥절하고 황당하며 터무니없는 생각이었다.

과거가 이 꼭대기까지 따라다닌다는, 그녀를 둘러싸고 서서히 그리고 끝없이 그물망을 짜나가고 있다는 사실이 두려웠다. 수많은 의문이 들어도 답은 알 길이 없다. 그런데 갑자기 자신의 인생을 발칵 뒤집어놓는 기억들이 깨어났다. 그리고 어머니가 자신이 생각했던 그 사람이 아니라면 자신은 과연 누구인지 의문이 들었다.

그건 모두를 막다른 골목으로 몰아넣는 질문이었다.

중요하지 않아.

카티는 머릿속으로 되뇌었다.

너는 너야. 변한 건 아무것도 없어. 아무것도.

이 만트라 구절을 거듭 읊자 서서히 주변에 대한 감각이 되살아났다.

이번 통로 역시 앞으로 끝없이 이어져 있었다. 절대로 자연적으로 형성된 동굴일 수가 없었다. 벽들은 높고 끝이 뾰족했다. 천장 높이는 2미터가 넘었고 폭도 마찬가지였다.

카티가 꼿꼿이 서도 머리 위로 공간이 많이 남았다. 두 팔을 최대한 뻗어도 손이 벽에 닿지 않았다. 하지만 자연적으로 만들어진 게 아니라 하더라도 자연의 지배를 받은 지는 오래

됐는지 파란 식물들로 벽이 두껍게 덮여 있었다. 이끼와 조류들 그리고 버섯류들이 벽과 바닥을 온통 뒤덮고 있었고 바닥 또한 모래와 지의류들로 덮여 있어서 상당히 미끄러웠다.

게다가 높은 습도와 온도 때문에 더 힘들었다. 카티는 등줄기에서 땀이 주르륵 흐르는 걸 느꼈다. 한참 동안 내리막이 계속되고 있다는 사실도 그다지 위안이 되지는 않았다.

그녀가 의지할 수 있는 유일한 사실은 로버트가 이상하리만큼 의연하다는 거였다.

이런 확신과 자신감은 대체 어디에서 오는 걸까?

게다가 여전히 그는 무슨 생각을 하고 있는지, 어떤 계획을 갖고 있는지 절대 털어놓지 않았다. 하지만 그런데도 카티는 그가 부러웠다.

그처럼 세상을 숫자의 관점에서 바라보고 모든 걸 과학적 데이터로 규정지을 수 있다면 모든 걸 이해하기도 더 쉬울까?

"지금 이곳 깊이가 어느 정도 돼?"

카티가 묻자 로버트가 곧장 답했다.

"입구에서 30미터 더 깊이 내려왔어."

이 모든 게 함정이라면 어떡하지? 누군가 우리를 일부러 이곳으로 유인한 거라면? 우리에게 벤저민과 같은 일이 생긴다면?

이제야 카티에게도 공포감이 엄습해왔다. 호흡이 점점 더 가빠지고 자신도 모르게 걸음이 빨라졌다. 심지어 다른 사람의 목소리조차 들리지 않았다. 어둡고 불투명한 침묵이 사방에서 그녀를 압박해왔다.

역겨움이 파도처럼 몰려들어 그녀는 멈춰 섰다. 여러 번 깊이 숨을 쉬곤 관에 누워 서서히 썩어가고 있는 자신을 상상해보았다. 그러자 너무 무서운 생각이 들어 옷에 묻은 먼지를 떨어내기 시작했다. 목구멍이 바싹 타들어갔다. 건조한 입술은 갈라졌다.

그 순간 믿음직한 데이비드가 아닌 로버트가 그녀에게 다가와 팔에 가볍게 손을 얹었다. 그러더니 진지하게 물었다.

"괜찮아?"

이 사소한 행동이 다른 무엇보다 그녀를 더 안심시켰다.

"응."

카티는 속삭이듯 덧붙였다.

"고마워."

그들은 다시 말없이 걷기 시작했고 또 오른쪽과 왼쪽으로 나뉜 갈림길 앞에 섰다.

카티는 발걸음을 멈추었다.

"대체 어디로 이어진 거지?"

목에서 쉰 듯한 쇳소리가 났다. 그녀는 기침을 했다. 아직도 먼지가 공중에 떠다니고 있었다.

로버트가 대답했다.

"광기 속으로지. 내 생각에 이건 모두 속임수인 것 같아."

"네 말은, 그러니까 이 길들이 언젠가는 모두 막다른 길로 끝난다는 거야? 그걸 네가 어떻게 장담해?"

"몰라. 그냥 추측일 뿐이야. 하지만 일정한 시스템이 있는 것 같거든."

"시스템이라니?"

어느새 데이비드는 카티를 따라잡았다.

***

카티는 그가 조용히 신음 소리를 내는 걸 들었다. 그의 얼굴은 이미 고통으로 일그러져 있었다.

"또 발 때문에 그래?"

데이비드는 이를 악물었다.

"한동안은 괜찮았는데. 지금은 아예 감각이 없어."

카티가 물었다.

"계속 참을 수 있겠어?"

"이 갱 안에서 죽지 않으려면 그러는 수밖에 없겠지."

그러자 로버트가 말했다.

"아무도 죽지 않아. 최소한 지금까지 해골은 보이지 않았잖아. 그게 나의 희망이야."

카티가 주위를 두리번거렸다.

"로버트, 네 생각엔 이 동굴이 얼마나 된 것 같아?"

그는 손전등으로 양쪽 벽을 비춰 보았다.

"추정하기 어려워. 입구는 자연적으로 생긴 것 같아. 하지만 계단은 바위를 깎아서 만들었고 여러 차례 보수까지 했어. 이 벽들도 마찬가지고. 깎은 듯이 매끈하잖아. 기계를 쓰지 않고서는 이렇게 정교하고 깔끔하게 다듬어질 수가 없지."

"그런데 대체 뭐에 쓰이는 거지?"

"일단은 어떤 시스템에 따라 만들어졌는지를 알아내야 해. 가령 이 샛길들 말이야. 이 길들의 간격은 서로 일정한 패턴을 이루고 있거든."

카티는 로버트가 그 사실을 어떻게 알아냈는지 전혀 알 수가 없었다. 그의 감각이 어떤 원칙에 따라 작동하고 있는지, 그의 뇌가 어떤 장비를 갖고 있길래 다른 사람들이 보지 못하는 걸 혼자 볼 수 있는지. 하지만 한 가지 사실은 확실했다. 사람은, 설사 천재라 해도 미래를 내다볼 순 없다는 것. 그런 일은 있을 수 없다.

하지만 가끔은 대단한 설득력과 자신에 대한 절대적인 믿음을 가진 사람들이 있다. 그리고 로버트는 바로 자신의 통찰력을 굳게 믿는 드문 예에 속했다. 율리아에게 자주 듣긴 했어도 실제로 확인한 건 카티로선 이번이 처음이었다.

그 언젠가 율리아는 이렇게 말했었다.

"로버트가 지금까지 단 한 번도 체스 대회에서 진 적이 없는 이유는 인내심 덕분인 것 같아. 게임 전략을 짤 때 보면 거의 신에 가까운 인내심을 보이거든. 때론 체스 판 앞에 두세 시간씩 앉아서 궁리만 하기도 해."

"로버트가 체스를 한다고?"

카티는 깜짝 놀랐다.

"그런데 왜 체스 동아리에는 가입을 안 했지?"

그러자 율리아가 눈을 감고선 들릴락 말락 하게 속삭였다.

"이제는 체스 안 해."

"왜? 그렇게 천부적인 소질이 있다면서."

"나도 몰라."

물론 카티는 율리아의 말을 믿지 않았다. 하지만 그들 각자에겐 비밀이 있었고 카티 또한 예외는 아니었다. 신뢰란 지난 일에 있어선 아무것도 아닐 수 있지만 미래에 대해선 달랐다. 그건 다른 사람에게 보장해주는 지원금과도 같았다.

카티는 로버트가 말한 샛길의 패턴이 뭔지 굳이 묻지 않았다. 그사이 그녀는 로버트에 대해 어느 정도 파악했던 것이다. 로버트는 진심으로 내켜야만 대답하고, 그때가 언제가 될진 모르지만 그 시점에 대해선 어느 누구도 영향력을 미칠 수 없다는 것을.

그런데도 데이비드가 또다시 앞서갔다.

"로버트, 뭔가 아는 게 있으면 우리한테도 말해줘야 해."

그러자 로버트는 단번에 고개를 저었다.

"내가 확실한 단서를 찾을 때까지 기다려."

그의 목소리는 희망에 차 있었다.

"하지만 내 생각이 맞는다면 모든 게 달라질 거야."

어떤 운명의 장난이 하필 그녀를 두 사람과 함께 이 땅속으로 이끌었을까? 그들은 각자 자신만의 방식대로 책임을 떠안고자 하는 이해할 수 없는 성향을 갖고 있었다.

데이비드는 늘 사람들을 구제하고자 하는 반면 로버트는 오직 한 가지, 계곡에 대한 수수께끼를 풀겠다는 일념에 따라 움직였다.

그럼 난? 난 뭐지?

***

그들은 또다시 직각으로 꺾인 갈림길을 지나갔다.

"우린 계속 남쪽으로 가고 있고 마지막 갈림길에서 이곳까지의 거리는 541.4미터야. 내 생각엔……."

시계를 보며 말하던 로버트가 갑자기 말을 멈췄다. 데이비드가 신음하면서 바닥으로 미끄러지듯 쓰러졌기 때문이었다.

"발…… 발이……."

데이비드는 끙끙 앓았다.

"발이 왜?"

"너무 아파. 그런데…… 아무래도 더는 못 걷겠어."

카티는 무릎을 꿇고 앉아 데이비드의 신발 끈을 풀었다.

"감각이 없어……. 신발에 돌덩이를 매달아놓은 것처럼 무거워."

카티가 신발을 벗기고 양말을 잡아당겨 벗기는 동안 데이비드는 평소와 확연히 달랐다. 그녀를 도와주기는커녕 몸을 뒤로 기대고 눈을 감아버렸던 것이다. 그의 얼굴에는 구슬땀이 맺히고 이상하게 넋이 나간 듯한 표정이 떠올랐다.

카티는 그의 맨발을 쳐다보았다. 반대편 터널에서 휴식을 한 지 불과 20여 분밖에 지나지 않았는데 그사이 상황이 달라져 있었다. 깨끗하게 씻어냈던 딱지가 또다시 보였다. 심지어 아까보다 더 퍼져서 무릎뼈부터 종아리까지 내려와 있었다.

"한번 움직여봐."

그러자 데이비드가 고개를 저었다.

"로버트?"

카티는 도움을 청하려고 고개를 돌렸다. 하지만 로버트는 아무런 반응도 보이지 않았다. 대신 한 손을 들어서 관자놀이에 얹었다. 그의 눈빛에서 혼란스러운 감정이 엿보였고 고통스러운 표정도 슬쩍 내비쳐졌다.

"롭, 내 말 듣고 있어?"

그가 가볍게 움직였다.

"이러려고 한 건 아니었어, 데이비드. 이걸 원한 건 아니었다고. 이런 일이 일어날 거라곤……."

"로버트, 네 잘못이 아니잖아."

데이비드는 로버트를 안심시키려고 했지만 뜻대로 되지 않았다.

"난 우리한테 풀어야 할 과제가 있다고 생각했었어. 나도 너희들도…… 내가 너희들을 구해줄 순 없지만 계곡에서 각자 풀어야 할 과제가 있다는 사실을 이해시키려고 했어. 그걸 풀지 못하면 계곡에서 나갈 수 없다는 걸. 우린 여기 머물 수도 그렇다고 마음대로 나갈 수도 없어."

체념과 두려움…… 아니, 로버트의 목소리에는 절망감이 배어 있었다. 카티는 그 모습을 보자 벤저민이 떠올랐다. 그역시 로버트처럼 절망에 빠져 있었고 공포에 떨었으며 혼란스러워했었다. 조금 전까지만 해도 카티는 로버트가 있는 한 안심할 수 있다고 생각했었다.

"난 못해."

로버트는 고개를 저었다.

"난 미래를 내다볼 수 없어. 진짜야. 이 세상에 그런 사람은 없어. 물론 그러고 싶어 한 적도 없고. 하지만 가끔은 어떤 일이 일어날지 그냥 알 것 같은 순간이 있긴 했지. 그건 그냥 논리의 문제일 뿐이야, 알아듣겠어? 그럴 땐 오직 한 방향, 한 가지 탈출구, 한 가지 해결책밖에 없어. 가령 갈림길 중 하나의 길로 들어간다는 건 어떤 의미일까? 우린 오른쪽과 왼쪽 중한쪽을 선택해야만 했지. 그리고 내가 보기엔 앞으로 곧장 가는 게 최선으로 보였어."

데이비드는 다시 양말과 신발을 신고 일어났다.

"네 말이 맞을 거야, 로버트. 우린 앞으로 계속 가야 해. 난 해낼 수 있어. 다리도 그럭저럭 괜찮아졌고."

목소리는 예전의 데이비드 그대로였지만 얼굴은 거짓말을 하고 있다는 걸 감추지 못했다.

로버트는 속지 않았다. 그는 시선을 먼 곳으로 향한 채 낮게 읊조렸다.

"그때 그가 나한테 뭐라고 했는지 기억나?"

"누구?"

"공작 말이야."

카티는 속으로 깜짝 놀랐지만 태연한 척 물었다.

"그가 뭐라고 했는데?"

로버트는 침을 꿀꺽 삼켰다. 안경알 너머로 갑자기 눈이 동그랗게 커졌다.

"어차피 일어나야 할 일은 일어나게 돼 있다고. 그리고 내 힘으론 운명을 거스를 수 없다고 했지."

"기억나."

"그의 말이 맞아, 카티. 하지만 너희들이 이해할 수 없대도 난 끝까지 해볼 거야."

그레이스 보고서
프랭크 카터

1974년 9월 9일

나는 잔디에 누워서 눈을 감고 두 팔을 벌렸다.

달이 노란빛을 흩뿌렸다. 그것이 땅에 내려올 땐 소리가 된다.

'단추여, 오 단추여, 내 단추는 어디 있지?'

거짓말, 거짓말, 거짓말.

이 문장은 말이 안 된다. 그런데도 내 머릿속에서 떠나질 않는다.

캐서린의 웃음소리가 들렸다.

엘리자와 마크는 서로 속닥거리고 그레이스는 모닥불 옆에서 춤을 추고 있었다. 적갈색 돌들로 달팽이 집처럼 겹겹이 둘러싼 한가운데 모닥불을 피워놓았다.

그레이스는 정말 아름답다. 그녀는 사원의 시녀처럼 화장을 하고 오렌지색 실크 스카프로 머리를 묶었다. 스카프가 밤바람에 휘날렸다.

그녀가 멀리 날아가버릴까봐 두렵다. 벌써 땅에서 떠오르고 있다, 달을 향해 곧장.

"조심해, 그레이스!"

내가 소리쳤다.

"네 몸이 떠오르고 있어!"

생각이 너무 우스꽝스럽다.

이 아래에는 그녀의 그림자만 남아 있다.

'그림자여, 오 그림자여, 내 그림자는 어디 있지?'

그런데 저쪽에 있던 밀턴이 일어나서 그녀를 붙들었다.

"이리 와."

그는 늘 그랬듯이 표정이 진지하다.

"그녀를 놔줘."

폴이 끼어들어 그녀에게 사발을 건넸다.

"한 번만 더."

그레이스가 어린아이처럼 졸랐다.

"제발."

"그만 됐어."

그녀의 목소리가 이리저리 날아다녔다. 나는 그걸 멀리 밀어내고 내 속에서 들리는 음악에 집중했다.

모닥불을 둘러싼 원에서 돌멩이 두 개를 집어 내 머릿속에서 울려대는 격렬한 리듬에 맞춰 맞부딪쳤다.

박자를 맞추는 건 나라는 걸 명심해.

"이 소리 듣고 있어?"

내가 외치곤 웃었다.

그리고 새로 태어났다.

유리 천장

데이비드는 마지막 200~300미터를 남겨놓은 지점에서 더는 혼자 걸을 수 없게 되었다. 아까부터 오른쪽 다리를 질질 끌다시피 하면서 겨우 걸어오다가 결국 카티와 로버트의 부축을 받았다. 그들은 아주 천천히 갔다. 그래도 어쨌든 나아가고 있었다.

하지만 곧 또 다른 벽에 부딪혔다.

로버트는 손바닥으로 벽을 만져보았다.

"틀림없이 이 통로를 지나갈 수 있는 방법이 있을 텐데. 아니면 무슨 암호나."

카티가 말했다.

"하지만 우린 그 방법을 모르잖아."

"그래도 비밀이 있다는 자체를 모르고 있는 것보단 낫지."

"진짜 그럴까? 몰랐더라면 난 내 방에 편안하게 앉아서 시험공부나 하고 있었을 텐데?"

"기다려봐."

로버트는 바닥에 앉아 수첩을 꺼내더니 계산을 하기 시작했다.

데이비드가 물었다.

"네 시계에는 뭐라고 되어 있어?"

"아까보다 더 깊이 내려왔고 온도는 여전히 16도야."

카티는 벽에 몸을 기댔다.

"적어도 넌 이 상황을 잘 이해하고 있는 것처럼 보이네. 이 벽도 열리길 바라는 수밖에 없겠어."

그러다 문득 천장에 그려진 기호를 가리켰다.

"저걸 봐. 원이 세 개야. 다행이다, 그렇지 않아?"

로버트가 만족스러운 표정으로 웃으며 고개를 끄덕이자 데이비드가 중얼거렸다.

"뭐가 다행이라는 거야?"

그는 벽에 몸을 기대고 눈을 반쯤 감고 있었다.

"현재 상황으로 봐서 중심부까지 얼마 남지 않은 것 같아."

"그럼 그다음엔?"

"그러면 답을 찾을 수 있는 기회가 있을지도 모르지."

카티는 어깨를 으쓱했다.

"터널이 어떤 시스템으로 짜여 있는지에 대한 답 말이야? 아니면 벤이 왜 그 지경이 되었는지 그 의문을 풀 수 있는 답을 말하는 건가?"

그러자 로버트가 진지한 눈빛으로 쳐다보았다.

"둘 다지."

데이비드는 로버트의 옆에 앉더니 발을 문질렀다.

"제길. 내 발이 왜 이런 거지?"

그는 끙끙대며 신음을 했다.

"꼭 심한 혈전증이 있는 것 같아. 사실 그건 좋은 증상인데. 외상이 있을 땐 혈전이 과다 출혈로부터 몸을 보호해주니까, 안 그래?"

그는 의학적인 사실들을 열거함으로써 자기 자신을 안심시키려고 하는 것 같았다.

"또 혈전증은 혈전용해제로 간단히 해결될 문제지."

카티는 데이비드의 말이 맞기를 바랄 뿐이었다. 하지만 그 말을 입 밖으로 내진 않았다.

그러다 갑자기 쏟아지는 피로감에 휩싸였다. 그사이 바지는 다 말라서 더 이상 접접하진 않았다. 그녀는 데이비드의 옆에 앉아서 눈을 감았다.

그러자 어떤 생각 하나가 의식 속으로 파고들었다. 그 생각은 그녀에게 다소 생소한 목소리, 높고 신경질적인 목소리로 말하고 있었다.

그녀는 얼른 눈을 뜨고 로버트를 쳐다보았다. 그는 옆에서 책상다리를 한 채 볼펜을 똑딱거리면서 앉아 있었다. 볼펜 심이 들어갔다 다시 나오기를 반복하며 내는 소리가 신경에 거슬렸다.

그녀는 머리를 뒤로 젖히고 말했다.

"그 공식에 대해 설명해봐, 로버트."

"수학은 정말 매력적인 학문이야."

그녀는 반박할 힘조차 없었다.

"그건 메시지야, 내 말 이해하겠어? 그리고 공식은 현상을 묘사하기 위한 시도에 불과했지. 하지만 데이브 옐라드의 경우는 달랐어. 내가 그 공식을 처음 보았을 땐 그가 뭘 원하는지 이해하지 못했어. 하지만 이 지하에 있는 시간이 길어질수록 점점 더 그 의미를 알 것 같아. 그리고 내 생각에 이 모든 것의 핵심은 바로 그 공식을 '데이브 옐라드'라는 이름의 의미에 대한 상형문자로 봐야 한다는 거야. DAVE YELLAD-DEAD VALLEY, 즉 '죽은 계곡'이지."

로버트의 목소리가 몽롱하게 들렸다.

왜 이렇게 갑자기 피곤하지?

"그 공식에 왜 이 꼭대기에 동물이 한 마리도 없는지 또는 왜 우리 모두가 죽어야 할 운명인지에 대한 답은 없지만 최소한 우리의 운명을 바꿀 수 있는 방법은 알 수 있어. 물론 우리가 그걸 알기를 원한다면……"

원한다면.

그런데 나는 진정 내 미래를 알기를 원하는 걸까?

***

깜빡 잠이 든 카티는 쾅 하는 소리에 정신이 들었다. 그리고 눈앞에서 벽이 스르륵 돌아가는 광경을 지켜보았다.

발아래 땅이 또다시 스걱스걱 소리를 내며 흔들렸다. 머리 위로 미세한 흙가루가 떨어졌는데 가끔은 제법 큰 돌멩이도 섞여 있었다. 먼지 때문에 눈이 아팠다. 그녀는 호기심과 동시에 어쩌면 위험할지도 모른다는 막연한 예감 사이에서 갈등하다가 결국 몇 발자국 물러섰다.

희미한 손전등 불빛을 통해 로버트가 시계를 들여다보더니 벌떡 일어나 벽 앞으로 다가가는 모습이 보였다.

"벽은 정해진 시각에 정확히 열리도록 되어 있었어."

카티는 데이비드가 일어설 수 있도록 도와주었다. 숨이 막혔는데 꼭 공기를 가득 메운 먼지 때문만은 아니었다. 그녀는 목이 간질거려서 계속 기침을 했다.

"젠장, 흙먼지 때문에 숨을 못 쉬겠네."

카티는 재킷으로 입을 가리고 코로만 숨을 쉬었다.

로버트는 반대편으로 가는 길이 보이는 좁은 틈을 위아래로 꼼꼼히 살펴보았다. 그런데 이번에는 아까와 달랐다. 벽 반대편이 껌껌하지 않았다.

카티의 마음속에 희망이 싹트기 시작했다. 어쩌면 로버트
가 있을 거라고 말했던 그 수수께끼 같은 중심에 도달한 걸지
도 모른다는 희망이. 그보다 카티가 더 간절히 바라는 건 마
침내 동굴 밖으로 나가는 것이었다.

로버트는 손전등을 껐다. 그들을 마주 비추는 빛은 파르스
름하고 차가웠다.

***

"어서 서두르자!"

카티가 소리치자 이번엔 데이비드가 제일 먼저 틈새를 빠져
나갔고 그다음엔 로버트, 마지막으로 카티가 빠져나갔다.

반대편에 도착하자 위쪽에서 내리쬐는 밝은 빛에 눈이 부
셨다. 마치 누군가 조명등을 정면으로 비추고 있는 것 같았다.
카티는 눈을 질끈 감았다가 다시 뜨곤 시선을 위로 향했다. 머
리 위로 셀 수 없이 많은 먼지가 수천 마리의 날개미들처럼 어
지럽게 떠다니고 있었다.

셋 다 아무 말도 하지 않았다. 하지만 그들은 자신들이 방
금 넘어온 게 그냥 평범한 문이 아니라는 걸 예감하고 있었다.

그랬다. 그들은 한 세상의 경계를 넘어왔던 것이다.

"아무것도 건드리지 마."

로버트는 두 손을 윗옷 주머니에 찔러 넣고 있었다. 잠긴 듯한 목소리였다.

"지금 여기가 어떤 곳인지 정확히 알기 전엔 무조건 조심해야 해."

그는 열 살짜리 소년 같다가도 이럴 때는 다른 사람들보다 훨씬 더 어른스러웠다.

카티는 먼지와 밝은 빛으로부터 눈을 보호하기 위해 두 손으로 눈가를 가린 채 주위를 조심스럽게 둘러보았다.

그들이 있는 곳은 이제 긴 터널이 아니라 광장 같은 곳이었다. 주변이 이상하게 모두 뿌옇게 보여서 현실 같지 않았고 심지어 환상처럼 느껴졌다. 푸르스름한 빛은 사방에서 뿜어져 나왔는데 점점 약해졌다가 다시 강해지곤 했다. 그 빛이 그들을 둘러싼 벽 위로 길게 뻗은 그림자를 드리우곤 했다. 그리고 그 그림자는 계속 바뀌는 빛 속에서 천천히 움직였다.

그림자놀이.

카티는 번뜩 그 생각이 들었다.

얇은 종이 막 위에서 펼쳐지는 그림자놀이.

그러다가 문득 그게 자신들의 그림자라는 걸 깨달았다.

"이런 건 생전 처음 봐."

데이비드의 말투에는 억양이 느껴지지 않았다. 이마에 송골송골 땀이 맺혀 있는데도 푸르스름한 빛을 받아 그의 얼굴이 창백하고 차가워 보였다.

"말도 안 돼."

"맞아, 말도 안 되는 일이지."

카티의 중얼거림에 로버트는 맞장구를 치더니 긴장된 표정으로 발걸음을 옮겼다.

데이비드는 바위에 몸을 기댄 채 위를 올려다보았다.

희미한 푸른빛이 짙은 청색으로 바뀌어가는 천장은 높이가 10미터는 족히 되어 보였다. 게다가 조금씩 흔들리고 있었고 약한 진동도 사방에 느껴졌다. 마치 위험한 자기장 안에 있기라도 한 것 같았다. 카티는 동굴이 금방이라도 무너져버리진 않을까 두려웠다.

비록 약하게 스걱대는 소리는 남아 있었지만 등 뒤의 벽이 완전히 닫힌 후 진동은 멈추었다.

그들은 꼼짝도 하지 않고 나란히 서 있었다.

"방금 소리 들었어? ……그런데 저건 뭐지?"

로버트가 속삭이듯 말했다.

"유리. 우리 머리 위에 유리가 있어."

카티는 멀리 달아나고 싶어졌다.

세바스티앵의 침대 맡에 앉아 그의 목소리를 듣고 이야기를 나눌 수 있다면 얼마나 좋을까?

그가 다시 깨어날 거란 걸 미리 알았었더라면 좋았을 텐데. 의사들이 뭐라고 말하든 듣지 말았어야 했어.

세바스티앵은 포기하지 않았는데 나는…….

그레이스 보고서
폴 포르스터

1974년 9월 9일

나는 버섯을 찾아 나섰다. 딱 한 개만. 그런데 그나마도 멀쩡한 버섯은 안 보이고 꼭지만 남아서 날름 먹어버렸다.

역시나 지난번처럼 맛이 역겹다. 꼭 하루 종일 입속에서 굴러다닌 껌처럼 질긴 데다가 오래 씹으면 씹을수록 점점 더 써진다.

사방이 온통 음악으로 가득 차 있다. 웅웅웅…… 즈즈즈즈 하는 진동음.

발밑의 풀들이 노래를 한다.

신시사이저 소리.

주변을 둘러본다.

엘리자와 마크가 딱 붙어 앉아서 키스를 하고 있다.

마르타는 큰 깨달음이라도 얻은 듯한 표정을 짓고 있다. 그레이스는…… 두 팔을 벌린 채 잔디 위로 쓰러진다. 그러고선 웃기 시작한다. 붉게 타는 모닥불 불빛에 비친 얼굴이 행복해 보인다. 아니, 행복한 정도가 아니라 희열을 느끼는 것 같다.

그녀는 너무 아름답다.

그리고 너무 위험하다.

프랭크가 거슬린다. 아까부터 계속 돌 두 개를 마주쳐 탁탁 소리

276

를 내고 있다.

밀턴.

그는 그레이스에게서 시선을 떼지 못한다. 내가 갑자기 고속열차를 탄 것처럼 뱅글뱅글 돌더니 고스트 봉우리 위를 돈다.

나는 벌떡 일어나 그레이스에게로 가서 그녀를 일으켜 세운다.

그녀는 웃는다. 하하하 호호호.

우리는 춤을 추기 시작한다.

푸르스름한 밤하늘에 달이 거대한 등잔으로 변한다. 터질까봐 두렵다.

누군가 뭐라 소리친다. 나는 뒤를 돌아본다. 밀턴이 바로 내 앞에 서 있다. 그의 입이 점점 더 커진다.

나는 그레이스를 놓는다.

그녀가 잔디 위에서 비틀거린다. 요정의 그림자가 잔디 위를 떠다니다가 산등성이로 날아간다.

그리고 외줄타기 무용수처럼 깎아지른 바위 능선 위를 아슬아슬하게 지나간다. 마치 온 세상을 껴안으려는 듯이 두 팔을 활짝 벌리고.

소리치고 싶다. 하지만 내 입에선 비누 거품만 나온다.

그녀가 사라졌다.

정적이 흐른다.

응집되는 원

카티가 마지막으로 교회를 찾은 건 파리에 있을 때였다. 노트르담 성당. 그때가 일곱 살이었나 여덟 살이었나, 성당에 들어섰을 때의 첫 느낌은 머리를 한 대 맞은 것처럼 충격적이었다. 속까지 울렁거렸다. 늘어선 양초의 냄새 때문만은 아니었다. 그랬다. 내부 건축과 거대한 중앙 기둥, 유리 창문, 합창단 홀을 비추는 기이한 빛 등에 머리가 어지러웠다. 시선이 향하는 곳마다 벽과 아치 천장과 조각들, 기둥들, 또 첨탑 기둥들이 들어왔었다.

그녀는 그 유명한 창을 보았고 그곳에서 다시는 빠져나오지 못할 것 같은 착각이 들었다. 그녀가 먹었던 점심을 성스러운 대리석 바닥 위에 모두 게워놓기 직전에 재빨리 행동을 취한 건 하필 그녀의 아버지였다.

여긴 꼭 그 재수 없는 성당 같아.

공중을 부유하던 먼지가 가라앉자 그 느낌은 더욱 강해졌다. 그들이 도착한 곳은 실제로 자연발생적인 동굴 안보다는 성당과 더 비슷했다. 내부가 구처럼 둥근 데다가 어디선가 새어 들어와 벽과 천장을 비추고 있는 자연 조명마저도 이곳이 인위적으로 지어진 게 아닐까 하는 의심을 더욱 확고하게 만들었다.

출구는 아치형으로 되어 있었다. 데이비드는 여전히 지친 모습으로 기둥들 중 하나에 기대서 있었고 카티와 로버트만 한 발씩 조심스럽게 앞으로 발을 내디뎠다. 카티는 곧 그런 문이 한 개뿐이 아니라는 걸 알게 되었다. 울퉁불퉁한 벽에는 일정한 간격으로 똑같은 벽감들이 만들어져 있었다. 기둥 높이는 250센티미터쯤 되는 것 같았는데 한때 실제 크기의 인물화나 조각 등이 새겨져 있었거나 또는 그럴 목적으로 만들었던 것처럼 보였다.

하지만 그 공간에서 제일 비현실적인 느낌을 주는 건 뭐니뭐니 해도 구처럼 둥근 천장이었다. 카티는 고개를 뒤로 젖힌 채 밝은 천장을 올려다보았다. 짙어졌다 옅어지길 반복하고 있는 희미한 푸른빛의 아치 천장이 분위기 전체를 오묘하게 만들고 있어서 생각을 하면 할수록 등골이 오싹해졌다.

메고 있던 배낭을 벗으며 로버트가 말했다.

"우리가 어디 있는지 알 것 같아. 저 천장은 유리로 되어 있어. 그리고 이 파란빛은 미러 호의 물이야."

그는 아주 침착했다. 율리아와 처음 계곡에 도착한 날 금세 죽을 것처럼 하얗게 질려 있었던 연약한 소년의 모습은 온데간데없었다. 게다가 그가 내뱉는 모든 말은 듣는 이가 무서워 죽을 지경인 내용이나 생각이 전혀 담겨 있지 않은 것처럼 담담했다.

이곳이 미러 호 바닥이라고? 어떻게 호수 바닥에 이런 게 있을 수 있지?

아냐, 그럴 리가 없어. 로버트가 착각한 걸 거야.

그녀는 시험 삼아 몇 발자국 걸어보았고 그 결과 로버트의 추측이 틀릴지도 모른다는 확신이 흔들리기 시작했다.

그럼 그의 말이 사실이란 건가?

카티는 직접 호수 바닥까지 잠수해본 적이 있었다. 율리아와 함께 호수 바닥에서 안젤라 파인더의 USB를 건져 올리기 위해서였다. 그녀는 그때 본 바위와 모래가 떠올랐다. 그건 호수 바닥이라기보단 사막에 더 가까웠다. 하지만 그 아래가 유리로 되어 있을 거라곤 상상도 못 했었다.

다른 한편으로 이곳은 그녀가 가보지 않은 미러 호의 다른 구역일지도 몰랐다. 미러 호는 드넓으니까. 그들 머리 위에 있는 천장은 호수의 극히 일부에 불과했다.

카티는 위가 오그라드는 것 같았다. 저 마음 깊은 곳에서 로버트가 옳았다는 목소리가 들리자 그 옛날 포토맥 다리 위에 서 있었을 때 느꼈던 것보다 더 큰 공포감이 엄습했다.

그녀는 연막에 가려진 진실을 보려 했고 계곡의 표면에 나 있는 틈을 찾아내려고 애써왔다. 그리고 지금 이 상황에서는 여기에 오지 말았어야 했다고 후회하고 있었다. 로버트 그리 고 특히 데이비드가 계속 가보자고 그녀를 설득하지만 않았 어도…… 지금 이 모험을 끝낼 수만 있다면, 그래서 좁아터진 기숙사 방에 편안히 앉아서 시험공부를 할 수만 있다면 뭐라 도 다 걸고 싶은 심정이었다.

살다가 마음에 들지 않는 순간에 맞닥뜨릴 때 텔레비전처 럼 그냥 꺼버릴 수 있다면 얼마나 좋을까. 또는 불쾌한 통화나 짜증 나게 하는 음악이 나올 때처럼.

하지만 그건 불가능했다.

그들은 모두 침묵했고 서로를 쳐다보지도 않았다. 할 말이 없었다. 그들이 이 땅속에서 겪고 있는 일을 설명할 수 있는 이론 같은 건 존재하지 않았다. 그들은 결국 계곡 안에 갇혀버 렸던 것이다.

***

이번에도 로버트가 제일 먼저 움직였다. 그는 계단을 따라 아래로 내려가게 되어 있는 홀의 중심으로 걸어갔다.

그곳은 여러모로 원형 경기장과 비슷했고 가운데에는 무대 대신 둥근 플랫폼이 있었다.

이제 드디어 중심부에 도달한 걸까?

수많은 선들이 연결돼 기이한 무늬를 이룬 돌바닥 위에는 거대한 나무 탁자 한 개가 있었고 탁자 위에는 종이가 잔뜩 꽂힌 서류철 여러 개가 놓여 있었다. 학교 캠퍼스에 있는 슈퍼마켓에서도 흔히 살 수 있는 평범한 것들이었다.

종이들은 바닥에도 흩어져 있었는데 그 광경을 보자 카티는 자신들이 이곳에 온 게 우연이 아니란 확신이 들었다. 누군가 그들을 기다리고 있었던 것이다. 하지만 그들이 진짜 답 또는 해결책을 얻을 수 있을 것인지는 여전히 미지수였다.

카티, 깊이 심호흡을 해.

카티는 눈을 감고 자신에게 말했다.

변한 건 아무것도 없어.

그곳은 여전히 신비한 마력을 내뿜고 있었다. 천장에 비치는 수면은 여전히 출렁거리며 가끔씩 밝은 빛을 번쩍이곤 했다. 유리 천장을 통해 그들이 있는 심연까지 들어와 그 속의 모든 걸 비현실적인 푸른빛에 잠기게 만드는 2월의 태양. 반면 그 홀이 어떻게 생겨났는지 또 왜 지어졌는지는 여전히 암흑 속에 잠겨 있었다. 호수 바닥 밑에 유리 천장의 건물을 짓는다는 착상 자체만으로 이미 황당하기 그지없었다.

어쩌면 모든 건 아주 간단할지도 모른다. 단지 유사 우주로

가는 경계를 넘은 것뿐일지도 모른다. 그게 지금까지 겪은 일들에 대해 카티가 할 수 있는 설명이었다.

그녀의 뒤로 데이비드가 다리를 절룩거리며 계단을 내려오려고 했다. 하지만 카티가 그를 말렸다.

"내가 도와줄게. 계단에서 넘어지기라도 하면 정말 옴짝달싹할 수 없게 되잖아."

카티는 데이비드를 부축해서 내려오는 동안 그가 얼마나 힘들어하는지를 온몸으로 느낄 수 있었다. 데이비드의 추측대로 상처 부위의 피가 굳는 과정에서 이상이 생긴 것이기를 간절히 바랄 수밖에 없었다.

"데이비드, 지금 내 머리가 잘못 돌아가고 있는 게 아닌지 확인할 수 있게 나 좀 꼬집어줄래?"

그녀는 조금 전 뱉은 말이 좀 과했던 것 같아 미안한 마음에 농담을 했지만 그다지 성공적이진 않았다.

"미안. 지금은 내 몸 균형 잡느라 좀 바빠."

데이비드의 대답은 짧았지만 목소리는 밝았다. 어쩌면 그는 이 모든 게 그저 악몽일 거라는 생각으로 자기 자신을 안심시키고 있는지도 몰랐다.

카티는 로버트가 계단과 나무 탁자 사이에 멈춰 서 있는 걸 보았다. 꼭 뭔가가 뒤에서 그를 못 가도록 붙잡고 있는 것 같았다. 그는 데이비드와 카티가 가까이 다가왔는데도 아래로 더 내려가지 않았다. 대신 또다시 손목시계를 들여다보았다.

카티가 명령조로 말했다.

"말해."

"기온이 다시 떨어졌어. 하지만 그건 너희들도 이미 느꼈을 거야. 현재 기온은 8도, 습도도 30퍼센트밖에 안 돼."

"어쩐지 목에 먼지가 계속 낀 것 같더라니. 설마 이 먼지가 몸에 해로운 건 아니겠지?"

"네 생각엔 이곳의 크기가 얼마나 될 것 같아?"

데이비드의 물음에 로버트는 대답 대신 일정한 보폭으로 중심이 있는 곳까지 내려가서는 탁자 옆에서 멈춰 섰다. 그러곤 시선을 시계에 고정시킨 채 말했다.

"정확한 건 저 위쪽을 먼저 측정해봐야 알겠지. 하지만 어림잡아 지름이 64미터쯤 될 것 같아."

"여기 이런 공간이 있었다는 사실을 어떻게 아무도 모를 수가 있지?"

카티가 묻는 사이에 로버트는 바닥에 흩어져 있던 종이들을 주워 탁자 위에 올려놓고 있었다. 데이비드가 로버트 대신 대꾸했다.

"굳이 은폐할 필요가 없었을 거야. 대체 이런 곳이 있을 거라고 누가 상상이나 했겠어? 이건 정말 어마어마한 사건이야."

카티의 목소리가 가라앉았다.

"벤도 그렇게 생각했을까?"

그녀는 탁자 다리 옆에 아무렇게나 뭉쳐져 있는 더러운 천

뭉치를 가리켰다.

"저게 뭐지?"

데이비드가 눈을 가늘게 뜨더니 허리를 숙였다. 그러자 로버트가 얼른 그를 붙잡았다.

"안 돼."

"왜 안 된다는 거야?"

"나도 몰라. 하지만 느낌이 안 좋아."

로버트는 주머니에서 장갑을 꺼냈다.

"그건 좀 과한 거 아니야?"

그는 데이비드의 반응을 무시한 채 장갑을 낀 손으로 발밑에 있는 천을 집어 펼쳐놓았다. 너무 더러워서 원래 색을 알아볼 순 없었지만 간간이 파란색과 은색으로 이뤄진 줄무늬가 보였다. 그들은 그 천의 정체를 금세 알아차렸다. 그건 벤저민의 재킷이었던 것이다.

데이비드가 중얼거렸다.

"벤은 이 재킷을 좋아했어. 이걸 아무 데나 놓고 올 애는 아니야, 그렇잖아?"

데이비드와 카티는 오랫동안 한 마디도 하지 않는 로버트를 묵묵히 기다렸다. 로버트가 리더를 맡았으니 다음 할 일을 결정할 사람도 그였다.

이번엔 로버트가 정말 미래를 내다볼 수 있다면 좋겠어.

카티는 속으로 생각했다. 그래도 나쁠 건 없을 것 같았다.

잠자코 있던 로버트가 마침내 입을 뗐다.

"그건 중요하지 않아. 벤저민이 이 재킷을 깜빡하고 여기 두고 간 건지 아닌지는 전혀 중요하지 않다고. 하지만 저건 증거야, 그가 여기 왔었다는. 우리가 잘못 생각한 게 아니었어. 역시 여기 오길 잘했어."

데이비드는 한동안 재킷을 물끄러미 보고 있더니 몸을 숙여 재킷의 양쪽 주머니를 차례로 뒤졌다. 그리고 뭔가를 꺼내 그들 앞에 내밀었다.

그의 표정에서 안도감 같은 것이 느껴졌다. 중요한 걸 알아냈다는 듯한.

"이거."

"그게 뭐야? 꼭 이케가 싼 똥처럼 보여."

카티의 말에 로버트가 설명했다.

"이건 말린 버섯이야. 이제 몇 가지는 분명해졌어."

정적이 얼마간 흐른 뒤 데이비드가 침묵을 깼다.

"벤이 미친 듯이 행동했었던 원인이구나."

카티가 소리쳤다.

"뭐? 버섯이 원인이라고? 버섯을 먹어서? 고작 이것 때문에, 천식에 걸리거나 아니면 먼지 때문에 죽을지도 모르는 이 동굴 속을 헤매고 다녔다고? 이 마법의 버섯 때문에?"

로버트는 고개를 갸웃했다.

"그래. 사실 아주 간단한 거야."

데이비드는 생각에 잠긴 표정으로 버섯을 보다가 카티 쪽으로 시선을 옮겼다.

"혹시 벤이 호수에 대해 무슨 암시 같은 거 안 했어? 걘 평소에 자기가 마약을 한 것도 막 떠들고 다니잖아."

카티는 기억을 끄집어내보려고 애썼다.

"버섯에 대해선 한 마디도 안 했어."

"어쩌면 얘기할 수 있는 상태가 아니었던 건 아닐까?"

로버트의 추측에 카티가 고개를 끄덕였다.

"버섯을 먹기 전에 이미 미쳐버렸다면 그럴 수도 있겠네. 설마 저따위 버섯 때문에 미친다는 건 말이 안 되잖아."

데이비드는 고개를 저으며 반박했다.

"아냐, 어떤 버섯은 LSD나 코카인과 같은 효력을 갖고 있기도 해. 다만 훨씬 더 저렴하고 거의 도처에 널려 있지."

그러더니 갑자기 예리하게 눈이 빛났다.

"그러고 보니 중독 증상도 비슷한 것 같아."

"그럼 그렇게 쉬운 걸 의사들은 왜 알아내지 못했어?"

"그런 건 중요하지 않아."

하지만 데이비드는 로버트 말에 수긍하지 않았다. 그는 휴대전화를 꺼내 수신 상태를 확인하곤 어깨를 으쓱하더니 도로 집어넣었다. 그런 다음 그들이 들어온 입구 쪽을 올려다보았다.

"최대한 빨리 학교로 돌아가서 벤을 이런 지경에 처하게 만든 원인을 알아냈다고 병원에 알려야 해."

"그건 안 돼."

로버트는 고개를 젓곤 카티에게 버섯을 내밀었다.

"이거 주머니에 넣어둬."

"이걸 왜 나한테 주는 거야?"

"그냥 네가 보관해."

그는 카티에게 버섯을 쥐어주곤 데이비드 쪽으로 고개를 돌렸다.

"아직도 모르겠어?"

그는 손가락으로 서류철을 가리켰다.

"이 아래에 답이 있어. 그것도 벤저민뿐만 아니라 우리 모두가 살 수 있는 해답이. 설사 여기에 밖으로 나갈 수 있는 문이 있다고 하더라도 난 이 방에 뭐가 있는지 그리고 데이브 옐라드의 이론이 뭘 뜻하는지 알아내기 전까진 안 나가."

데이비드가 소리쳤다.

"그럴 시간이 없어!"

그러자 로버트는 차분하게 반박했다.

"아냐, 있어. 꼭 시간을 내야만 해."

"좋아, 그렇다면 네가 이 일이 옐라드와 관련되어 있다고 확신하는 이유를 말해줘."

로버트는 들고 있던 종이를 탁자 위 종이 뭉치 위에 올려놓았다.

"여기 있는 종이들 말이야, 이상할 정도로 누렇게 변색된 거 보이지? 그리고 이 불그스름한 먼지도. 이건 벤저민이 공식을 적어둔 것과 같은 재질의 종이야. 그러니까 벤은 이 아래에서 그 공식을 찾아낸 거라고."

카티의 시선이 탁자 위로 미끄러졌다. 평소와 달리 이번에는 그녀도 데이비드와 생각이 같았다. 무엇보다도 그 모든 비밀을 받아들일 마음의 준비가 돼 있지 않았기 때문이었다.

"나중에 다시 오면 되잖아. 데이비드의 말대로 이 버섯을 얼른 의사들한테 전달해야 해."

그녀는 어설픈 농담을 시도했다.

"어쩌면 학교 역사에 남을지도 모르겠다, 우리! 그레이스 학보에도 우리 이야기가 실릴 테고, 벤은 1년 정도는 우리한테 술을 공짜로 바쳐야 할 거야. 아무튼 여기서 어떻게 빠져나가지?"

데이비드가 확신에 찬 목소리로 말했다.

"들어온 길로 되돌아가면 돼."

로버트는 고개를 저었다.

"아니, 그건 아닌 것 같아."

"그럼 네 생각은 어떤데?"

"모르겠어."

데이비드는 끙 하고 신음했다.

"그럼 왜 우리가 왔던 길로 되돌아가면 안 될 거라고 확신하는 거야?"

"저 원을 봐, 가운데로 응집되는 원을."

로버트는 날카로운 이성만 지닌 게 아니라 독수리 같은 눈
도 갖고 있는 게 틀림없었다. 카티도 그의 지적이 아니었다면
원을 보지 못했을 터였다. 그가 가리키는 쪽을 본 후에야 그녀
는 상징물을 알아보았다. 그건 수면 위에 물체를 떨어뜨렸을
때 원을 그리며 퍼져 나가는 물결처럼 보이기도 했다. 그걸 왜
미처 보지 못했던 걸까?

그레이스 보고서
캐서린 벨라미

날짜 없음

____폴____ : "이건 내 잘못이 아니야. 아니라고. 난 그녀를 사랑했잖
　　　　아, 알지?"

아무도 모닥불 근처에 앉지 않았다.

모두 바위 끝에 서서 심연을 내려다보고 있었다.

아니, 모두는 아니었다.

밀턴이 그레이스가 있는 곳으로 내려가려 하고 있었다.

빙산에서 얼음처럼 차가운 바람이 우리 쪽으로 불어왔다.

마크가 소리쳤다.

"사방이 다 피야!"

나는 허리춤에 매고 있던 재킷을 풀어 입고 귀를 막았다.

이게 아닌데.

밀로의 비너스

손전등이 벽감 위로 희미한 빛의 기둥을 내뿜었지만 그보단 호수의 푸르스름한 빛이 더 강렬했다.

그 모든 게 카티에게는 할리우드 영화를 떠올리게 했다. 영웅들이 미지의 세상으로 들어가서 오래된 비밀을 캐내는 〈인디아나 존스〉나 또는……

니콜라스 케이지가 주인공인 그 영화 제목이 뭐였더라?

하지만 영화관에서 보는 것과 현실 속에서 그런 상황에 맞닥뜨리는 것은 전혀 다르다. 특히 그 장본인이 영웅이 아니라 지극히 평범한 대학교 신입생들이라는 사실을 생각하면.

만약 그 순간에 거대한 거미가 나타나거나 미라가 관에서 튀어나온다 하더라도 카티는 웃고 말았을 것이다. 하지만 탁자 위의 서류철은 〈해리포터〉처럼 간단하게 $9\frac{3}{4}$ 플랫폼을 통해 마법의 세계로 넘어간 것뿐이라는 달콤한 상상을 불가능하게 만들었다.

왜냐하면 그 서류철은 실재하는 물건이니까. 이곳은 영화 속 세계가 아니라 현실이었다.

데이비드가 탁자에 앉아 천천히 종이를 뒤적이면서 훑어보는 동안 로버트는 그 홀 안에 있는 벽감들을 살펴보러 다녔다.

카티는 깊이 심호흡을 했다.

언제쯤이면 데이비드가 엘리자 정의 실체를 알게 될까?

그 후엔 모든 것이 달라지리라. 데이비드와 로버트가 그 사실을 다른 친구들에게 말할 테니까. 그들은 자신들의 운명이 30여 년 전에 일어난 사건들과 연결되어 있다는 걸 알게 될 것이다. 지금까지 그 당시 학생들은 단순히 실종된 게 아니라 죽었을 거라고 전제돼 있었다. 그게 가장 논리적인 결론이었다. 폴 포르스터의 시체도 빙산 꼭대기 크레바스 안에서 발견되었다. 그런데 그들 중 한 명이었던 카티의 어머니가 워싱턴에 버젓이 살아 있다는 사실을 그들은 어떻게 받아들일까? 아마 모든 걸 보는 시각이 달라지리라.

다른 한편으로, 카티 역시 그 당시 무슨 일이 있었는지 알고 싶지 않다고 주장한다면 그건 거짓말이었다.

어머니는 어떻게 자신의 정체를 숨기고 살아온 거지? 자신의 과거에 대해 말하면 안 되는 이유라도 있었던 걸까? 비밀

을 지키겠다고 맹세라도 한 건가?

카티는 마음이 흔들렸다.

데이비드에게 모든 걸 말해야 해.

그게 가장 간단하고 정직한 방법이었다.

그녀는 그 옆에 웅크리고 앉아서 펼쳐진 서류를 들여다보았다. 대부분 손으로 직접 쓴 기록들이었다.

"이건 무슨 종이들이야?"

"예전에 학생들이 어떤 실험에 참가하기 위해 산 위에 올라갔었다던 말 기억나? 실험의 주제가 '감지'였다지. 그들은 서로를 관찰하면서 다른 사람들이 하는 행동과 말 들을 모두 기록해야 했어. 밤낮으로 서로의 행동, 몸짓, 표정까지 모두 세세하게, 아주 사소한 것까지도. 이 종이들은 바로 그때 학생들이 썼던 보고서야."

카티는 몸을 숙였다. 영령 기념일 사건 이후 율리아와 크리스가 그 실험에 대해 이야기해줬지만 카티는 황당한 이야기로 치부해버렸었다. 하지만 이젠 생각이 달라졌다.

"다른 사람이 하는 말을 기록하는 게 뭐 그리 특별하다고. 무슨 행동을 하는지 뭘 먹는지 뭘 씹는지 그리고 그게 싫은지 좋은지 그런 게 뭐가 중요해?"

그녀는 가능한 한 무심하게 보이려고 노력했지만 그 말은 자기 귀에도 어설프게 들렸다.

데이비드는 고개를 젓곤 종이들을 뒤적거렸다.

"이건 그 이상이야. 일종의 집단적 고백이나 마찬가지라고. 고스트 위에서 머무는 동안 그들의 관계에 변화가 생겼던 게 틀림없어."

그러더니 제일 위에 있던 종이 한 장을 집어 공중으로 들어 보였다.

"이건 마르타라는 여자가 쓴 거야."

그레이스는 바윗돌에 머리를 부딪쳤다. 날카로운 모서리가 그녀의 뺨을 꿰뚫었다. 얼굴이 온통 피범벅이 되었다. 밀턴이 그녀를 깨워보려고 했지만 소용없었다. 마침내 의식을 되찾은 그레이스는 마치 오한이라도 드는 듯 온몸을 부르르 떨었다. 그런데 손이 닿자 그녀는 울부짖듯이 소리쳤다.

"내 머리! 머리에 감각이 없어!"

그 상황에서 침착함을 유지한 사람은 밀턴과 마크 그리고 엘리자뿐이었다.

지금이야.

어서 그에게 말해. 엘리자가 누구인지.

그런데 카티가 입을 열려는 그 순간 둔탁하게 우르릉하는 소리가 났다. 그 소리는 뼛속까지 파고들며 카티를 완전히 뒤흔들어놓았다. 그들 머리 위로 빛과 그림자가 어른거렸다.

그리고 또다시 격렬하게 울리는 쿵 소리, 거기에 더해 모든 게 무너지는 것 같은 격렬한 진동이 이어졌다.

"왜 이러지?"

카티는 겁에 질려 목소리가 갈라졌다.

"천장이…… 자기장의 영향을 받고 있어."

갑자기 그들 옆에 나타난 로버트는 고개를 젖혀 위를 올려 다보고 있었다.

"그 말은, 천장이 뚫릴 수도 있다는 뜻이야?"

로버트는 고개를 저었다.

"그러진 않을 거야. 이 홀이 어제오늘 지어진 건 아닐 테니까. 저 유리 천장은 오랜 시간 동안 계곡을 휩쓴 모진 폭풍들을 견뎌냈어. 아마 땅속에서 발생한 진동이 수면을 울리는 걸 거야."

그런 설명에도 카티는 안심이 되질 않았다. 소리로 가늠해 볼 때 단순한 진동이 아니라 강도 7 이상의 지진은 될 것 같았다. 마치 테크노 무대 위에 서 있는 것처럼 격렬한 흔들림이 계속되자 카티는 금세라도 물이 차올라 익사할 것만 같은 예감이 들었다.

그런데 다음 순간 소리가 잠잠해졌다.

이번에는 예기치 않은 정적이 그녀를 공포감에 휩싸이게 만들었다.

그랬다, 두려움, 두려움, 두려움.

빌어먹을, 젠장!

카티는 그곳에서 당장 나가고 싶어졌다. 이 순간 그보다 더 간절한 소망은 존재하지 않았다. 곧 밝혀질 어머니에 관한 진실도, 고스트에서 일어난 일들에 대한 어떤 새로운 사실들도 그녀를 두려움에서 구해주진 못했다.

카티! 일어나!

넌 지금 거대한 호수 아래에 갇혀 있어. 수백만 평방미터의 물이 네 머리 위를 짓누르고 있다고. 게다가 이 빌어먹을 벽들이 움직여서 다시 밖으로 나갈 수 있을 거라는 보장도 전혀 없잖아.

카티는 손가락이 굳어 오그라들었다. 데이비드가 마치 자기 것처럼 들여다보고 있는 종이들을 몽땅 없애버리고 싶었다. 갈기갈기 찢어서 불태워버리고 싶었다. 하지만 그 순간 로버트가 그녀의 어깨에 손을 올렸다. 그의 가는 손가락은 깃털처럼 가벼웠지만 이번에도 카티를 진정시켜주었다.

그가 말했다.

"따라와. 너희한테 보여줄 게 있어."

"뭔데?"

로버트는 그녀에게 수수께끼 같은 눈빛을 보냈다.

"벽감이 모두 비어 있는 건 아니었어."

***

구부정한 자세로 벽감 안에 누워 있는 조각은 실제 사람 크기와 비슷했다. 왼쪽 다리는 살짝 구부리고 오른쪽 다리는 곧게 편 의문의 여인 또는 소녀는 배를 깔고 누워 있었다. 고개는 옆으로 돌려 바위를 베고 있었는데 그래도 얼굴은 뚜렷이 알아볼 수 있었다. 눈을 감고 있는 모습이 꼭 잠을 자고 있는 것처럼 보였다.

"모습이 밀로의 〈비너스〉와 비슷한 것 같지 않아? 두 팔이 다 있다는 것과 이곳이 루브르 박물관이 아니라는 것만 빼곤. 이럴 때 로즈가 있으면 좋았을 텐데. 걔는 이쪽 분야에 대해 훨씬 더 많이 알잖아. 그런데 이 조각은 이렇다 할 만한 유명한 예술가의 작품일 것 같진 않아."

카티는 갈색 석상의 표면을 좀 더 자세히 살펴보기 위해 몸을 앞으로 숙였다. 거칠고 구멍이 숭숭 뚫린 것이 전혀 정교해 보이지 않았다. 그렇지만 옷과 눈 그리고 긴 곱슬머리 정도는 알아볼 수 있었다.

카티는 한 걸음 뒤로 물러섰다.

이 조각상, 누구랑 닮은 것 같은데.

하지만 누구와 비슷한지 생각나질 않았다.

눈을 가늘게 뜨고 보자 또 뭔가가 눈길을 끌었다.

저기 연단 위 벽 쪽에 있는 건 뭐지?

까치발을 들고 섰지만 잘 알아볼 수가 없었다.

그때 로버트가 말했다.

"돌에 직접 새겨놓은 글이야."

카티는 발돋움할 만한 것을 찾아 주위를 두리번거렸다. 데이비드는 일단 제외였다. 그는 제 발로 서 있기조차 버거워 보였다.

"로버트, 나 좀 도와줘."

로버트는 벽 쪽으로 가까이 다가와 카티가 딛고 올라설 수 있도록 두 손으로 지지대를 만들어주었다. 카티는 오른발을 들어 그의 어깨를 디뎠다. 그런데 아주 짧은 순간이지만 어깨가 살짝 처지는 듯했다.

"나 떨어뜨리면 용서 안 해."

"안 떨어뜨릴 테니 걱정 마."

그녀는 잠깐 휘청거리다가 기둥의 모서리를 잡고선 위로 올라갔다.

"손전등 좀 줘봐."

로버트는 허리를 굽혀 배낭에서 손전등을 꺼냈다. 그녀는 손전등으로 글씨가 새겨진 곳을 비춰 보았다.

'1974년 9월 10일.'

그리고 이름까지 알아내자 그녀는 눈앞이 깜깜해졌다. 예기치 못한 충격에 균형을 잃었다가 겨우 튀어나온 부분을 붙든 덕분에 추락은 피했다. 그런데 겨우 중심을 잡는가 싶더니 붙들고 있던 손잡이 같은 게 힘없이 부러지는 바람에 그녀는 결국 다시 비틀거리며 떨어지고 말았다.

'등반 시 주의해야 할 규칙. 떨어질 땐 고양이처럼 반드시 발로 착지해야 한다.'

실제로 카티는 두 발로 바닥을 디뎠다.

정신을 차린 카티는 자신이 잡았다가 부러뜨린 게 조각상의 일부였다는 걸 깨달았다. 조각의 일부가 여전히 그녀의 손 안에 있었다. 그리고 밀로의 〈비너스〉처럼 그 조각상도 왼손 하나가 없는 토르소가 되어버렸다. 카티의 실수였다.

그런데 로버트가 그녀 위로 몸을 숙이더니 떨어진 조각을 집어 들지 않고 유심히 살펴보기만 했다.

카티는 그가 무슨 말이라도 할 거라고 생각했다. 그런데 로버트는 순식간에 안색이 창백해지더니 두 눈을 멀뚱멀뚱 뜬 채 입에서 알아들을 수 없는 소리들을 흘렸다. 그리고 벌벌 떨기 시작했다.

"롭, 왜 그래?"

로버트는 아무 대답도 하지 않고 두 눈을 질끈 감아버렸다. 그가 다시 눈을 떴을 때 시선이 그녀를 향해 있었지만 사실은 그녀를 보고 있는 게 아니었다.

젠장! 아무래도 너무 놀라서 발작을 일으키려는 것 같아.

그의 당황한 눈빛은 마치 그녀를 투명인간 보듯 관통해 그 뒤편을 향하고 있었다. 그는 그녀의 존재를 의식조차 못 하는 것 같았다.

하루 종일 정말 쿨했었는데. 침착하고 명석하고⋯⋯

그런데 지금은⋯⋯.

"로버트, 내 말 들려? 난 괜찮아. 쇼크에 빠질 이유가 전혀 없어. 아무 일도 없었다고."

그녀의 옆에 있던 데이비드가 몸을 움직였다. 로버트는 뒤로 물러섰는데 마치 물밑을 걷는 것처럼 동작이 굼떴다.

사실 틀린 말도 아니었다. 그들은 실제로 물 아래에 있었으니까. 유리 안에 갇혀 있는 채로. 유리 천장이 얼마나 튼튼한지는 아무도 알지 못했다.

카티는 자신도 모르게 고개를 들어 위를 올려다보았다. 푸르스름한 물이 가볍게 움직였다. 하지만 규칙적으로 유리에 부딪히는 물결의 소리는 또렷이 들렸다.

"데이비드, 애 갑자기 왜 이러는 거야?"

카티는 불안한 기색을 감출 수가 없었다. 막다른 길에 봉착할 때마다 늘 나타나는 어쩔 수 없는 반응이었다.

데이비드는 그녀에게 조용히 하라는 손짓을 보냈다.

그래, 알았어.

그녀는 의학적인 사안에 대해선 기꺼이 그의 말을 따를 준비가 되어 있었다.

"로버트, 롭. 정신 차려."

데이비드가 낮은 목소리로 차분히 말했다.

로버트는 마치 자신이 품고 있던 의문에 대한 모든 질문이 카티의 손에 쥔 불그스름한 조각상의 일부에 있기라도 한 것처럼 빤히 쳐다보고 있었다.

카티는 율리아로부터 듣기만 했을 뿐 로버트가 쇼크에 빠진 순간을 직접 목격한 적은 없었다.

율리아는 이렇게 평했었다.

"그럴 때 롭을 보면 마치 혼자서 온 세상을 멈추려고 필사적으로 발버둥치는 것 같아."

〈악마의 날들〉.

카티는 그제야 사람이 자신보다 더 강한 자신을 쓰러뜨리려고 하는 힘들의 복수를 받을 수 있다는 걸 깨달았다. 그리고 조심하지 않으면 자신의 영혼이 먹힐 수도 있다는 것을.

로버트는 고통스러워하고 있었다.

그리고 그 원인은 그녀가 갖고 있는, 거칠고 점점 더 불쾌한 느낌을 주는 그 조각 덩어리에 있는 게 틀림없었다.

그녀는 그것을 높이 들어 자세히 살펴보았다.

처음에는 아무것도 눈에 띄지 않았다.

그건 그저 어떤 소녀의 가늘고 여린 손을 형상화해놓은 것에 불과했다. 손가락은 살짝 구부러져 있었고 가운뎃손가락에는 반지가 끼워져 있었다.

조각의 내부는 비어 있었다. 물론 육안으로 보이진 않았지만 분명히 느낄 수 있었다. 그런데 빈 공간 속에 뭔가가 끼워져 있었다. 카티는 검지를 넣어보았다. 그러자 가죽 같은 게 미끄러지듯 빠져나왔다.

그 순간 카티는 자신이 발견했었던 딱정벌레와 개미가 떠올랐고, 그제야 깨달았다.

그녀의 손바닥에 놓여 있는 물체는 가늘고 긴 손가락이었던 것이다.

손톱에는 여전히 핑크색 매니큐어가 남아 있었다.

그 손가락은 벽에 새겨진 이름의 주인, 즉 그레이스 모건의 것이었다.

그레이스 보고서
미수 엘리자 정

9월 9일 밤부터 10일 오전까지

보름달이 떴다. 노란 달빛이 너무나 맑고 투명해서 산이며 계곡이 모두 훤히 보인다.

그의 시선. 불안해 보인다. 그로부터 감시받고 있다는 느낌을 지울 수가 없다. 그는 그레이스를 둘러싸고 동그랗게 모여 앉은 우리를 지켜보고 있다.

나중에 사람들이 우리에게 왜 아무 시도도 안 했느냐고 물을까? 당연히 그럴 것이다.

우리는 모닥불을 피웠고 그녀를 편안하고 따뜻하게 해주려고 이불이며 쿠션을 모조리 갖고 나왔다. 날이 밝자마자 마크가 구조를 요청하러 계곡 아래로 내려갈 것이다. 최소한 이틀은 걸리겠지.

밀턴이 우리에게 욕을 퍼붓는다. 하지만 우린 그녀를 오두막 안으로 데리고 들어갈 수조차 없다. 그레이스가 몸에 손이 닿기만 해도 아파서 소리를 질렀기 때문이다.

하지만 그것도 어느 순간 멈췄고.

곧 아무 소리도 내지 않았다.

조용하다. 너무 무섭다.

머리와 얼굴에 난 상처 외엔 아무 상처도 보이지 않는다. 출혈도 벌써 멈췄고 빨간 딱지는 왼쪽 귀에서 목까지 사선으로 나 있다.

버섯을 먹지 않았더라면 다르게 행동했을까?

모르겠다.

어느샌가 나는 잠들어버렸다.

마크가 날 깨운다.

그가 말한다.

"죽었어. 그레이스가 죽었다고."

박제된 손

카티는 손에 있던 조각을 떨어뜨리고 말았다. 그러자 조각은 두 동강이 나버렸다.

"이게 뭐지?"

로버트는 무릎을 꿇고 그것을 집어 들었다.

"박제된 손이야."

로버트의 침착한 목소리와 모습은 조금 전의 반응과 너무나 대조적이어서 카티는 꿈을 꿨나 싶을 정도였다. 그는 이제 아주 섬세하고 능숙한 전문가처럼 배낭에서 비닐봉지를 꺼내 그 안에 불그스름한 조각을 집어넣고 있었다.

카티는 발작을 일으키진 않았지만 목소리가 찢어질 듯 높고 날카로워졌다. 꼭 한국에 있던 외할머니가 화를 낼 때 내던 목소리처럼.

"박제라고? 혹시 벤저민이 먹었다는 그 버섯을 너도 먹은 거 아니니? 그래서 머리가 이상해지기라도 했어?"

로버트는 고개를 젓곤 비닐을 높이 들어 보였다.

"확실한 건 이걸 실험실에 보내보면 알게 되겠지."

데이비드 역시 믿어지지 않는 표정이었다.

"생물을 박제하려면 일정한 조건이 필요해. 시체가 부패하거나 완전히 분해되지 않도록 하는 특정한 기후 조건 같은."

그러자 로버트가 바닥에 떨어진 조각상의 잔해를 가리키며 말했다.

"아니. 밀폐가 잘되는 껍데기에 싸여 있으면 꼭 그렇지도 않아. 바로 이 경우처럼 말이야. 밀폐 기능이 뛰어난 물질은 흔치 않은데 그중 하나가 바로 재 가루지."

"그런 물질이 있다는 말은 처음 들어봐."

"우리가 아는 게 전부는 아니야."

그 주제에 있어선 로버트에게 맞설 수 있는 사람은 없었다.

카티가 혼잣말처럼 중얼거렸다.

"미라를 만들었다니……."

그녀는 등 뒤에 있는 조각상 쪽으로 시선을 돌렸다.

조각, 그건 조각상이 아니라 밀폐가 잘되는 껍데기에 싸인 시체였던 것이다.

"맞아, 그것도 죽자마자 바로. 시체가 부패하기 전에."

데이비드는 여전히 수긍할 수 없는 모양이었다.

"생물이 화석이 되는 데는 수백 년 아니 수백만 년이 걸려. 게다가 보통은 너무 딱딱하고 무거워서 그 안의 물체는 다 납작하게 찌부러져버려."

로버트가 대답했다.

"폼페이에서는 그보다 훨씬 더 빨리 진행됐어."

"그건 화산재와 뜨거운 용암 때문이었지. 하지만 이건 화산 폭발로 인한 게 아니잖아. 이 계곡에는 화산이 없어, 특히 활화산은."

"그만해. 너희가 지금 무슨 소리를 하고 있는지 알기나 해? 시체를 조각상 안에 집어넣었다는 소리를 하고 있는 거잖아."

"아니, 집어넣은 게 아니야."

로버트가 진지하게 대답했다.

"그래서 더 흥미롭다는 거야. 이 손가락을 봐. 원석 물질에 얇게 싸여 있잖아, 그것도 아주 자연스럽게. 정말 놀라워! 이건 다르게 말하면 시체가 저절로 석화되었다고 표현해도 될 정도야."

로버트의 설명이 너무 황당해서 카티는 반박조차 할 수 없었다.

하지만 결국 그녀가 먼저 입을 열었다.

"저 위에 쓰여 있던 글씨는 날짜와 이름이었어. 1974년 9월 10일, 그레이스 모건. 그녀는 실종된 학생들 중 한 명이야. 예전에 숲속 추모비에서 이름을 봤었어."

데이비드는 숨을 깊이 들이마셨다.

"우리도 그 이름 알아."

"로버트, 자는 거야?"

카티는 한동안 아무 말 없이 벽감 속 조각상, 아니 시체만 뚫어지게 보고 있는 로버트에게 말을 걸었다.

"그만 돌아가자. 설마 벤을 잊어버린 건 아니지? 여기 이것들은⋯⋯."

카티는 시체를 가리켰다.

"나중에 다시 와서 조사해도 돼."

그녀는 그 홀, 아니 동굴이 지긋지긋했다.

데이비드도 맞장구를 쳤다.

"맞아, 그만 가자. 우리한텐 버섯이 있잖아. 벤을 저 지경으로 만든 원인을 알아낸 걸로 충분해."

하지만 로버트는 고개를 저었다.

"아니, 지금 해야 해."

"그렇지만⋯⋯."

"네 다리 좀 보여줘, 데이비드."

"뭐? 왜?"

"보여줘."

"그럴 시간 없어, 빨리 가야 한다고. 내 다리는 가서 살펴봐도 돼."

"그때는 너무 늦을지도 몰라."

카티는 숨이 막혔다. 로버트가 무슨 말을 하려는 건지 데이비드보다 먼저 알아차린 그녀는 바닥에 떨어져 있는 잔해를 내려다보았다. 점토와 비슷한 색의 얇은 껍데기에 싸여 있는 그레이스 모건의 시체. 그건 데이비드의 상처를 덮고 있는 딱지와 같은 색깔이었다.

잠시 후 데이비드도 로버트의 말뜻을 알아차렸지만 말을 잇진 못했다.

"너 설마⋯⋯."

로버트가 말했다.

"물이 필요해."

로버트는 데이비드의 옆에 무릎을 꿇고 앉더니 바짓단을 올렸다. 상처는 거의 달라진 게 없었고 좀 더 넓게 펴져 있을 뿐이었다.

"그것도 많이. 이 딱지를 씻어내고 상처를 소독해야 해. 네 상처에 원석 조각들이 너무 많이 들어가지 않았어야 하는데."

그럴 리가 없어.

데이비드의 몸이 언젠가 그레이스처럼 변할 거라는 상상을 하자 카티는 구역질이 날 것만 같았다.

"카티?"

그녀는 깜짝 놀라 고개를 들었다.

"물이 필요하다고! 지금 당장!"

그녀는 고개를 끄덕이곤 서둘러 로버트의 배낭을 열었다.

"물이 별로 없어."

"아예 없는 것보단 나아. 적어도 물은 이 물질이 딱딱해지는 걸 지연시킬 수 있을 거야. 딱지를 제거해야 해. 그런 다음 데이비드를 여기서 빨리 내보낼 방법을 찾아봐야지. 내 계산에 따르면 이제 시간이 얼마 없어. 미안해."

로버트는 조심스럽게 상처에 물을 부은 다음 문질렀다.

"아직 완전히 굳진 않았어, 보이지? 아까 네가 상처를 씻어낸 게 도움이 됐던 것 같아, 데이비드. 앞으로도 계속 상처가 마르지 않도록 해야 해."

카티는 데이비드와 로버트를 빤히 쳐다보았다. 로버트의 말이 사실이라면, 사람이 살아 있는 채로 돌이 되는 것도 가능하다는 생각을 하자 카티는 미쳐버릴 것 같았다. 그런데 이런 순간 오히려 데이비드는 전보다 침착했다. 마치 자신에게 일어나고 있는 일을 순순히 받아들이려는 것처럼.

그는 턱으로 탁자 위를 가리키며 카티에게 말했다.

"저 서류들을 배낭에 넣어줘. 아주 중요한 증거물이니까."

카티는 망설였다.

이곳은 비밀의 장소야. 누군가 저 서류들을 이곳에 보관해 둔 거라고. 그런데 말도 없이 그들의 보물을 가져가도 되는 걸까?

"누군가 우릴 위해 저걸 여기 놔둔 거야."

로버트였다. 그가 또 그녀의 생각을 읽었던 것이다.

"우리가 저 서류를 보길 바라는 사람이 있어. 그게 누군지는 모르지만."

그 말에 카티는 여전히 망설이고 있었다.

"이 계곡에 대해 더 많은 걸 알아내려면 저걸 갖고 가야 해, 카티. 알아서 두려울 진실이란 없어."

아냐, 있어.

카티는 그렇게 말하고 싶었다.

내가 살아온 시간들을 되짚어보면. 한 사람을 완전히 바꿔놓을 사실에 대해 알게 되면 말이야.

"배낭에 넣어줘, 카티."

로버트는 애원하듯이 말하고는 시계를 들여다보았다.

"데이비드, 다시 신발을 신어. 이제 5분 후면 여기서 나갈 수 있어."

그는 일어섰다.

"어느 벽이 출구인지 알아내기만 한다면."

그레이스 보고서
프랭크 카터의 곡 〈예언〉의 노랫말

1974년 9월 9일 밤부터 9월 10일 오전까지

아무도 서로를 모른다.
하지만 그들은 한 사람을 고른다.
보이지 않는 사람을
이해하지 못하니까.

그들은 머물고 싶어 하지 않는다.
하지만 그들은 침묵할 수 없다.
달아날 수도 없다.
그들은 너무 많은 것을 알고 있다.

우릴 찾을 것이고
우릴 발견할 것이다.
우린 죽을 수 없다.
우린 유산이다.

우린 끝을 본다.
우릴 위해 시간이 멈춘다.

우린 발견될 것이다.

우릴 찾으려고만 한다면.

그레이스

"이제 3분 남았어."

목소리가 밋밋한 걸 보니 로버트는 정신이 딴 곳에 팔려 있는 것 같았다.

카티는 계단 아래로 뛰어 내려가 탁자 위에 있던 서류철과 종이 뭉치들을 손에 잡히는 대로 배낭에 쑤셔 넣었다.

"더는 안 들어가. 다른 서류철은 어떡하지?"

로버트가 소리쳤다.

"됐어! 그냥 올라와!"

로버트와 데이비드는 계단 위에서 서로 등을 맞댄 채 벽을 노려보고 있었다.

"이제 1분 45초! 카티, 어서 위로 올라와! 뭔가 움직이기 시작하면 곧장 뛰어야 해!"

카티에겐 1분 40여 초의 시간이 영원처럼 길게 느껴졌다. 마치 초침이 멈추기라도 한 것처럼.

"카티. 데이비드를 부축해줘, 알았지?"

로버트가 또다시 시계를 들여다보았다.

"그리고 데이비드 넌 손전등을 들어. 무슨 일이 있어도 둘이 절대 떨어지면 안 돼."

카티는 그를 쳐다보고 물었다.

"그게 무슨 뜻이야?"

로버트는 질문에 아랑곳하지 않고 앞만 쳐다보고 있었다.

"벽을 봐, 카티. 딴 데 한눈팔지 말고!"

그녀는 그가 시키는 대로 했다. 그녀가 원하는 것도 그와 같았다. 바로 이곳에서 탈출하는 것.

하지만 한 점을 오래 쳐다보면 볼수록 시야가 흐려졌다. 공간 전체가 희미한 푸른빛에 잠겨 있었고 게다가 번번이 물그림자가 드리우곤 했다. 마치 머리 위에 천장이 없는 것처럼. 아니, 그녀는 물 아래에 있었고 이제 곧 발이 바닥에서 둥둥 뜰 것이며……

눈을 크게 떴다.

미치면 안 돼.

벽감! 그중 한곳에서 벽이 열릴 거야.

그런데 어떤 거지?

그녀는 원형의 상징물에 시선을 고정하려고 노력했다. 하지만 원들은 도처에 있었다. 그리고 오래 보고 있으면 있을수록 차츰 희미해지며 점점 미러 호 위에서 조용히 부글거리면서 퍼져나가던 원으로 변해갔다.

그때 로버트의 목소리가 카티를 깨웠다.

"내 계산이 맞는다면 다음 갱은 되돌아가게 되어 있어."

"되돌아가다니, 어디로?"

마치 이를 가는 것처럼 데이비드의 입에서 스걱스걱 소리가 났다.

"그건 나도 확실히 말할 수 없어."

그 순간 낯익은 소리가 들리며 발아래 땅이 진동하기 시작했다. 카티는 제자리에서 한 바퀴를 돌았지만 앞을 막은 벽은 여전히 굳게 닫혀 있었다.

"도대체 출구가 어디야?"

"저쪽!"

데이비드는 소리치며 달려가려고 했지만 다리가 말을 듣지 않는지 비틀거리다가 넘어지고 말았다. 로버트가 즉시 곁으로 달려가 그를 일으켜 세웠다. 카티 역시 그의 겨드랑이를 부축해 함께 끌었다.

로버트는 카티에게 뭐라고 외쳤지만 진동음이 너무 커서 알아들을 수가 없었다.

"뭐라고?"

로버트가 다시 한 번 말했지만 카티는 어깨를 으쓱해 보일 뿐이었다.

그녀는 데이비드에게 온 신경을 쏟아부어야 했다. 그는 이제 카티의 어깨에 몸을 의지한 채 한 발로 뛰기 시작했다. 그편이 더 빠를 거라고 생각한 모양이었다. 하지만 실은 영화 속의 슬로모션처럼 아주 느리기만 했다. 틈이 점점 더 벌어지고 있었지만 그곳까지의 거리는 한없이 멀게만 느껴졌다.

움직이기 시작한 벽은 그레이스가 누워 있던 벽감 바로 옆쪽이었다. 벽 반대편의 공간은 깜깜했다.

그 순간 카티는 번뜩이는 섬광처럼 불현듯 터널이 열리는 메커니즘을 깨달았다. 그건 가운데 회전축을 중심으로 돌아가는 회전문과 같았던 것이다. 즉 벽이 백팔십도를 돌면 틈은 다시 닫히게 되어 있었다.

소음이 일정해졌다. 벽이 직각으로 서 있었다.

카티가 소리쳤다.

"더 빨리 움직여!"

그들은 좀 더 애를 썼다. 데이비드의 체중이 카티의 어깨를 짓눌렀지만 그녀는 이를 악물었다.

이제 8미터만 더 가면 돼.

벽이 얼마나 더 돌아가면 지나갈 수 없을 만큼 틈이 좁아지는 거지?

45도 이하야.

그건 다시 말해 문이 닫힐 때까지 몇 초밖에 남지 않았단 뜻이었다.

5미터.

3미터.

2미터.

1미터.

"너 먼저 가!"

그녀는 있는 힘을 다해 데이비드를 밀어 넣었다. 그는 또다시 비틀거렸지만 겨우 중심을 잡고 틈새로 한 발을 뻗었다. 그런데 그만 끼여버리고 말았다. 벽은 그사이에도 계속 움직이고 있었다.

"옆으로 돌아!"

데이비드는 카티의 외침과 동시에 옆으로 돌았다. 카티는 그가 틈새로 완전히 빠져나갈 때까지 기다리지 않고 그를 힘껏 민 다음 자신도 좁은 틈 사이로 빠져나갔다.

그녀는 데이비드의 몸 위로 쓰러졌다.

***

불빛이 희미해지더니 벽이 완전히 닫혔고 그들은 깜깜한 암흑 속에 갇혀버리고 말았다.

"데이비드! 로버트는 어디 있지?"

카티는 손전등으로 주위를 비춰 보았다. 좀 전에 있었던 곳이 밝았다고는 결코 말할 수 없었다. 게다가 푸르스름하게 어른거리는 빛과 그림자가 시야를 가리곤 했었다. 그런데도 카티는 작은 손전등 불빛에 익숙해지는 데 한참이 걸렸다.

그때 데이비드가 끙끙대며 신음을 했다.

"로버트?"

대답이 없었다.

카티는 공포감에 사로잡혔다.

"로버트?"

정적이 길어지자 카티는 그 의미를 차츰 깨닫게 되었다. 로버트는 빠져나오지 못했던 것이다. 그는 벽 너머에 혼자 남겨졌다.

이번에는 데이비드가 소리쳤다.

"로버트!"

카티는 마음이 무거워졌다.

"그만둬. 소용없어."

하지만 데이비드는 포기하지 않았다. 그는 몸을 일으켜 벽을 두드리기 시작했다.

"로버트! 어디 있는 거야?"

"그래봤자 소용없어. 네 목소리는 안 들릴 거야."

"어떻게든 해봐야지. 로버트를 저기 혼자 둘 순 없어."

"그럼 어떡해? 벽을 부수기라도 할까?"

"로버트 혼자 있단 말이야. 너도 로버트를 잘 알잖아. 무서워서 미쳐버릴지도 몰라."

"안 그래."

"넌 안 그럴지 몰라도 로버트는 혼자 있는 거 못 견뎌."

카티는 소리치고 싶은 충동을 겨우 억눌렀다. 그런 다음 벌떡 일어났다.

"아직도 모르겠어? 로버트는 다 알고 있었던 거야."

그녀는 손전등을 그가 있는 방향으로 비추지 않으려고 애썼다.

"나도 처음엔 몰랐는데 로버트가 아까 분명히 그랬어. 그게 아니면 왜 손전등을 네게 줬겠어? 그리고 또 왜 우리한테 무슨 일이 있더라도 절대 떨어지지 말라고 했겠느냐고."

그녀는 데이비드에게 손을 내밀었다.

"로버트 스스로 결정한 거야, 우리와 함께 나가지 않겠다고. 저기 뭔가가 그를 아직 붙들어놓고 있어."

어둠 속에서도 카티는 데이비드가 멈칫거리는 걸 느낄 수 있었다.

"네 말이 맞는 것 같아. 나쁜 녀석…… 우릴 속였어."

데이비드는 목청껏 소리쳤다.

"스스로 지금 무슨 짓을 하고 있는지 알지도 못하면서……바보! 멍청이!"

카티는 고개를 저었다.

"아니, 네 생각이 틀렸어."

카티 역시 그렇게 생각했었다. 그녀도 로버트에게 감쪽같이 속았던 것이다. 하지만 이제는 로버트의 용기에 탄복하지 않을 수 없었다.

데이비드가 물었다.

"이제 어쩌지? 벽이 다시 열릴 때까지 기다리는 편이 좋겠지?"

"아니. 그건 로버트가 바라는 바가 아니야. 넌 빨리 병원으로 가야 해. 네 다리가 완전히 굳어버리기 전에…… 어쨌든 빨리 치료를 받아야 해. 그리고 버섯도 의사들한테 전해줘야지. 우리가 애초에 여기 온 것도 모두 그것 때문이었잖아. 벤저민을 살리기 위해서, 안 그래? 이 말을 하필 내가 너한테 하게 될 줄은 몰랐다."

"하지만 로버트는 손전등도 없잖아. 여기서 길을 잃게 될지도 몰라."

카티는 데이비드의 어깨를 잡고 눈을 똑바로 응시했다.

"고스트 봉 위에서 말이야, 아나가 크레바스 밑으로 추락했을 때 넌 날 버리지 않았어. 내 생명을 구해줬지. 하지만 지금 여기는……."

카티는 잠시 말을 끊고 벽을 가리켰다.

"그때와 전혀 달라. 로버트는 스스로 결정했어, 여기 남아 있기로. 그리고 우린 그를 믿어야 해. 그 사실을 받아들여야 한다고."

데이비드는 그녀를 오랫동안 쳐다보고 있더니 천천히 입을 뗐다.

"……결국 다른 방법이 없겠구나."

***

여긴 어디지?

아직 호수 바닥 밑일까? 아니면 다른 곳일까?

로버트 없이는 어디가 어딘지 전혀 알 수가 없었다. 어차피 그건 중요하지도 않았다. 그들 앞에 놓인 긴 터널은 오직 한쪽 방향만 제시할 뿐이었다. 사실 그들이 처한 상황에선 차라리 그편이 더 나은지도 몰랐다.

하지만 그럼에도 너무 무서웠다.

단순히 모험쯤으로 여기고 시작한 일이 무시무시한 악몽으로 변하면서 폐소공포증은 엄청난 속도로 다시 카티에게 엄습해왔다.

호기심! 하필이면 왜 이런 일에 호기심이 동해서는!

그들이 발견한 건 모두 상상도 못 할 일이었고 너무 끔찍해서 카티는 한순간 그런 자신이 너무나 한심하게 느껴졌다. 유일한 위안이라면, 여전히 카티의 어깨에 의지하고 있긴 하지만 그래도 아까보단 걸음걸이가 조금 나아진 데이비드뿐이었다. 흙을 씻어낸 로버트의 처치가 조금은 효과가 있는 모양이었다.

하지만 문제는 그 효력이 얼마나 오래 지속될 것인가 하는 거였다.

손전등 불빛이 바닥 위에서 춤을 췄다.

시간과 공간.

지금까지 카티에게 당연한 것으로 여겨졌던 두 개의 개념. 하지만 그것들은 그들을 헤매지 않게 해주는 중요한 연결 포인트였다.

그들이 왔던 길로 되돌아가는 중이라고 누가 말했던가? 바로 로버트였다. 조금 전의 큰 홀이 호수 아래에 있는 갱 시스템의 중심부라고 믿었던 사람도 로버트였다.

하지만 확실한 걸까?

카티는 그 길이 늪이 있는 곳으로 향하는 걸 수도 있다고 생각했다. 그곳에서 발견했던 수많은 물고기 사체를 떠올리자 진저리가 났다.

이 계곡은 얼마나 더 끔찍한 비밀들을 숨기고 있는 거지?

그리고 특히 우리가 이런 비밀과 맞닥뜨리도록 조종하는 사람은 대체 누굴까?

그런 생각을 하면서 카티는 자신들이 정체 모를 힘에 의해 알 수 없는 어떤 목적을 향해 조종당하고 있는 인형에 불과하다는 의심이 들기 시작했다.

그 생각은 하지 말자.

다른 생각을 하자. 안 그러면 여기서 나가기도 전에 미쳐버
릴지도 몰라.

세바스티앵.

그녀는 이를 악물었다.

그래, 여기서 나가야 해. 세바스티앵을 만나러 가야 하니까.

그 사실은 분명해졌다. 가능한 한 빨리 그를 만나야 했다.

그럼 공작은?

그녀는 세바스티앵에 대한 자신의 마음을 확실히 하지 않
는 한 공작을 만나지 않겠다고 결심했었다.

그런데 공작이 내 결심을 이해해줄까?

세바스티앵은 받아들일 수 있을까?

그렇다. 세바스티앵이라면 분명히 받아들일 것이다. 어떻게
그 사실을 잊을 수가 있을까? 그 점을 의심하다니, 그가 그리
도 수없이 말했건만.

그는 그녀를 품에 안으면서 항상 말했었다.

"난 절대로 다른 사람한테 이래라저래라 강요하지 않아. 특
히 내가 사랑하는 사람한텐 더더욱."

"그럼 왜 계속 위험한 일을 하자고 날 설득하는 거야?"

"난 가능성을 보여주는 것뿐이야. 결국 뛸지 말지 결정하는
건 너잖아, 안 그래?"

"네가 나한테 자유를 준다고 말할 수 있는 건 내가 널 절대

로 떠나지 않을 거라는 확신이 있어서야."

"아니야."

그는 고개를 저으며 부정했었다.

"자유란 상실과 반대되는 개념이야, 카티. 자유란 분명한 오성과 또……."

그러더니 그는 갑자기 다리 난간에 올라가서 두 팔을 활짝 벌렸다.

"위대한 영혼을 갖는 거야."

"당장 내려와, 세바스티앵."

"날 잃을까봐 두려워?"

"그래, 이 바보야. 난 너와 반대로 잃을 게 있는 사람이야."

세바스티앵은 그저 그렇게 웃기만 했었다.

그때 데이비드의 작은 목소리가 생각을 뚫고 들어왔다.

"카티, 저 앞쪽에 다음 통로가 있는 것 같아."

"알았어."

카티는 피곤한 눈으로 앞을 가로막고 있는 벽을 쳐다보았다. 그러다가 너무 지쳐서 바닥에 주저앉고 말았다.

"기다리자. 언젠가는 벽이 저절로 열리겠지."

그녀는 로버트의 배낭에 들어 있던 시리얼 바와 초콜릿이 생각났다. 하지만 지금쯤 그녀보다는 로버트가 더 간식이 필요할 것 같았다.

두 사람은 한동안 아무 말이 없었다. 그러다가 데이비드가 벽에 머리를 기대더니 침묵을 깼다.

"난 아직도 이해가 안 돼. 인공 폭포에 갱 시스템, 미러 호 밑에 숨겨진 비밀 공간, 서류철 그리고……."

"그리고 돌이 되어버린 시체."

카티는 데이비드가 차마 내뱉지 못하는 말로 끝을 맺었다.

"진짜로 돌이 된 건 아니잖아."

"그게 그거지. 그녀는 30여 년 전에 죽었어. 몸에 흙먼지가 앉기 전에 그녀가 숨이 끊어졌었기를 바랄 뿐이야."

카티는 또다시 크레바스에서 본 폴 포르스터의 시체를 떠올렸다.

"우린 그녀가 누군지조차 몰라."

"그레이스 모건이라잖아."

"내 말은, 사진 속에 있던 학생들 중 누구인지 모른다고. 고스트 봉에 올라간 여자는 전부 네 명이었는데 그중 누구였을까?"

최소한 미수는 배제해도 돼.

카티는 속으로 생각했다. 그리고 또다시 데이비드에게 사실을 털어놓을까 고민했다.

하지만 넌 그가 어떤 사람인지 잘 모르잖아.

그녀의 마음속에서 어떤 목소리가 속삭였다.

그는 한 번도 자신에 대해 말한 적이 없었어.

"네 생각은 어때, 카티? 이 계곡의 이름이 그레이스잖아. 혹시 그녀의 이름을 딴 건 아닐까?"

그레이스.

이상하게도 카티는 두 이름이 같다는 사실을 그제야 깨달았다.

"나도 모르겠어. 그리고 솔직히 말해서 그다지 알고 싶지도 않아."

그렇게 말하면서도 카티는 손끝이 차갑게 식는 것 같았다.

"이 길을 계속 따라가다보면 정말 출구가 나올까? 네 생각은 어때?"

카티는 자기 목소리가 떨리고 있다는 걸 알아챘다.

정말 싫어! 창피하게!

데이비드는 고개를 끄덕이곤 문 위에 있는 원을 가리켰다.

"원의 수가 점점 적어지고 있잖아. 다시 말해 중심부에서 멀어지고 있다는 뜻이야, 로버트가 추측한 바에 따르면."

"그렇다고 우리가 여기서 나갈 수 있다는 보장은 없잖아."

데이비드는 손전등 불빛으로 그녀의 얼굴을 비췄다.

"나더러 로버트를 믿어야 한다고 말한 건 너야. 그랬으면서 왜 이래?"

카티는 자기도 모르게 웃어버렸다.

"맞아, 믿을 수밖에 없겠네."

바로 그 순간 스적거리는 소리가 났다.

등 뒤의 목소리

이번에도 벽은 무난하게 열렸지만 카티는 매번 등줄기가 오싹했다. 누군가 자신을 지켜보고 있는 듯한 느낌이 들어서였다. 누군가가 긴 터널을 지나가고 있는 그들의 뒤를 쫓으면서 번번이 새로운 과제를 던지고 헤매게 만들고 있는 건 아닐까 하는.

이 길이 과연 옳은 길일까?

벌써 자신들이 알지도 못한 사이 얼마나 많은 실수를 범했을까? 카티는 아무런 대책을 세울 수 없는 무력한 상황을 무엇보다 싫어했다. 극중 인물, 꼭두각시나 다를 바 없는 상황은 생각만 해도 끔찍했다.

다시 끝없는 길이 되풀이되었다. 데이비드와 카티는 또 침묵에 빠졌다. 심지어 그다음 통로에서 벽이 열리길 기다리는 동안엔 한 마디도 나누지 않았다.

그런데 이번에는 달라진 게 있었다. 벽이 열리고 그 사이를 통과하자 터널이 아닌 다른 공간이 나왔던 것이다. 희미한 손전등 불빛이 비춘 건 카티로선 전혀 예상하지 못했던 거였다.

데이비드는 불빛에 반짝이는 철재 난간에 몸을 기대더니 씁쓸하게 말했다.

"천국으로 가는 계단이네. 이제 드디어 벤이 어떻게 그 옛날 노래를 떠올리게 됐었는지 수수께끼가 풀렸어."

그들 앞에 놓인 나선형 계단은 끝도 없이 위를 향해 뻗어 있었다. 그 계단은 가끔 건물들에서 화재 등에 대비해 마련해 놓은 비상탈출용 계단과 비슷했다. 다시 말해 아주 가팔랐다. 데이비드가 첫 번째 계단에 발을 올려놓았다.

"기다려. 도와줄게."

카티의 말에도 데이비드는 고개를 저었다.

"혼자 할 수 있어. 난간을 잡고 몸을 끌어올리면 돼. 다만 그 전에 먼저 이 계단이 어디로 나 있는지 알았으면 좋겠어. 은밀한 터널과 수수께끼 같은 공간들에 대한 호기심은 이만하면 충분하거든. 이제 원하는 건 오직 현실로 돌아가는 것뿐이야."

"뭐, 그래도 최소한 위로 향해 있잖아. 그것만으로도 일단은 좋은 징조 같아."

카티는 낙관적인 모습을 보이려고 애썼다. 하지만 위로 올라갈수록 점점 더 믿음이 약해졌다. 채 몇 계단 오르지도 않아 카티는 벌써 계단의 끝을 보고야 말았다.

천국으로 가는 계단.

이제 우릴 기다리는 건 뭘까?

지옥? 아니면 하늘?

하지만 카티는 생각조차 하기가 두려웠다.

실재의 파란 하늘, 진짜 구름, 해, 오랜 어둠에 적응된 눈을 멀게 할 수도 있는 것들. 그리고 신선하고 깨끗한 바람.

그들 앞에 문이 나왔다. 금속으로 된 문에 달린 손잡이를 잡고 밀자 순순히 문이 열렸다.

***

문 뒤에는 또다시 어두컴컴한 긴 복도가 시작되고 있었다.

"이제 여기서 불을 켜는 스위치만 발견된다면 난 정말 문명 세계로 돌아왔다고 믿을 수 있을 것 같아."

카티는 그렇게 말하고는 손전등 불빛으로 벽을 훑어보았다. 그런데 아주 잠깐 사이 눈부시게 환한 빛이 주변을 밝혔다. 오랫동안 어둠에 적응되어 있던 터라 눈이 아팠다.

카티는 빠른 걸음으로 앞서 걸어갔다. 자신들이 있는 곳이 어딘지 빨리 알고 싶어서였다.

그들은 몇 개의 문을 지나쳤다. 문들은 모두 잠겨 있었다. 그러다가 마침내 '보안실'이라고 적혀 있는 유리문 앞에 다다랐다. 유리문 너머로 사물함이 보였다.

이내 상황을 파악한 카티는 기가 막혔다.

"학교야, 데이비드! 우리가 있는 이곳…… 마, 말도 안 돼!"

카티는 마음이 조급해져서 말까지 더듬었다.

"해냈어, 정말 우리가 해냈다고!"

데이비드는 주위를 두리번거렸다.

"정말이네. 여긴 지하 3층이 틀림없어, 언젠가 벤과 크리스가 말했던."

그가 보안실의 탈의실을 가리켰다.

"시체를 발견했다는 곳이 저기였을 거야."

"그게 우리 시체가 아니어서 천만다행이지. 빨리 위층으로 올라가자."

기계실 II -통신실

카티는 지나가면서 문에 걸린 팻말들을 읽어보았다. 하지만 깊이 생각하지는 않았다. 오직 그곳에서 벗어나고 싶은 마음뿐이었다. 그것도 가능한 한 빨리. 그래서 걸음은 거의 뛰다시피 빨라져 있었다.

"카티!"

등 뒤에서 들려오는 목소리에는 절망감이 배어 있었다.

"같이 가!"

뒤를 돌아본 카티는 그제야 악몽에서 깨어난 느낌이었다. 데이비드가 씩씩거리며 벽에 기대서 있었는데 창백한 형광등 불빛 때문인지 새파랗게 질려 보였다. 윗옷에는 거미줄과 붉은 얼룩들이 잔뜩 묻어 있었고 눈 밑 그늘은 스모키 화장을 했다 해도 믿을 정도로 짙어져 있었다.

카티는 그가 있는 쪽으로 되돌아갔다. 그런데 그의 옆으로 가자마자 소리가 들렸다. 아주 작은 벨 소리에 불과했는데도 카티는 천둥소리라도 들은 듯 화들짝 놀랐다.

그건 엘리베이터 소리였다. 엘리베이터 문이 열리더니 카티가 아는 사람이 나왔다.

***

"여기서 뭐 하는 거예요?"

그 사람은 보안 요원들 중 유일한 여자인 미란다 가르시아였다. 벤저민을 돌봐준 사람도 바로 그녀였다. 카티보다 상황을 더 먼저 파악한 건 데이비드였다. 그는 재빠르게 그곳까지 오게 된 경위를 설명했다.

"카티 베스트와 저는 고문서 보관실 출입증을 받았어요. 시험 때문에 찾아볼 게 좀 있어서."

그러면서 이해를 구하려는 듯이 두 손을 살짝 들어 보였다.

"그런데 고문서 보관실 출입문을 못 찾아서 여기까지 와버렸지 뭐예요."

카티라면 고문서 보관실 같은 핑곗거리는 결코 떠올리지 못했을 터였다. 하지만 크리스와 벤저민이 영령 기념일에 이케를 찾으러 고문서 보관실로 들어갔다가 지하 3층까지 내려가게 됐다고 설명했었던 게 어렴풋이 기억났다.

단호한 보안 요원은 두 손으로 허리를 짚은 채 입꼬리를 살짝 올리고선 말했다.

"멋진 이야기로군요. 내가 지금 그 말을 믿을 것 같아요? 이 지하 3층까지 내려오려면 고문서 보관실을 거쳐야 한다고요. 그러니까 보관실을 못 찾아서 여기까지 내려왔다는 건 말이 안 되죠."

그녀는 특유의 쾌활함을 감추지 않았다.

"게다가 문마다 경고문이 붙어 있잖아요. 그것도 큰 글씨로 '폐쇄 구역. 관계자 외 출입 금지'라고."

"당신 말이 맞아요, 가르시아 부인."

데이비드는 후회하는 듯한 표정을 지으며 고개를 떨궜다.

"난 아직 미혼이에요. 남편이란 존재는 과부 연금을 타기 위해선 필요할지 몰라도 아직 내 나이엔 필요 없거든요."

데이비드는 그녀 쪽으로 고개를 기울이곤 환하게 웃어 보였다. 그렇게 웃는 건 드문 일이긴 했지만, 그의 밝은 미소를 거부할 수 있는 여자는 그리 많지 않았다. 그 점에선 미란다도 예외가 아니었다.

데이비드는 목소리를 낮췄다.

"솔직히 말하면 제 친구랑 전…… 아니, 그러니까 동급생 둘이 몇 달 전에 여기서 시체를 발견했다더라고요. 그래서 거기가 어떤 곳인지 궁금해서요……."

그는 동정심을 구하는 듯한 눈빛으로 보안 요원을 물끄러미 쳐다보았다.

"제발 한번만 봐주세요. 여기 들어온 게 발각되면 저희 둘 다 퇴학당할지도 몰라요."

보안 요원은 잠시 망설이더니 눈알을 굴리며 말했다.

"맙소사! 이 학교 학생들은 정말 못 말리겠군요. 그 벤저민이란 학생 때문에 안 그래도 골치가 아파 죽겠는데…… 마약에 목숨을 걸기엔 인생은 너무 아름답고 짧은 데다가, 특히 여러분은 아직 젊잖아요."

카티와 데이비드는 서로 눈빛을 주고받았다.

무슨 뜻이지? 한발 늦었다는 건가? 벤저민은 아직 살아 있을까?

미란다 가르시아는 엘리베이터 옆에 있는 버튼을 눌렀다. 그리고 엘리베이터가 도착하자 말했다.

"학생들은 이런 특별 대우를 받을 자격이 전혀 없어요. 그렇다고 학생들을 그 재수 없는 마초한테 일러바치는 것도 썩 내키진 않네요. 그러니까 꾸물대지 말고 즉시 이곳에서 나가세요."

데이비드는 그녀의 손등에 얼른 입을 맞추곤 엘리베이터를 탔다. 다리는 절지 않았다. 보안 요원은 바지 주머니에서 열쇠를 꺼내 비상벨 아래에 있는 열쇠 구멍에 꽂았다.

"이 은혜 평생 잊지 않을게요. 정말 고마워요."

데이비드는 좀 전보다 더 환하고 상냥하게 웃어 보였다.

보안 요원은 고개를 저었다.

"별말씀을. 단 내가 학생의 말을 곧이곧대로 믿었다고 착각하지 말아요. 그리고 올라가면 꼭 병원에 가서 다리 검사를 받고요. 알았죠?"

엘리베이터 문이 닫히자 카티는 안도의 한숨을 내쉬었다. 그녀는 주먹으로 2층 버튼을 치고 있는 데이비드 쪽으로 고개를 돌렸다.

"가, 얼른. 빨리 올라가란 말이야! 이 고물 같은."

드디어 엘리베이터가 움직이기 시작했다. 잠시 후 여학생 기숙사에 도착하자 카티는 데이비드를 기다리지 않고 자기 방으로 곧장 달려갔다.

거실은 비어 있었다. 주방도 마찬가지였다.

율리아의 방 역시 컴컴했다.

로즈는?

카티는 로즈의 방문을 쾅쾅 두드렸다.

로즈가 문을 열었을 때 카티는 하마터면 정신병자처럼 웃을 뻔했다. 그녀의 얼굴에는 피곤함과 지친 기색이 역력했다.

카티는 대뜸 소리쳤다.

"벤저민은 어떻게 됐어? 어서 말해. 아직 살아 있는 거지?"

로즈는 바로 대답하지 않았다. 그러더니 잠시 뜸을 들인 후 말했다.

"응. 하지만 상태가 안 좋아."

서류철

카티는 주차장에 서서 빠른 속도로 멀어져가는 차의 후미
등을 쳐다보고 있었다. 잠시 후 어슴푸레한 석양빛 사이로 빨
간 두 개의 점만 보였다.

카티는 돌아서며 혼잣말을 중얼거렸다.

"꾹 참아."

땅거미가 계곡 위로 내려앉으며 숲과 미러 호 그리고 산자
락을 검은 베일처럼 어둑어둑한 빛으로 뒤덮었다. 도로에는
2~3미터 간격으로 동작 감지기가 설치되어 있었다.

환한 주차장 불빛이 몇 시간 동안 껌껌한 터널 속에서 헤매
다 나온 카티의 눈을 시리게 했다. 벌써 오후 6시였다. 카티는
터널에서 보낸 시간이 여섯 시간밖에 되지 않았다는 사실이

여전히 믿기지 않았다. 수년도 더 지난 것 같았는데. 그녀는 그 시간을 거의 의식불명 상태로 보낸 느낌이었다.

그녀는 다른 친구들에게 그간 겪은 일들에 대해 어디까지 털어놓아야 할지 데이비드와 미리 약속해두지 않았다. 그럴 시간도 없었다. 하지만 데이비드와 아주 세세한 것까지 의논해서 중요한 사건들은 모두 숨기기로 맹세한 것 같은 착각이 들었다. 최소한 로버트와 먼저 상의를 하기 전까지는 말이다.

한편으로 그 일은 가장 친한 친구들에게조차 숨겨야 할 만큼 충격적이었다. 호수 아래에서의 일들, 흙에 덮힌 채 벽감 속에 누워 있었던 그레이스 모건의 시신 그리고 서류철까지⋯⋯ 단순히 말로 표현하기 어려운 것들이었다. 그냥 다짜고짜 가서 "얘들아, 내 말 좀 들어봐!"라고 내던질 만한 게 아니었던 것이다.

그랬다. 그 배후에는 광기를 품은, 그것도 순도 백 퍼센트의 미친 이야기가 숨어 있을 것이었다. 그리고 그 비밀을 밝혀낼 유일한 인물은 로버트였다. 그런데 그는 여전히 지하 터널 속 어딘가에서 돌아오지 않고 있었다.

카티가 질문 공세를 퍼붓는 친구들, 로즈와 크리스 그리고 율리아에게 들려준 이야기는 자신이 겪은 것들 중에 극히 사소한 일부에 불과했다. 그런데 때마침 데이비드가 쩔쩔매고 있는 카티를 도와주러 왔고 상세한 이야기들을 꾸며낸 덕분에 결국 그런대로 믿을 만한 이야기가 되었다.

"몇 시간 동안 숲속을 헤매고 다니면서 벤이 갔었을 만한 곳을 찾아다녔어. 그래서 나무다리에서 보트하우스까지 갔다가 다시 되돌아온 거야. 그러다가 벤의 재킷을 발견했는데 주머니 안에 버섯이 들어 있더라고."

그들은 그 후 곧장 학교로 돌아오려 했는데 나무다리를 건너다 데이비드가 발을 다치는 바람에 시간이 많이 지체되었다고 설명했다.

학교 측은 그들에 대해 아무것도 모르고 있었다. 그들 역시 접근 금지 규정이나 교칙 위반을 감수하면서까지 학장과 씨름하고 싶진 않았다.

그 대신 데이비드를 벤저민이 입원해 있는 레이크 루이스 병원으로 데려다준다는 구실로 크리스가 브랜던 교수에게 차를 빌렸다. 크리스는 조금의 망설임도 없이 즉시 행동했다. 카티는 고스트 봉에서 자신이 그토록 미워했었던 크리스가 달리 보였다.

그의 눈빛은 무엇을 말하고 있는 걸까?

공감? 동정? 침묵의 공범?

혹시 우리가 거짓말을 하고 있다는 걸 알아차린 건 아닐까?

그들이 차에 올라타기 직전에 카티는 데이비드에게 버섯을 건넸다. 그녀는 데이비드가 그 버섯을 병원 실험실에 갖다 주기 전까진 마음 편히 쉬지 못할 거란 걸 누구보다 잘 알고 있었다. 카티는 마음속으로 의사들이 그 버섯으로 제발 벤저민을 도울 수 있는 방법을 찾아내기를 간절히 빌었다.

유일한 문제는 율리아였다. 그녀는 아무 말 없이 카티와 데이비드의 말을 듣고만 있다가 굳은 표정으로 크리스와 데이비드가 서둘러 떠나는 모습을 지켜보았다. 하지만 차가 시야에서 사라지자마자 싸늘한 목소리로 카티에게 말했다.

"자, 이젠 사실대로 말해봐. 난 네가 한 말이 사실이 아니란 거 다 알아."

물론 카티는 흔들리지 않았다.

맙소사, 빨리 이 더러운 옷을 벗고 뜨거운 물로 목욕을 하고 싶은데. 하지만 그건 좀 이따 해야겠군.

평소 율리아는 말수가 별로 없었다. 내성적이라고 할까, 약간 우울한 성격이었다. 어쩌다가 느긋하고 좀 즐거운 듯 보일라 치면 저 스스로 놀라곤 했다. 그런 그녀가 그 순간은 분노의 여신으로 변해 있었던 것이다.

"내 동생 어디 있어? 어서 말해!"

로즈가 율리아의 어깨에 손을 올리고 진정시키려 해보았지만 소용없었다.

"내 동생한테 무슨 일이라도 생기는 날에는, 나한테 뭘 숨겼다는 사실이 밝혀지기만 한다면…… 각오해. 카티와 데이비드, 너희 둘 다!"

카티는 잠시 눈을 감았다. 그녀는 율리아와의 우정을 위태롭게 만들고 있었다.

"난 말할 수 없어, 율리아. 로버트와 약속했거든……. 그가 직접 말해줄 거야, 돌아오면……. 그렇지만 내가 오늘 배운 사실 한 가지는…… 우리 모두가 네 동생을 너무너무 과소평가하고 있었다는 거야. 어쩌면 너조차도."

"네가 나와 내 동생에 대해 뭘 알아?"

율리아의 얼굴이 백지장처럼 하얘졌다.

카티는 잠시 침묵한 채 율리아를 정면으로 보면서 잠자코 있다가 단호한 투로 말했다.

"잘 몰라. 어쩌면 바로 그게 문제겠지."

율리아는 잠시 멍한 것 같더니 곧 불같이 화를 냈다.

"넌 어쩜 그렇게 냉정할 수가 있니? 하긴…… 그게 카티 베스트지, 안 그래? 넌 내 동생이 그 숲속 어딘가에 혼자 있을 거란 생각 같은 거 단 한 번도 안 해봤지?"

그러더니 휙 돌아서서 가버렸다.

"가자, 로즈. 더 어둑해지기 전에 동생을 찾으러 가야겠어."

카티는 고개를 저었다.

"혹시 로버트가 일부러 나타나지 않는 거란 생각은 안 해봤니?"

그리고 큰 소리로 한숨을 쉬었다.

"로버트는 아무도 하지 못한 별난 생각을 하고 있어. 그리고 그걸 위해서 기꺼이 위험도 감수하겠대."

율리아는 깜짝 놀라 카티 쪽을 돌아보았다.

"그거야, 바로 그게 로버트의 문제라고."

그러더니 울먹이는 소리로 말을 이었다.

"나…… 난 알아. 걔가 무슨 짓을 할 수 있는지…… 너희 정말 모르겠어?"

카티는 당황한 눈빛으로 율리아를 쳐다보았다. 로즈도 말뜻을 이해하지 못하는 듯했다.

"로버트는 죽음을 조금도 두려워하지 않아. 걘 여기서 나가고 싶어 했지만 그러지 못했어. 왜냐고? 바로 나 때문에!"

급기야 율리아는 훌쩍이며 울기 시작했다.

그 순간 카티의 머릿속에 번뜩 어떤 생각이 떠올랐다.

율리아의 말이 맞아.

카티는 다른 사람을 쉽게 안아주는 사람이 아니었다. 하지만 그 순간 그녀는 평소에 하지 않던 행동을 했다. 바로 자기 자신에게 다른 누군가가 필요했기 때문이다. 그녀는 율리아를 꼭 껴안고 진심으로 말했다.

"율리아, 약속할게. 두 시간 후에도 로버트가 나타나지 않으면 내가 직접 학장한테 가서 우리가 헤어졌던 그 장소로 수색대를 보내라고 할 거야. 하지만 네가 말한 게 사실이라면 로버트를 믿어줘. 자기 목숨은 중요하지 않을지 모르지만 벤저민을 구하려고 저렇게 나선 걸 보면 너도 절대로 혼자 버려두지 않을 거야."

***

카티는 자기 방으로 들어가서 문을 닫았다. 번뜩 든 생각을 실행하려면 혼자만의 공간이 필요했던 것이다. 그녀는 구내식당에서 사과 두 알과 바게트 빵을 갖고 온 후 마침내 여유 있게 샤워를 마치고 나서 가장 편한 운동복으로 갈아입었다. 그런 다음 흔들의자에 웅크리고 앉아 배낭을 열고 서류철을 꺼냈다.

학교로 돌아오는 길 내내 보고서를 읽고 싶어서 안달이 났었다. 그런데 막상 그 순간이 다가오자 망설여졌다. 카티는 한동안 서류철을 무릎 위에 올려놓은 채 의자를 굴렸다.

그녀는 자신이 아주 정직한 사람이라고 생각했었다. 그런데 지금은 왜 진실을 두려워하는 건지 알 수 없었다. 그건 정말 낯선 느낌이었다.

그녀는 깊이 숨을 들이마셨다.

그냥 해치워버려. 그 안에 어떤 내용이 들어 있건 어차피 다 지나간 일이잖아. 상관없어.

카티는 몇 페이지를 훑어본 후 마음이 조금 느긋해졌다. 기록들은 별 의미 없는 것들이었다. 몇 개는 마르타가 쓴 준비물 목록과 산장 그림, 또는 만년필로 그린 풍경이었는데 그걸 그린 사람은 그레이스였다. 그녀는 정말 재주가 많은 학생이었던 것 같았다.

카티는 한숨을 내쉬곤 호수 아래에서 봤던 것들에 대한 생각을 억누르려고 애썼다.

계속해.

그녀는 책상 위에 놓아둔 종이들 중에서 아무거나 집어 들었다. 산장에서 지낸 처음 며칠간의 기록들이 사소한 낙서나 다양한 노래 가사들과 함께 어지럽게 적혀 있었다. 기록들은 이렇다 할 순서도 없었고 또 나중에 추가된 자료나 정보들도 있었다. 하지만 특별히 관심을 둘 만한 내용들은 전혀 없었다.

좋아. 서류철을 다시 살펴보자.

거기서 그녀는 중요해 보이는 메모를 발견하곤 끄집어냈다. 우아하고 섬세한 글씨체는 한눈에 봐도 누구의 것인지 알아볼 수 있었다. 바로 대학에서는 '엘리자'라는 이름으로만 알려졌던 미수의 메모가 틀림없었다. 문체는 낯설고 툭툭 끊기는 느낌이었지만 문법적으론 흠잡을 데가 없었다.

카티는 메모를 대충 훑어보았다. 폴이라는 사람은 말도 없이 사라졌다가 느닷없이 다시 산장에 나타난 모양이었다. 그는 30년이나 지난 후에 크레바스에서 살해된 채로 카티에게 발견됐던 그 사람과 동일 인물이었다.

눈길이 메모 아래쪽으로 향했다.

폴이 늘 자랑하던 걸 발견한 모양인데 그게 뭘까?

메모는 거기서 끝나 있었다. 그런데 그 옆에 남자의 글씨체로 보이는 또 다른 메시지가 적혀 있었다.

사일로시브 버섯
극히 드문 희귀종으로 이 버섯에 얽힌 전설이 많다.
섭취할 경우 기막힌 황홀경을 느낄 수 있지만
과다 복용 시 사망할 수 있다.

사일로시브? 이게 벤저민의 재킷 주머니에서 찾아낸 버섯의 이름일까?

카티는 생전 처음 들어본 이름이었다.

신원 미상인 기록자가 남긴 내용이 사실이라면 그리고 그 버섯이 극히 드문 희귀종이라면 의사들이 벤저민의 중독 원인을 금세 밝혀내지 못했었던 게 당연했다.

'과다 복용 시 사망할 수 있다'라……

그녀가 아는 벤저민은 절대 한두 개로 만족하지 않았을 것이다. 더군다나 기막힌 황홀경을 느낄 수 있다는 걸 알았다면. 벤저민은 늘 더 강하고 빠르고 오래가는 물질을 원했었다. 죽을 수도 있다는 경고 따위에 아랑곳하지 않았다.

카티는 휴대전화를 집어 들었다. 병원으로 간 데이비드와 당장 통화를 해야 했다. 그러나 전화를 받지 않았다.

"젠장! 전화 좀 받아!"

한참 만에 저편에서 목소리가 들렸다.

"데이비드?"

카티가 조급하게 소리쳤다.

"아니, 난 크리스야."

크리스의 목소리는 무척 지쳐 있었다.

"데이비드는 지금 검사를 받고 있어."

빌어먹을.

카티는 잠시 어떻게 해야 좋을지 생각이 떠오르질 않았다. 지금 크리스에게 자신이 발견한 사실을 말했다간 질문 공세를 받을 게 뻔했다. 그는 만족스러운 대답을 얻을 때까지 포기하지 않는 사람이니까.

상관없어. 지금은 다른 생각 할 겨를이 없으니까.

"크리스, 필기도구 좀 갖고 와봐."

카티는 크리스가 버섯의 이름을 적으면서 그걸 어떻게 발견하게 되었는지 전혀 묻지 않는 것에 다시 한 번 놀랐다.

"그러니까 네 말은 벤저민이 이 버섯을 먹었다는 거지?"

카티는 초조해져서 손톱을 잘근잘근 씹었다.

"응, 거의 백 퍼센트 확실해."

"알았어."

크리스는 잇새에 볼펜을 물고 있는 것 같았다.

"다시 전화할게."

카티는 안도의 한숨을 내쉬곤 전화를 끊었다. 콜라 세 잔을 연거푸 마신 것처럼 목이 따끔거렸고 속이 불편했다. 이 모든 일들이 벤저민 때문에 일어났다는 건 명백한 사실이었다. 카티는 어느새 벤저민이 도와달라고 했었던 사실은 까맣게 잊고 있었다. 하지만 어제 아침부터 처음으로 자신이 옳은 일을 하고 있다는 느낌이 들기 시작했다.

그녀는 휴대전화를 옆으로 치우고 다시 종이 뭉치를 집어 들었다.

이번에는 훨씬 더 집중이 잘되었다. 금세 주위 상황을 잊고 종이에 적힌 내용에 몰두했다. 카티는 그 당시 학생들이 고스트 봉 위에서 처음에는 서로에 관한 아주 사소한 것들까지 자세히 기록하다가 차츰 서로 관찰하기를 그만두게 되었다는 걸 알았다. 학생들의 기록은 점점 더 짧아지고 단편적으로 변했다.

반면 꼭대기에서의 분위기가 날카로워지고 예민해지고 있다는 내용은 늘어났다. 각자 자기 자신을 돌보기에 급급했던 것처럼 보였다.

예를 들어 폴 포르스터는 줄곧 고스트 봉 아래에 있는 지하 터널에서 길을 잃고 헤매다가 바위틈에서 자라고 있는, 어둠 속에서 발광하는 버섯을 발견하게 된 과정을 떠벌리고 있었다.

그는 그 버섯 중 한 개를 먹었고 자신이 그 미로에서 빠져나오게 된 건 순전히 버섯의 효과 때문이라고 했다.

그는 또 이렇게도 써놓았다.

오성이 한순간 또렷해지는 기분을 아는가? 마치 지
도, 손으로 그린 지도가 눈앞에 있는 것처럼. 나는 그
냥 눈앞에 보이는 길을 따라 걸어가기만 했을 뿐이다.

한편 밀턴 존스라는 사람은 다른 사람들의 기록을 훔쳐보
고 있었다.

카티의 어머니가 쓴 메모는 함축적이고 간략하면서도 메시
지가 분명했다. 카티는 그 글을 읽으면서 점점 짜증이 났다.
미수의 글에는 자신과 마크 드 빈센츠가 서로 사랑하는 사이
였다는 내용 외에 사적인 내용이 거의 없었다.

카티가 막 어머니의 메모를 종이 더미에 던져버리려고 하는
순간 낱장의 메모들 속에서 나머지 다른 메모들과 확연히 구
분되는 종이쪽지가 눈에 띄었다. 다른 메모가 적힌 것과 같은
종이이긴 했지만 베껴 쓴 것 같았다.

들고 있던 종이의 정체를 깨닫고 나자 카티는 입에서 절로
휘파람이 나왔다.

그건 여행 수기였다. 그것도 아주 오래된. 바로 데이브 엘라
드가 쓴 글이었던 것이다.

꼭대기

일반적으로 해 질 녘과 밤의 차이는 느껴지기도 하고 또 눈으로도 보이는 법이다. 하지만 저녁 안개가 숨 막힐 듯이 잔뜩 끼어 세상이 밤인지 낮인지 구분할 수 없는 무채색으로 변해 버렸다.

똑딱똑딱. 초침 움직이는 소리.

비록 카티의 방에는 시계가 없었지만 그녀는 매초 매분이 흘러가고 있음을 느낄 수 있었다.

20시 32분. 또 한 시간이 지나갔다. 하지만 로버트는 여전히 감감무소식이었다.

캠퍼스는 수상하리만큼 조용했다. 물론 흔한 잡담조차 들리지 않을 만큼 조용했던 건 아니었다. 학생들의 목소리, 물주 전자가 끓는 소리, 욕실 문 여닫는 소리 등이 쉴 새 없이 들려왔다. 또 여학생들 기숙사 앞 복도를 바삐 걸어가는 발소리와 교정에서 누군가를 부르는 소리, 매점이 문 닫기 전에 서둘러 필요한 것들을 사두려고 분주하게 움직이는 학생들의 소리도 들렸다.

하지만 카티를 예민하게 만드는 소리는 따로 있었다. 그건 바로 주방에서 작게 흐느껴 우는 율리아의 소리였다. 로즈가 이따금 찾아와 방문을 두드리며 제발 율리아와 얘기를 좀 해보라고 종용했다. 율리아에게 사실대로 말해주라고. 하지만 카티는 없는 척 가만히 있었고 대답도 하지 않았다.

카티는 로버트를 생각하고 있었다.

저 땅속 어둠을.

고독과 불확실함 그리고 수많은 질문들을.

그리고 이따금 휴대전화를 쳐다보았다. 데이비드에게서는 아직 연락이 없었다.

계곡의 시간은 평범한 세계의 시간과 확실히 질적으로 구분된다. 평범한 세계에서의 두 시간은 계곡에서 2분이 될 수도 있고 반대로 한 달 심지어 1년처럼 느껴질 수도 있다. 만약 로버트가 30분 안에 나타나지 않는다면 그녀는 다른 사람들에게 모든 사실을 털어놓아야 한다. 모두들 어떤 반응을 보일까?

그 순간 요란하게 울리는 벨 소리에 카티는 생각에서 깨어났다. 다행이었다.

드디어! 데이비드의 전화일 거야!

그런데 액정에는 모르는 사람의 번호가 찍혀 있었다.

"카티?"

그의 목소리는 마치 늘 만나고 얘기도 나누었던 사람처럼 익숙했다.

"카티, 듣고 있어?"

그녀는 대답하려고 했지만 목소리가 나오질 않았다. 먼지가 꽉 찬 것처럼 목구멍이 바싹 말라서 숨조차 쉬기가 어려웠다.

"어떻게 지냈어?"

"어떻게 지냈느냐니……."

수화기 저편에서 짧게 웃는 소리가 들렸다.

"어떤 질문들은 가끔 너무 쉬운 것 같아, 그렇지?"

"이 번호는 어떻게 알았어?"

"그런 건 중요하지 않아, 안 그래?"

"맞아."

"보고 싶어, 카티."

카티는 눈을 감았다.

"나도 그래."

갑자기 모든 게 자연스럽게 느껴졌다. 전혀 어색함 없이. 마치 어제도 통화했던 사이처럼.

"지금 당장?"

"그럼, 당연하지."

침묵—

"정말 보고 싶어?"

카티의 눈에 눈물이 맺혔다.

"진심이야."

"그럼 거기가 어디든 당장 그곳에서 나와."

"그건 안 돼. 지금은."

"왜? 누군가 널 쫓아와서 잡아간대? 아니면 대학에서 쫓겨나기라도 할까봐?"

그가 다정한 목소리로 카티를 놀렸다.

"그런 건 신경 안 써."

"다행이야. 난 또 네가 그새 뇌 세탁이라도 받았나 했어. 그럼 뭣 때문에 안 된다는 거야?"

"여기 친구들이 내 도움을 필요로 하고 있어. 그들을 버려두고 갈 수가 없어……"

그녀는 망설였다. 하지만 그 말은 꼭 해야만 했다.

지체 없이. 이제는 그런 태도를 배워야 했다.

"널 버렸던 것처럼 이 친구들도 버리고 갈 순 없어. 세바스티앵."

저주받을 결정적인 침묵—

몇 초나 흘렀을까? 또는 몇 분? 그 시간이 미래를 결정했다. 길고 끝없는 미래를.

"아니야. 오히려 그 반대지. 내가 널 버린 거였어."

세바스티앵의 그 말에 카티는 아무 말도 할 수가 없었다. 눈물이 뺨을 타고 흘러내렸지만 생전 처음 자신이 울고 있다는 사실이 창피하지 않았다. 오히려 마음이 좀 가벼워진 것 같았다.

그가 말했다.

"내가 뛰어내린 거였잖아. 내 자유를 위해서. 그리고 내가 한 결정이었어."

어떤 대화들은 평생 잊을 수 없다. 기억 속에 각인되고 영원히 그곳에 뿌리를 내렸기 때문만은 아니다. 세바스티앵의 말은 영원히 사라지지 않을 것이다. 카티가 아무리 죄책감에서 벗어난다 할지라도. 세바스티앵은 돌아왔다. 그의 익숙한 목소리, 그의 말들, 그의 방식, 그 모든 것들이 불과 몇 초 만에 카티 베스트를 바꿔놓았다.

그녀는 자신도 모르게 말이 술술 흘러나왔다. 자신의 말이 믿기 어려운 사실이라는 것도 전혀 개의치 않았다. 그렇게 그녀는 자신이 경험한 모든 일을 털어놓았다. 토씨 하나 빼놓지 않고. 그리고 그녀는 세바스티앵이 그녀의 말을 믿을 거란 걸 알았다.

실제로 그는 질문조차 하지 않았다. 그녀의 말에 토를 달거나 그녀의 결정을 비난하지도 않았다.

끝으로 그가 말했다.

"카티, 그건 벽과 같은 거야. 넌 그 위로 올라가려 하고 있어. 꼭대기에 있어야만 네 아래에 뭐가 있는지 볼 수 있어. 네가 원하는 건 뭐든 할 수 있다는 걸 잊지 마."

그는 조용히 웃었고 그 웃음소리는 감동 그 자체였다.

"부탁이 있어. 날 위해 그 꼭대기에 올라가주지 않을래? 왜냐하면 난 여길 떠날 수 없거든."

그는 잠시 침묵하더니 이렇게 말했다.

"그들이 나더러 영원히 걸을 수 없을 거라고 말할 때 난 마치 내가 이미 죽었다는 얘기를 듣는 것 같았어. 그들은 나한테도 선택권이 있다는 걸 잊고 있었던 거지. 난 꼭 깨어나지 않아도 됐었거든."

카티는 고개를 끄덕였다.

"가능한 한 빨리 갈게. 약속해."

"기운 내. 모든 게 다 잘될 거야."

그레이스 보고서
밀턴 존스

(비숍 교수님께 전해주시기 바랍니다.)

처음과 끝.

그리고 그간의 시간들. 지금과는 완전히 다르게 흘러갔어야 했다.

그레이스가 끝내 숨을 거두기까지 그녀 옆에 앉아서 기다렸던 바로 그날 밤은 내 인생에서 최악의 시간이었다. 우리 모두에게 최악이었다. 내 눈앞에서 그녀의 몸이 서서히 굳어가는 모습, 더는 움직이지 못하고 내가 아닌 폴의 시선만을 찾던 절망적인 그녀의 두 눈을 지켜본 일. 그 일이 어찌 나를 변하게 하지 않을 수 있을까?

운명의 아이러니다.

우리는 모두 고스트 봉 위에서 보낸 여름이 우리 인생에 새로운 방향을 제시해주기를 바랐다. 어떠한 깨달음을 얻게 되기를. 선택받은 자들임을 확인받기를.

물론 더 나은 인생을 위해 선택받은 자들 말이다.

그레이스가 죽자 다른 친구들은 산장으로 돌아갔고 나는 그 자리에 앉아 있었다. 나 혼자 시신을 지켰다. 그녀의 눈을 감겨주려고 했지만 그럴 수가 없었다. 살갗은 이미 돌덩이처럼 굳어 있었다.

나는 다른 친구들에게 그 사실을 말했지만 아무도 내 말을 믿지 않았다. 그들은 그레이스가 눈앞에서 사라지길 원했다.

폴　　: 시체를 늪으로 가져가서 빠뜨리자. 그러면 영원히 실종
　　　 된 걸로 남을 테고 아무도 그녀의 시체를 찾지 못할 거야.

마　크: 경찰에 신고해야 해.

프 랭 크: 그래서 경찰한테 버섯에 대해 얘기할 거야?

마　크: 그건 중요하지 않아.

마 르 타: 그럼 우리 모두 학교에서 쫓겨날 거야.

마　크: 그렇다고 그레이스의 죽음을 숨길 순 없잖아. 시체를 여
　　　 기 그냥 두고 가는 건 더더욱 안 되고.

폴　　: 여기서 그레이스를 묻을 만한 곳을 찾아보자.

나　　: 내가 같이 갈게.

다음 장

책상의 램프만 켜져 있었다.

흔들의자에 앉아 있던 카티는 안개가 거대한 고스트 봉 위에서 계곡으로 내려앉으면서 조금씩조금씩 주변이 희뿌연 베일에 잠기는 광경을 바라보고 있었다.

수개월 동안 세바스티앵 때문에 머리카락을 쥐어뜯으며 괴로워했었는데 지금은…….

겨우 몇 분간 서로 이야기를 나눴을 뿐인데 마음의 짐을 벗은 듯 홀가분해졌다. 이제 곧 그녀는 이곳에서 사라지리라.

로버트의 일이 아니었더라면 아마 벌써 짐 가방을 쌌을 테지만 그녀는 여전히 망설이고 있었다. 아무리 머리를 굴려보아도 다른 방법이 없었다. 결국엔 율리아에게 다 말할 수밖에.

그건 로버트에 대한 배신일지도 모르지만 그래도 벌써 몇 시간째 행방불명…… 아니, 정확히 말하면 사라진 건 아니고 미러 호 아래에 갇혀 있었다.

카티는 주먹으로 의자 팔걸이를 세게 내리쳤다.

지금 여기 한가롭게 앉아서 뭐 하는 거지?

나는 왜 내 생각만 옳다고 믿는 거야?

이제는 로버트를 포함해서 우리 모두가 계곡에게 패했다는 걸 인정해야 할 때가 아닐까?

사실 그녀에겐 상관없었다. 그녀는 어떤 일이 있어도 이곳을 떠날 것이었다. 그것도 가능한 한 빨리. 하지만 자기 능력을 과대평가하는 자아도취에 빠져 있는 로버트는?

쳇, 혼자서 실컷 계곡의 일급비밀을 풀어보라지.

그녀도 아주 잠시 로버트처럼 생각했던 순간이 있었다. 왜냐고? 괜히 우쭐한 기분이 들었으니까. 계곡에 맞서는 로버트와 카티라…….

갑자기 바람이 불어와 벽에 걸려 있던 그림틀이 덜거덕거리며 흔들렸고 바닥에 흩어져 있던 종이들이 바스락거렸다. 카티는 깜짝 놀라 깊이 심호흡을 했다.

맙소사. 이젠 진짜 여기서 떠나야 할 때가 왔어. 이렇게 아무것도 아닌 바람만 불어도 온몸에 소름이 돋는 걸 보면.

그 순간 등 뒤에서 즈즈즈— 하는 진동음이 들렸다. 책상 위에 있던 휴대전화의 진동음이었다. 액정에 경고 사인처럼 불이 들어왔다.

핸드폰을 집어 든 카티는 데이비드의 번호라는 걸 알곤 마음이 놓였다.

"데이비드, 어떻게 됐어?"

"살아났어!"

"벤저민 말이야?"

"네가 개 목숨을 구한 거야! 의사들도 처음엔 크리스의 말을 믿으려고 하지 않았어. 사일로 어쩌고 하는 버섯은 웬만한 사전에는 나와 있지도 않아서 거의 알려진 바가 없대. 그래서 인디언들의 전설에나 나오는 상상의 식물로 치부됐었나봐. 내과과장이 지금까지 그 버섯을 직접 눈으로 본 사람은 아무도 없었다고 했어."

데이비드는 몹시 흥분해 있었다. 침조차 삼킬 겨를 없이 곧바로 말을 이었다.

"그런데 실험실에 있던 한 생물학 박사의 끈질긴 추적 끝에 결국 찾아낸 거야."

"뭘 말이야?"

"버섯에는 어둠 속에서도 빛나게 만드는 산성 물질이 함유돼 있대. 그게 벤을 저 지경으로 만든 거래."

"그것 때문에 벤이 의식불명 상태가 됐다고?"

"그래. 이제 원인을 찾아냈으니까 치료제도 만들 수 있겠지. 아직 벤이 깨어나진 않았지만 해독제가 좀 듣는 듯해. 게다가 어쩌면 내장 기관에도 별 후유증이 없을 수 있다고 하더라. 물론 아직 단정하긴 이르지만."

데이비드의 말이 카티의 귓가를 스쳐 지나갔다.

내가 다른 사람의 생명을 구했다고? 그것도 벤의 생명을?

느낌이 이상했다. 전혀 현실 같지 않았다.

그녀는 헛기침을 하곤 물었다.

"네 다리는 어때?"

데이비드의 목소리는 변함이 없었다.

"손상된 부위를 도려내고 대신 허벅지에서 조직을 떼어내 이식하기로 결정했어."

"근데 원인이 뭐래? 세균 감염 같은 거야?"

"그렇다더라고. 그런데 실은 의사들도 잘 모르는 것 같아."

카티는 여전히 데이비드와의 대화가 꿈처럼 느껴졌다. 그건 어쩌면 데이비드의 얼굴을 더는 볼 수 없을 것이기 때문인지도 몰랐다.

"언제 퇴원해?"

그 물음에 데이비드의 목소리가 진중해졌다.

"아무래도 좀 걸릴 것 같아. 의사들이 특별 케이스 어쩌고 하면서 철저하게 자료화하고 관찰해야 한다더라고. 아무래도 나도 이걸 내 박사 논문의 주제로 삼아야 할까봐."

"그렇구나."

카티는 데이비드가 학교로 돌아왔을 땐 이미 자신은 멀리 떠나 있을 거라는 말은 하지 않았다. 세바스티앵이 있는 워싱턴으로 간다는 말은 더욱더 할 수 없었다.

모든 게 예전으로 돌아가겠지.

아니, 전적으로 그렇진 않을 것이다. 하지만 그의 척추가 부러져 하반신 불구가 되었다는 사실은 중요하지 않았다. 그와 이야기하고 그를 볼 수 있다는 것만으로도 충분했다.

그런 생각을 하는 동안 데이비드가 무슨 말을 또 한 모양이었다.

"뭐라고 했어?"

"로버트는 돌아왔냐고 물었어."

그녀는 대답하지 못했다.

"아직이구나."

침묵하는 몇 초 동안 두려움이 점점 커졌다.

"로버트를 찾아 나서야 해."

"그럼 모든 이야기를 다 털어놔야 하잖아. 미러 호와 그레이스 대학 건물 아래에 있는 비밀 공간에 대해서도."

"그래야겠지."

"그럼 모든 게 변할 거야."

"어쩌면 그편이 나을지도 몰라. 그레이스에는 비밀이 너무 많아."

"그건 그래."

"다른 친구들한테 안부 전해줘."

362

"아직도 나랑 대화를 나누고 싶어 하는 친구들이 남아 있을지 모르겠어."

"네가 진실을 말한다면 괜찮아질 거야."

그녀는 통화를 마치고 도로 책상 위에 휴대전화를 올려놓았다.

진실…….

그녀는 차츰 그 단어를 견딜 수가 없어졌다.

***

그 사이 안개가 너무 짙어져서 창밖의 세상이 모든 생명을 꺼뜨리는 회색 벽처럼 느껴졌다. 심지어 외부 조명조차도 음산한 빛에 잠식당해버렸다. 카티는 안개가 그녀를 가두려 하거나 아니면 바깥세상으로부터 떼어놓으려 하는 게 아닌가 싶은 터무니없는 의심이 들었다.

큰 글씨로 '그레이스 보고서'라고 쓰인 서류철을 넘기는 동안 카티는 점점 더 절망감에 빠져들었다. 답들은 번번이 새로운 질문을 낳았고 불쑥 어둠 속에서 나타났다가 다시 사라지곤 했다.

기숙사에는 아무도 없었다. 날개 건물 전체가 텅 빈 듯했고 카티의 방 역시 침묵과 그림자로 꽉 차 있었다.

그들은 카티 옆으로 모여들었다. 그녀가 이 계곡에서 새롭게 얻었지만 곧 다시 잃게 될 그 친구들은 아니었다. 율리아는 이제 그녀에게 로버트에 대해 묻지 않을 것이다. 율리아가 로즈와 함께 기숙사를 나설 거라는 말을 들었다. 그들은 아마 벌써 학장의 방으로 향하고 있을 것이며 보안 요원들을 동원해 로버트를 찾으러 갈 것이다.

하지만 카티는 혼자가 아니었다. 그녀는 느낄 수 있었다.

다른 이들이 그녀 곁에 있었다. 그녀처럼 '카티'라 불리는 캐서린, 마르타, 밀턴, 프랭크, 마크. 그리고 또 그녀의 어머니인 미수도 보였다. 미수는 평소처럼 침대 맡에 앉아 말없이 그녀를 지켜보고 있었다.

그리고 물론 그레이스도 있었다. 비틀린 자세로 방 한쪽 모퉁이에 누워 있었고 반대편 모퉁이에는 몸에 도끼가 꽂힌 폴 포르스터가 누워 있었다.

로버트가 돌아오기로 한 시간이 한참이나 지나 있었다. 그런데도 카티는 움직일 수가 없었다. 심지어 흔들의자에서 일어설 수조차 없었다. 그녀는 방으로 모여든 유령들을 모두 쫓아낼 것이었다.

이제 이야기의 전말을 알게 된 카티는 이해되는 부분도 있었고 여전히 이해되지 않는 부분도 있었다. 그림자놀이. 학생들이 마지막 순간에 했던 행동들. 또는 하지 않았던 일들.

그레이스는 안아서 들려고 할 때마다 고통스러운 비명을 질러댔다. 그래서 그녀를 산장 안으로 옮길 수조차 없었다.

밀턴은 그레이스를 살리려고 절망 속에서도 최후의 시도를 했다.

"내일 날이 밝자마자 산 아래로 내려가서 구조를 요청할게. 그때까지만 버텨줘."

프랭크는 약에 취해서 무슨 일이 일어났는지 제대로 알지 못한 게 틀림없었다. 그래서 계속 기타만 퉁탕거렸다.

마크는 그레이스의 고통을 줄여주려고 노력한 유일한 사람이었다. 그는 그레이스의 몸 아래에 쿠션을 받쳐주었다.

그런데 미수는? 그녀는 천천히 몸에 차고 있던 장신구를 뺐다. 인디언 장신구를 파는 필즈의 가게에서 산 은 귀고리와 목재 구슬로 된 염주를 빼고 땋았던 머리를 풀어 늘어뜨렸다. 한국식 애도의 표현이었다.

반면 폴은 적포도주를 계속 마셔대면서 벌겋게 충혈된 눈으로 모닥불을 응시했다.

캐서린은 폴 옆에 찰싹 붙어서 조용히 울었다.

그리고 마지막으로 마르타가 한마디를 던졌다.

"난 그레이스의 신음 소리를 들으면서 머릿속으로 계속 '죽어, 제발 죽어줘' 하고 기도하는 이런 상황을 더는 못 참겠어."

카티가 소리쳤다.

"왜 모두들 가만히 있는 거야?"

그런데 진짜 소리 내 말한 걸까?

아마 그럴 것이다.

또는 아닐지도 모른다.

그런데 마크의 대답이 들렸다.

"그레이스를 도울 방법은 없어."

그러자 밀턴이 폴에게 덤벼들었다.

"이게 모두 너 때문이야!"

카티가 모두 상상한 장면일까?

아니면 서류철에 그렇게 쓰여 있었나?

알 수 없었다. 하지만 그녀는 자리에서 일어나 불을 끄고 창문을 열었다. 그리고 기도했다.

안개가 내 방까지 가득 들이차서 나도 사라지게 해줬으면.

그녀는 잠이 든 것도 아니었고 그렇다고 깨어 있는 것도 아니었다. 그녀는 고스트 봉우리 위에 있었다. 바람 소리가 들렸고 얼음처럼 차가운 공기가 느껴졌다. 주위를 둘러싼 산들을 둘러보았다. 저 아래 계곡이 있고 또한 그곳으로 돌아가야 하는 것 말고는 다른 방법이 없다는 걸 알면서도 드넓은 설원 지대를 바라보며 황홀함에 빠졌다.

강가에서 세바스티앵 옆에 앉아 있었던 그때와 같았다. 그녀는 옴짝달싹하지 않고 마냥 앉아선 사고가 일어나기 전으로 돌아갔으면 하고 기도했었다.

폴과 마크 그리고 다른 사람들처럼.

그녀는 두려웠고 심지어 비겁했었다.

그리고 비겁함은 카티가 제일 피하고 싶었던 모습이었다.

그래서 그녀는 불을 켜 환영들을 꺼버렸다. 그들은 한순간에 사라졌고 영원히 그래야만 했다.

그녀는 열어놓은 창문 앞에 오들오들 떨며 서 있었지만 그래도 얼음처럼 차가운 공기를 쐬는 게 좋았다. 차츰 정신이 들었고 현실 세계로 돌아왔다. 이젠 오직 한 가지 길뿐이란 걸 그녀도 잘 알고 있었다.

율리아를 찾아 나서야 했다. 그리고 그녀에게 모든 진실을 털어놓아야 했다.

카티는 문을 열고 어두운 복도를 나섰다. 다른 방문들은 모두 닫혀 있었다. 데비는 수개월 전부터 병원에 입원 중이었고 지금은 데이비드와 벤저민도 마찬가지였다. 그리고 율리아는 카티에 대한 신뢰를 잃어버렸다.

카티는 이를 악물었다.

좋아, 카티. 우울한 몽상 따위 필요 없어. 이제 네 손으로 이 일을 마무리 짓고 세바스티앵에게로 가는 거야. 그가 널 기다리고 있잖아.

그레이스 대학, 두고 봐.

그리고 그레이스 계곡, 너도 마찬가지야.

똑딱- 똑딱-

주방에 걸린 시계의 날카로운 초침 소리가 카티의 귓속으로 파고들었다. 평소 같으면 일상적인 소음들이 훨씬 더 커서 전혀 감지하지 못했을 소리였다.

하지만 이제는 시계 소리가 들렸고 것도 무시무시하게 크게 들렸다.

기숙사가 모두 비어 있어서일까? 아니면 어둠 때문인가?

또는 신경을 거스르는 시계 소리 때문일까?

어쨌거나 카티는 홱 몸을 돌려 자기 방으로 도망치듯 들어갔다. 그리고 라디오의 시계를 보았다.

23시 32분이었다.

그녀가 마지막으로 시계를 본 건 20시 32분이었다. 세 시간이나 지났던 것이다. 율리아와 로즈가 사라진 시간도 얼추 비슷했다.

이제 들리는 소리는 누군가 조용히 책장을 넘기는 소리와 비슷했다, 다음 장이 시작되는.

그레이스 보고서

No.28. 14:13-15:00 종료

고스트-크레바스-오전. 찬란한 햇빛

_____폴___ : 그게 무슨 뜻이야?

카메라가 뭔가를 집는 손 쪽으로 움직인다.

_____폴___ : (불안하게) 시체를 숨기기엔 최적의 장소야.

도끼가 올라간다.

_____폴___ : (큰 소리로) 네 생각은 어때, 밀턴?

목 소 리: 난 아무 죄책감도 없어.

(흐느낌)

슈퍼-8-카트리지-코닥 필름 40

재회

카티의 시선이 침대 쪽으로 향했다. 이불은 건드린 흔적이 없고 베개 역시 반듯했다. 과거의 환영들은 사라졌다. 그녀의 어머니 역시 사라지고 없었다.

카티는 꼼짝하지 않았다. 마치 돌이 된 것 같았다.

'돌이 되었다'라…….

돌.

앞으로 이 단어를 쓸 때마다 호수 아래 비밀 공간에서 본 그레이스의 시신이 떠오를 것이다.

카티는 늘 현실감각이 뛰어난 자신에 대해 자부심이 컸다. 현실감각이 뛰어나다는 건 삶을 지배하며 살 수 있다는 뜻이니까.

알겠어? 난 루저가 아니야. 아무것도 아닌 일에 겁먹고 바지에 오줌이나 지리는 그런 애가 아니라고. 세상이 도전해오면 가운뎃손가락을 내보일 거야.

하지만 이제는 그게 그리 간단하지 않다는 걸 알게 되었다.

그녀는 누군가 자기 방에 있다는 걸 그리고 자기 뒤에 서 있다는 걸 알아차렸다. 그들 중 한 명이 되돌아온 게 틀림없었다. 아마도 그녀에게 마지막 사건에 대해 해명하러 온 밀턴일 것이다. 그녀가 제일 두려운 건 자기 어머니를 다시 보는 거였다. 그래서 두 눈을 꼭 감고 동요하지 않으려 애썼다.

누군가가 작게 말했다.

"카티? 다행이야. 돌아왔구나. 여기서 널 다시는 보지 못할 줄 알았어."

그녀는 눈을 떴다.

희미한 불빛 속에서 문가에 서 있는 로버트가 보였다. 그의 얼굴에서 카티는 안도감과 절망감 그리고 피곤함을 보았다.

카티는 다시 눈을 감으려고 했다. 피곤했다. 너무너무 피곤했다.

로버트도 유령들 중 하나일까? 어쩌면 로버트도 벌써 죽어서 유령이 되어 찾아온 게 아닐까?

카티는 그를 빤히 쳐다보았다. 가냘픈 광대뼈, 붉은 흙먼지가 앉은 안경 그리고 젖은 청바지.

아니야. 로버트가 돌아왔어. 그는 살아 있었어!

✳✳✳

"얘기할 게 있어."

그의 목소리는 아주 생생했다.

"율리아는 어디 있어?"

"나도 몇 시간째 못 봤어. 율리아가 널 찾기 위해 수색대를 보내려고 했어."

그는 문고리에 꽂힌 열쇠를 만지작거리더니 배낭을 내려놓고 침대에 털썩 주저앉았다.

"대체 어디 갔었어?"

그 말밖에 나오질 않았다.

"걱정할 필요 없었어. 나한텐 아무 일도 생기지 않았을 테니까. 그것보다 벤저민은?"

"살 수 있을 거래. 내가 데이브 옐라드의 기행문에서 버섯에 대한 힌트를 찾았어. 데이비드가 말하길…… 아니, 그 얘길 하려면 너무 길고, 그보다 더 중요한 건 넌 왜 그 아래 혼자 남았던 거야?"

로버트는 이불로 몸을 돌돌 말았다.

"카티, 우리가 여기 계곡에 온 건 우연이 아니야. 맞지?"

카티는 그가 계속 말을 잇길 기다렸다. 하지만 그는 오히려 그녀의 말을 기다리고 있는 것 같았다. 카티도 눈치를 챘다.

그녀는 고백해야만 했다.

다시는 돌아올 수 없는 순간을 지나가야만 했다.

침묵이 이어졌다. 적어도 로버트가 그녀보다 침묵을 더 잘 견디리란 건 확실했다.

카티는 자리에서 일어나 창가로 갔다.

"우리 어머니의……."

그러다 말을 끊곤 로버트를 바라보았다. 그는 한 팔을 눈두덩 위에 얹은 채 침대 위에 누워 있었다.

"이름은 정미수, 서울시 종로구에 있는 어느 오래된 동네에서 태어났어. 할머니께선 어머니가 서울에 있는 대학에 다녔었다고 항상 말씀하셨지. 하지만…… 고스트 봉 산장에서 벤저민이 발견한 사진을 봤을 때……."

"그 사진에 네 어머니가 있었던 거지? 엘리자, 그 사람이 네 어머니였어."

"넌 알고 있었구나! 처음부터 알고 있었던 거야?"

로버트가 다시 나타난 이후 처음으로 그녀의 목소리가 격앙되었다.

"미안해, 카티. 너한테 말할 수 없었어."

카티는 쓸쓸한 웃음을 흘렸다.

"그래? 왜? 그럼 아무것도 모르는 척 연기하는 날 보면서 혼자 배꼽을 잡고 웃었겠네?"

"물론 나도 처음엔 몰랐지. 그 호수 아래에서 이 서류들을 발견하기 전까진."

로버트는 혼자 고개를 주억거리고 있었다.

"왜 나한테 말 안 했어?"

"어떻게 알게 됐는지 너한테 말했어야 했지만 그럴 수가 없었어. 그랬다간 율리아의 목숨이 위험해질지도 몰라서."

"율리아가 우리 어머니랑 무슨 상관인데?"

"난 추모비를 발견한 그 순간부터 이 모든 일의 상관관계를 꿰뚫어 보고 있었어."

로버트는 자리에서 일어나선 벽에 기댄 채 머리카락을 쓸어 넘겼다. 무엇 때문인지 자신과의 힘겨운 싸움을 하고 있는 것 같았다.

"마크 드 빈센츠."

카티는 그 이름을 듣자 화들짝 놀랐다.

그리고 곧 꺼림칙한 표정을 지었다.

"그건 우리 어머니와 사귀었던 남자 이름이잖아."

"웅. 그리고 우리 아버지이기도 해."

마크가 로버트와 율리아의 아버지라고? 어쩌면 어머니가 평생 잊지 못하는 그 위대한 사랑이?

"그럼 마크 드 빈센츠도 우리 어머니처럼 아직 살아 있어? 너희 부모님은 런던에 살고 계시잖아, 그렇지?"

로버트는 잠시 망설이더니 몸을 숙였다. 안경알 너머로 그의 시선이 그녀를 꽉 붙들고 놓아주질 않았다.

"맞아, 런던에 살고 계셔."

정적이 흐르던 그 순간 기숙사 현관문이 열리더니 발소리가 났다. 문틈으로 불빛이 어른거리는 게 보였다. 카티는 흔들의 자를 멈췄다.

그 순간 누군가 카티의 방에 노크를 했다. 문 너머에서 로즈의 목소리가 들렸다.

"카티, 벌써 자?"

"아니."

"그럼 나 좀 들어갈게."

로버트는 고개를 저었다. 그러더니 소리 없이 입 모양으로 '아직 안 돼'라고 말했다.

"안 돼."

카티의 말에 잠시 조용해졌다.

"안개가 너무 짙어서 수색대를 보낼 수가 없대. 내일 새벽까지 기다려보자는데 그 전에 너랑 얘기하고 싶어. 보안 요원 둘이 데이비드와 벤의 상태를 알아보러 병원으로 갔어."

"그래."

"그런데 율리아가······."

"율리아가 뭐?"

"너랑 같은 공간에서 자기 싫다면서 버티고 있어."

카티는 아무 대답도 하지 않았다. 로즈는 잠시 문 앞에서 서성거리다가 결국 돌아갔다. 욕실 문이 열리고 다시 닫히는 소리가 들렸다.

카티는 어깨를 잔뜩 움츠린 채 고개를 숙이고 있는 로버트 쪽을 보았다.

울고 있는 건가?

아니었다. 고개를 들자 그의 얼굴에 안도감이 어려 있었다.

"잘됐어."

"뭐가?"

"안개 말이야."

카티는 창문 쪽으로 고개를 돌렸다.

"난 안개가 싫어."

"왜? 안개 덕분에 시간을 벌었잖아. 지금부터 뭘 어떻게 할지 결정해야 해, 카티. 나 혼자선 할 수 없어. 책임이 너무 크니까. 데이비드는 없지만 넌……."

그러더니 로버트는 자기 배낭을 가리켰다.

"저것 좀 줘봐."

카티는 몸을 굽혀 배낭을 집어 들어 로버트 쪽으로 던져주었다. 배낭이 꽤 무거웠는데 로버트가 지퍼를 여는 순간 그 이유를 알 수 있었다.

그가 나머지 서류철 두 개를 갖고 왔었던 것이다. 로버트가 건네는 서류철에서 카티는 눈을 떼지 못했다.

"설마 이거 때문에 혼자 남아 있었던 건 아니지?"

"물론 아니지."

그는 고개를 저었다.

"그 아래 있던 것 때문이었어."

카티는 무슨 말인지 알아들을 수 없었다.

"그 아래라고?"

"응, 탁자 아래 바닥에 선이 그어져 있었는데 몰랐어?"

카티는 곰곰이 생각해보았다. 그러자 뭔가가 떠올랐다.

"맞아, 바닥에 이상한…… 패턴 같은 게 그려져 있긴 했는데, 그게 뭐?"

대답 대신 로버트는 배낭에서 수첩을 꺼내 선과 원 등으로 온통 낙서가 되어 있는 페이지를 펼쳤다.

카티는 감탄을 금치 못했다.

"우리가 지나간 길을 그린 지도구나."

"맞아. 그리고 바닥에 그려져 있던 패턴과도 동일해. 혹시 눈에 띄는 거 없어?"

그는 그녀의 답을 기다리지 않고 어지러운 선들 한가운데 불쑥 솟아 있는 네 개의 원을 가리켰다.

"바로 이곳이 정가운데야. 탁자 바로 아래."

그제야 카티는 로버트가 무슨 말을 하려는지 감을 잡았다.

"그럼 바닥이 네 앞에서 저절로 열리기라도 했다는 거야? 그 돌벽들처럼?"

로버트의 입가에 의미심장한 미소가 떠올랐다.

"아니, 그보다 더 간단했지. 손잡이가 있었어."

카티는 어이가 없었다.

로버트의 입에선 미소가 순식간에 사라지더니 진지한 목소리가 튀어나왔다.

"아주 간단했어. 그 대리석 판들은 지름이 1미터쯤 됐지만 마치 내 옷장 문처럼 아주 쉽게 열렸어."

그는 두 팔로 무릎을 끌어안더니 그 위에 머리를 얹었다.

"그에게로 가는 계단들이 있었어, 알겠니? 그리고 그곳에 그가 있었어. 마치 날 기다렸다는 듯이 말이야."

"누굴 말하는 거야?"

카티는 숨이 멎을 것만 같았다.

로버트는 얼굴을 들지 않았다.

"그 호수 아래에는 몸을 굳게 만드는 그 흙에 덮인 시체가 한 구뿐이 아니었던 거야."

'그 호수 아래.'

그건 마치 동화나 전설의 첫머리 같았다.

'그 호수 아래 모든 것을 돌로 만들어버리는 괴물이 살고 있었다. 그는……'

아름다운 이야기야. 그렇지, 카티?

하지만 모두 돌이 되진 않았지. 그녀와 데이비드 그리고 로버트는 그곳에서 빠져나왔으니까. 그렇다면 그레이스 모건 외에 살아남지 못한 두 번째 사람은 누구지?

미수는 아직 살아 있었다. 로버트와 율리아의 아버지인 마크도.

그럼 프랭크 카터와 밀턴 존스, 캐서린 벨라미 그리고 마르타 플레밍스는 어떻게 됐을까?

"그게 누구였어, 로버트?"

"밀턴."

로버트의 목소리가 거칠어졌다.

"비문이 있었어. '영원하라, 밀턴이여'라는. 그리고 밀턴 역시 그레이스처럼 숨이 끊기기 전에 돌이 됐어."

로버트의 얼굴이 고통으로 일그러졌고 그의 이마에는 깊은 주름이 파였다.

카티는 불과 몇 분 전에 과거 학생들의 유령이 그녀에게 어떤 사실을 말해주려고 나타난 거라 상상했었다. 그건 물론 신경과민 탓이었지만. 그리고 로버트 역시 그녀와 비슷한 상태임에 틀림없었다. 현실과 환상의 경계선 상에 서 있다고나 할까. 뚜렷한 의식과 완벽하게 기능하는 이성 속에 숨어 있는 위험한 블랙홀.

그녀는 돌아서서 창문을 세게 닫았다. 그제야 방 안 공기가 얼마나 차가운지 깨달았던 것이다.

"좋아, 롭."

그녀는 평소처럼 아무렇지도 않게 말하려고 애를 썼다.

"쿨하게 얘기해봐. 방금 그 말, 지어낸 거지?"

"아니."

로버트에게선 물러설 기미가 보이지 않았다.

"모든 게 그대로 보존되어 있었어. 옷, 머리카락, 손까지. 마치 진시황의 무덤 같았다고. 진시황의 무덤 속에 있던 흙으로 빚은 병정들처럼 너무나 생생했단 말이야."

그는 자리에서 일어났지만 너무 힘에 부쳐서 제대로 서 있을 수조차 없었다. 안경뿐만 아니라 신발과 옷, 머리카락, 얼굴까지 모두 불그스름한 흙먼지로 뒤덮여 있었다.

"로버트……."

"나도 알아."

로버트는 살며시 웃었다.

"너무 걱정하지 마. 뜨거운 물로 샤워 한번 하면 금세 좋아질 테니까."

"그렇지만 데이비드…… 그리고 그레이스도……."

"나한텐 아주 작은 생채기조차 없어. 이 흙먼지가 피부를 파고들거나 핏속으로 들어가지 않는 이상 두려워할 필요는 전혀 없어."

카티는 머리가 어지러웠다. 모든 정보들이 머릿속을 뱅글뱅글 돌면서 풀 수 없는 실타래로 뒤엉켰다.

"그럼 데이비드는 왜? 이 계곡에서 다친 사람은 수도 없이 많았을 텐데 왜 하필 그에게 그런 일이 일어난 거지? 그레이스는? 밀턴은 왜?"

"그걸 지금부터 알아내야지. 고스트에 올라갔던 학생들에게 무슨 일이 있었는지 밝혀낸 것처럼."

"아, 진짜!"

카티는 속이 부글부글 끓었다.

"난 언젠가가 아니라 바로 지금 알고 싶어. 이 모든 것의 배후에 있는 인물이 대체 누구야? 그 미로는? 누가 만든 거야? 데이브 옐라드는 또 뭐고?"

로버트는 문가로 다가가더니 손잡이를 돌렸다. 그런 다음 문을 열기 전에 다시 한 번 카티 쪽을 돌아보고는 입을 뗐다.

"내가 갖고 온 서류철을 살펴봐. 그럼 알게 될 거야."

로버트가 문을 열자 그 앞에 로즈가 놀란 표정으로 서 있었다.

"율리아는? 크리스의 방에 있어?"

로버트의 물음에 로즈는 고개를 끄덕였다.

"알았어."

그레이스 보고서
데이브 옐라드의 기행문 중에서

흥미진진했던 동양과 서양을 여행하는 동안 나는 어느 곳에서도 그것을 발견하지 못했다. 하지만 그것을 처음 봤을 때 나는 그만 실망하고 말았다. 그 버섯은 인디언들이 '위대한 정신'이라 부르는 성스러운 산을 가로지르는 지하 터널에서 자라고 있었다. 버섯이 바위틈에서 자라다니 특이하다. 그리고 그 버섯의 특징은 오직 어둠 속에서만 나타난다는 점이다. 어둠 속에서 그 버섯은 순수한 금처럼 빛을 발한다.

그 모티브는 인디언의 벽화에서도 자주 나타난다. 그것도 버섯 모양의 모자를 쓴 난쟁이의 모습으로. 샤먼의 존재 또한 가면과 버섯에서 알아볼 수 있다.

마약으로 사용되는 다른 많은 식물들과 달리 그 버섯은 환각 작용을 일으키지 않는다. 인디언들은 초자연적인 꿈을 만들어내기 위해 그 버섯을 사용했다. 그들은 그 버섯을 통해 잃어버린 지식을 찾을 수 있을 거라 믿었다.

그 버섯을 먹는 자는 깨달음을 얻고 다른 세계로 여행을 떠난다. 그 마약은 모든 지혜의 요람이기 때문이다. 크리족들은 자연이 비밀을 숨기고 있는 게 아니라 인간이 그 비밀을 알아낼 능력이 없는 거라고 믿는다. 하지만 그 버섯을 먹을 자격이 누구에게나 있는 건 아니다. 그래서 샤먼은 오직 한 사람만을 선택하게 된다. 크리족 샤먼의 신뢰를 얻으려면 며칠 밤이 걸릴 것이다. 하지만 보름달이 뜨는 날 밤에 그는 나와 함께 제식을 치렀다.

바로 그때 나는 그 공식을 처음으로 보았다.

진실의 날

카티는 밤새 한잠도 자지 못했다. 옷조차 갈아입지 못하고 깊은 사색에 잠기는 데 최적의 장소인 흔들의자와 침대를 왔다 갔다 했다.

물론 그녀는 잠시 마침표를 찍을 수도 있었다. 노아의 홍수처럼. 학생들의 비밀에 관해서(하긴 이제 비밀도 아니지만).

그레이스는 산 위에서 죽었다. 그리고 그녀와 함께 있었던 이들은 상상할 수 없을 정도의 잔혹한 행동을 했다.

폴과 밀턴은 죽었다. 그녀의 어머니 미수 엘리자 정은 워싱턴에 살고 있고 카티는 이제 어머니가 왜 평생 계곡에 대해 숨겨왔는지를 알게 됐다. 율리아와 로버트의 아버지인 마크 드 빈센츠는 런던에 살고 있다. 그리고 마르타와 프랭크, 캐서린이 그 후로 어찌되었는지에 대해 카티는 전혀 알고 싶지가 않았다.

시험이 끝나면 그녀에겐 오직 한 가지 길만 남아 있었다. 가능한 한 빨리 워싱턴으로 가서 세바스티앵의 곁으로 돌아가는 길뿐이었다.

일단 부모님 생각은 하고 싶지 않았다.

그녀는 다시 흔들의자에 앉았다. 그런 다음 로버트가 갖고 온 두 번째 서류철을 수백 번도 넘게 훑어보았다. 때론 의미 없는 내용들이 나왔고 때론 감동적인 내용들이 나왔으며 번번이 '데이브 옐라드'라는 이름이 등장했다.

하지만 그녀가 진짜 모든 걸 이해했다고는 말할 수 없었다. 해결된 건 아무것도 없었다. 아니, 오히려 새로운 의문으로 가득해졌다. 그중에서도 가장 알고 싶은 건……

누가 우리를 이 계곡으로 불러들였을까? 끝날 줄 모르는 이 게임을 우리와 함께 즐기고 있는 사람은 대체 누구지?

그녀가 계곡으로 오게 된 게 우연이 아니라는 사실은 부인할 수 없었다. 특히 마크 드 빈센츠가 로버트와 율리아의 아버지라는 사실을 알고 난 후론 더더욱.

그럼 다른 애들은? 벤도 그 당시 학생들과 연관이 있을까?

또 브랜던 교수는 뭐지? 그의 역할은?

몇몇 친구들은 브랜던 교수의 방갈로에서 영령 기념일에 비디오 필름을 발견했다고 했었다. 그 필름은 과거에 그가 사라진 학생들과 친한 사이였다는 사실을 증명해주는 증거였다. 하지만 그는 여기서 무슨 일이 벌어지고 있는지 전혀 모르는 것처럼 행동하지 않았던가? 그가 그레이스 대학의 교수들 중 1974년에 이 계곡에 있었던 유일한 사람일까?

카티는 휴대전화를 들여다보았다. 새벽 4시 50분이었다.

결연히 자리에서 일어난 카티는 후드가 달린 재킷을 걸쳤다. 그런 다음 서류철을 챙겨서 잠든 로즈만 남은 기숙사를 빠져나왔다. 율리아는 한 층 아래 있는 크리스의 방으로 달아나고 없었다.

등 뒤로 문이 조용히 닫혔다. 그녀는 오른쪽으로 향했다가 엘리베이터 앞에서 잠시 멈칫했다. 컴퓨터실로 가는 가장 빠른 길이긴 했지만 좁은 공간으로 들어갈 자신이 없었다. 좁디좁은 지하 터널에서 폐소공포증을 깡그리 잊고 있었던 걸 생각하면 사실 우습긴 했지만. 그러나 지금은 예전에 느꼈었던 공포감이 오롯이 되살아났다.

게다가 카티는 계단이 싫지 않았다. 물론 내려가는 것보단 올라가는 걸 더 좋아하긴 했지만. 그녀는 뛰다시피 계단을 내려갔다. 1층에서 수많은 유리문이 있는 오른쪽으로 돌아 중앙 로비에 도달했다.

보안실에는 불이 켜져 있었으나 아무도 없었다. 지하 2층까지 더 내려가서 오른쪽으로 복도를 따라가자 컴퓨터실이 나왔다.

그곳은 완전한 어둠 속에 있었다. 하지만 카티는 불을 켜지 않았다. 그녀가 계획하고 있는 일에 조명은 필요 없었다. 그녀는 첫 번째 컴퓨터를 켜고 그 옆에 서류철을 놓았다. 부팅이 시작되자 희미한 모니터 불빛만으로도 서류철에 쓰인 '그레이스 보고서'라는 글씨를 읽기엔 충분했다.

만약을 위해 그녀는 복도 쪽 문을 닫았다.

첫 번째 검색어는 '데이브 옐라드'였다.

로버트의 말대로 공식적인 기록은 별로 없었다. 위키피디아는 알렉산드리아 도서관이나 세상에서 가장 큰 도서관 중 하나인 워싱턴 의회도서관이 아니었다. 그래도 성과가 전혀 없진 않았다. '데이브 옐라드'라는 키워드를 치자 '던바 공작'이라는 이름이 나왔던 것이다.

그가 공작이라는 칭호를 갖고 있었다니, 이상해.

카티의 어머니라면 이런 경우 '부처가 가는 길을 범인凡人들은 이해할 수 없다'고 말했을 것이다.

아니면 내가 뭘 혼동했나?

이건 서로 다른 문화 속에서 자란 혼혈들에게서 흔히 나타나는 자연스러운 현상일지도 몰랐다.

딱히 새로운 정보는 없었다. 다만 그에겐 후손이 없었다. 적어도 세상에 알려진 바로는. 이런 이유로 그가 갖고 있던 스코틀랜드의 재산은 영국 왕실 소유가 되었다. 그에겐 불행한 일이었지만 어차피 그는 죽고 없으니 상관없는 일이었다.

지도 제작자이자 여행가이며 탐험가. 모든 것들이 맞아떨어
졌다.

그럼 그 공식은 뭐지?

카티는 서류철을 넘기기 시작했다.

그녀는 특별히 역사에 관심을 가진 적이 없었다. 그저 과거
일 뿐이라고 생각했었으니까. 하지만 포르스터 교수의 강의
중 마르셀 프루스트의 인용문은 기억하고 있었다.

'의심은 너의 친한 친구다.'

아니다. 그녀는 그 말을 믿고 싶지 않았다. 데이브 옐라드가
어떻게 이 모든 수수께끼의 열쇠가 될 수 있단 말인가? 하지
만 로버트는 그렇게 확신하고 있었다. 그리고 카티 역시 자신
의 의문에 대한 답을 얻기 위해선 로버트를 믿어야 한다는 사
실을 잘 알았다.

*좋아. 이 남자는 아주 많은 곳을 떠돌아다녔어. 아프리카,
남아메리카, 캐나다. 수천 종류의 식물과 곤충을 수집해 분류
해놓았고 전 세계의 높은 봉우리란 봉우리는 몽땅 다 넘은 것
같아.*

그 점은 카티의 관심을 끌 만했다.

카티가 광범위한 세계사 중 일부에 집중하고 있긴 했지
만 예민한 청각은 현실 세계에 남아 있었던 모양이었다. 작게
땡- 하고 울리는 소리와 함께 엘리베이터가 도착하자 카티는
자연스럽게 문 쪽을 쳐다보았다. 그런데 문 앞에는 뜻밖에도

톰이 서 있었다.

"당신이 여길 어떻게?"

그녀는 말을 하는 동시에 얼른 컴퓨터 화면의 창을 닫았다.

톰은 어제의 옷을 그대로 입고 있었고 평소와 달리 전혀 말끔해 보이지 않았다.

"널 찾고 있었어."

그의 목소리는 평소처럼 과장되어 있지 않았고 몹시 지친 것 같았다.

"이 이른 시각에요?"

카티는 등 뒤로 슬쩍 서류철을 가리며 물었다.

"왜 하필 나를……?"

"방금 병원에서 오는 길이야, 벤에게서. 그들은…… 아, 벤저민이 깨어났어. 심지어 날 알아보기까지 했어."

카티는 그의 어깨가 떨리는 걸 보자 소름이 돋았다.

"카티, 네게 고맙다는 말을 하고 싶어. 네가 그렇게 고집을 부리지 않았더라면……."

그는 말을 맺지 못하고 훌쩍거리며 울기 시작했다.

"난 거의 포기하려고 했었거든. 그런데 네가 벤의 생명을 구한 거야."

카티는 신음이 나오려는 걸 겨우 참았다.

맙소사! 또 배우 톰이 나오기 직전이잖아. 이런 이른 시각부터. 제발 날 좀 내버려뒀으면.

그 순간 톰이 얼굴을 훔치곤 말을 이었다.

"하지만 벤은 내가 한 짓을 결코 용서하지 않을 거야."

카티는 그가 무슨 말을 하는 건지 이해할 수가 없었다.

질투 말고 톰이 또 무슨 짓을 한 거지? 더군다나 그때 벤저민은 의식불명 상태라 아무것도 몰랐을 텐데?

"나도 그에게 세상에서 영화가 제일 중요하다는 걸 잘 알아. 그런데 내가……."

질문에 대한 정답을 찾는 건 정말이지 쉽질 않았다. 게다가 카티는 정답을 알고 싶은 마음도 없었다.

톰은 말을 채 잇지 못하고 카티를 물끄러미 쳐다보고만 있었다.

아니면 그의 시선이 향한 곳이 모니터였을까? 또는 서류철?

카티는 그쪽으로 몇 걸음 다가갔다.

"톰, 너무 힘들어 보여요. 그만 방으로 돌아가서 쉬는 게 좋겠어요."

"그런데 내가 그걸 망쳤어. 내가 일부러 벤의 영상을 망쳤다고. 너희들이 그 영상을 봤더라면 벤이 버섯을 먹었다는 걸 훨씬 더 빨리 알아차렸을 텐데."

너무 피곤했던 탓인지 카티는 그 말뜻을 단번에 알아듣기가 어려웠다.

한참 만에야 그의 말을 이해한 카티가 물었다.

"당신이 그 카메라 칩을 망가뜨렸어요?"

톰이 천재 해커였다니. 앞뒤가 맞질 않아.

"아니, 뭐 꼭 내가 그랬다는 게 아니라 2학년의 라우라가 해 줬어. 짙은 갈색 머리 여자애."

카티는 어렴풋이 그 여학생의 모습이 떠올랐다. 톰의 말대 로 라우라는 늘 컴퓨터실에 처박혀 있었다.

"난 그냥 벤을 괴롭힐 수 있는 걸 찾고 싶었어. 이해하지?"

아니, 난 이해할 수 없어. 그리고 솔직히 말해서 벤저민의 애 인이 늘어놓는 푸념 따위 듣고 싶지 않다고.

"톰, 다 잊고 그만 방으로 돌아가요. 벤은 이제 괜찮다면서 요. 그러면 됐잖아요."

"네 생각엔⋯⋯."

그런데 그 순간 톰은 카티의 눈빛을 보고 입을 다물어버렸 다. 그러곤 한참을 망설이더니 결국 돌아섰다.

카티는 그를 엘리베이터까지 배웅해주었다. 그런 다음 그가 축 처진 어깨로 엘리베이터로 들어가는 모습을 확인한 후 컴 퓨터실로 돌아갔다. 그런데 바로 그 순간 그녀는 돌처럼 굳어 버렸다.

서류철!

조금 전까지도 컴퓨터 앞에 있었던 서류철이 사라져버렸던 것이다.

그리고 또 하나! 그녀가 앉아 있었던 자리에 누가 앉아 있 었다. 그는 느긋한 표정으로 카티를 재미있다는 듯 바라보고 있었다.

　고스트에서 모습을 감춘 뒤 카티가 '공작'이라는 이름으로 불렸던 그가.

＊＊＊

　"안녕, 카티."

　그가 그녀의 눈앞에 있었다. 느긋하면서도 거만한 모습으로. 게다가 의미를 알 수 없는 묘한 미소를 입가에 머금고. 그 미소에 무장해제까진 아니더라도 번번이 빨개지는 얼굴은 카티도 어쩔 수가 없었다.

　현실.

　사실.

　그 미친 밤. 그녀가 살아오면서 겪은 모든 경험들을 무색하게 만들었던 그날 밤에 그녀는 바로 그 미소에 매달릴 수밖에 없었다.

　"서류철은 어디 있어?"

　카티가 묻자 그는 황당한 표정으로 되물었다.

　"서류철이라니. 무슨?"

　거짓말. 조금 전까지도 거기 책상 위에 있었는데.

　그는 마치 카티의 생각을 읽기라도 한 듯 고개를 저으며 말했다.

"내가 왔을 때 여기엔 서류철 같은 거 없었어."

그의 목소리는 진실하게 들렸다. 설득력 있게. 하지만 이 계곡에서 진실함이 무슨 가치가 있었던가?

"뭘 원해?"

그러자 그가 몸을 기울이곤 속삭였다.

"우리 약속했었잖아."

그리고 또 그 웃음. 세바스티앵을 배신했던 그 길고 뜨거운 키스를 떠올리게 하는 웃음.

카티가 말했다.

"내가 보낸 메시지 못 봤어?"

"봤어. 하지만 진실의 날은 미루면 안 되지. 내가 누군지 알고 싶어 했잖아? 그래서 내가 이렇게 온 거야."

"그래. 넌 누구지?"

"내 진짜 이름은 티모시야, 티모시 옐라드. 우리 증조할아버지를 죽인 살인자를 찾는 중이지."

고인 명단

안젤라 파인더
마크 드 빈센츠
폴 포르스터
나누크 크리
테드 베이커
존 비숍
피터 포르스터
그레이스 모건
밀턴 존스

    캐나다 로키 산맥의 깊은 골짜기에 위치한 그레이스 대학교. 전 세계에서 아주 특별한 인재들만 발탁되어 갈 수 있다는 그곳은, 허락받지 않은 외부인의 접근이 불가능할 뿐만 아니라 전 세계의 작은 동네 가게까지도 검색이 가능한 구글 지도에조차 나타나지 않는 베일에 싸인 곳이다.

    비밀스러운 과거를 지닌 쌍둥이 남매 율리아와 로버트는 자신들의 진짜 이름을 버리고 프로스트라는 이름의 다른 정체성으로 위장해 그레이스 대학에 입학한다. 경건하고 부드러운 이미지와 달리 늘 검은 옷만 입고 다니는 데이비드, 조소적이며 다혈질적인 댄디보이 크리스 그리고 카메라를 자신의 신체 일부로 여기는 벤저민. 로버트는 그들과 같은 방 기숙사에 배정받게 된다. 예술 분야에 박식하고 아름다운 데다가 착하기까지 한 로즈, 말수가 없지만 도전적인 성향의 한국계 혼혈 카티 그리고 남의 약점을 캐서 괴롭히길 즐기는 괴짜 데비. 율리아는 이들과 함께 기숙사에서 지내게 된다.

여덟 명의 학생들은 겉으론 완벽해 보이는 중앙 건물과 부속 건물들, 화려한 로비, 숨 막히게 아름다운 자연 환경, 캠퍼스에서 바로 내려다보이는 거울처럼 맑은 미러 호 등 지내기에 나쁘지 않은 환경 속에서 왠지 모를 불편함을 느끼고 불길한 미래를 예감한다. 주말에만 정기적으로 다니는 셔틀 버스 외에는 외부세계로의 출입이 어렵다는 사실과 특히 그들 스스로 그레이스의 입학을 지원한 적이 없다는 사실을 알게 되면서부터 그들은 보이지 않는 힘에 의해 의도적으로 그곳에 고립된 듯한 느낌을 받는다.

〈밸리〉 시리즈 I의 제1편 『편집된 1초의 영상』에서는 재학생들이 신입생들을 위해 준비한 환영 파티에서 어떤 여자가 호수로 뛰어들어 자살하는 사건이 벌어지면서 그 장면을 목격한 로버트와 사건을 계획한 사람 간의 두뇌 게임이 펼쳐진다. 한편 율리아는 데비로부터 1970년대 고스트 산으로 등반을 나섰다가 실종된 학생들에 대한 이야기를 듣게 되고 그들 중 자신의 아버지가 있다는 사실에 충격을 받는다.

제2편 『설산에서의 조난』에서는 카티와 친구들이 30여 년 전 사라진 학생들의 흔적을 찾기 위해 함께 고스트 정상에 오르는 사건을 다루고 있다. 안내를 맡은 인디언 아나 크리와 함

께 그들은 폴라로이드 사진 한 장을 발견하게 되고 크레바스에 잠든 30여 년 전의 비밀에 한 걸음 다가서게 된다.

제3편 『벗어날 수 없는 계곡』에서는 영령 기념일을 맞아 학교 밖에서의 긴 휴가를 계획했던 크리스와 아이들이 갑자기 불어닥친 폭풍우 때문에 결국 학교를 벗어나지 못하면서 겪게 되는 끔찍한 사건들을 다루고 있다. 미지의 인물로부터 살해 협박을 받아 두려움에 떠는 데비, 대학 건물 지하에서 발견된 시체까지 긴장의 끈을 놓을 수 없는 숨 막히는 사건들이 펼쳐진다.

제4편 『다른 세계로 향하는 호수』에서는 사경을 헤매는 벤저민을 구하기 위해 카티와 아이들이 폐쇄 구역에 들어가게 되면서 이야기가 시작된다. 거울처럼 투명한 미러 호 밑에 숨겨진 비밀 공간과 오랫동안 그들을 기다리고 있던 서류들은 독자들을 더 큰 음모와 비밀로 초대한다.

〈밸리〉 시리즈 I은 여덟 명 학생들이 주인공이라는 사실 외에는 서로 큰 연관성이 없어 보이는 독립된 사건들을 다루고 있다. 하지만 사건이 거듭되는 동안 줄곧 던져지는 30여 전 실종된 학생들의 비밀, 그들은 누구였으며 심지어 그들 중 몇몇은 지금까지 살아 있음에도 왜 여전히 미스터리한 사건으로 남아 있게 된 건지, 로버트가 대학에 들어온 첫날부터 줄곧 얘기해온 그곳의 '사악한 기운'이란 대체 무엇인지, 그리고 결정적으로 스스로 입학을 지원하지도 않은 여덟 명의 학생들을 누가 그곳으로 불렀으며 그 이유는 무엇인지에 대한 답은 끝내 명확하게 주어지지 않는다.

청소년 문학과 미스터리 소설로 호평을 받아온 크리스티나 쿤의 〈밸리〉시리즈 I은 작가의 명성에 걸맞게 이미 독일에서 35만부가 팔릴 만큼 미스터리 스릴러 독자들에게 큰 호응을 얻었으며 현재까지 전 세계 15개 국에 진출했다.

〈밸리〉 시리즈의 인기 비결에는 다음 페이지가 궁금해지게 만드는 빠른 전개, 손에 땀을 쥐게 하는 서술 기법, 독특한 캐릭터들의 매력뿐만 아니라 거대한 로키 산맥과 계절이나 날씨의 영향을 받지 않는 신비한 미러 호, 그리고 특히 '고스트 산은 생명체의 진입을 허락하지 않는다'는 인디언들의 믿음처럼 인간의 이성을 무력하게 만드는 초자연의 마력에 의해 느끼는 근원적인 공포감이 큰 역할을 하는 듯하다.

〈밸리〉 시리즈 I에서 산발적으로 제기된 의문들과 얽히고설킨 사건들의 실타래는 〈밸리〉 시리즈 II에서 본격적으로 풀려나갈 예정이다.

강혜경

옮긴이 강혜경

1970년에 태어나 연세대학교 독어독문학과를 졸업하고, 독일 프라이부르크 대학에서 독어독
문학 석사 과정, 연세대학교에서 박사 과정을 수료했다. 현재 프리랜서 번역가로 활동 중이다.
옮긴 책으로는 아스트리드 린드그렌의 『바다 건너 히치하이크』 『아름다운 나의 사람들』 『베네
치아의 연인』, 페트라 함메스파의 『위증』, 산도르 마라이의 『이혼 전야』, 율리아 프랑크의 『친구
와 연인』, 울리히 룰레의 『음악에 미쳐서』, 롤란트 크나우어 등 저 『내일 아침 99℃』 등이 있다.

THE VALLEY 4: 다른 세계로 향하는 호수

초판 1쇄 인쇄 2017년 6월 22일
초판 1쇄 발행 2017년 6월 28일

지은이 크리스티나 쿤
옮긴이 강혜경
펴낸이 김선식

경영총괄 김은영
책임편집 윤세미   **디자인** 심아경   **책임마케터** 최혜진
콘텐츠개발3팀장 이상혁   **콘텐츠개발3팀** 이은, 윤세미, 김수나, 심아경
마케팅본부 이주화, 정명찬, 최혜령, 최혜진, 최하나, 김선욱, 이승민, 이수인, 김은지
전략기획팀 김상윤
경영관리팀 허대우, 권송이, 윤이경, 임해랑, 김재경
외부스태프 이진솔 (표지 일러스트)

펴낸곳 다산북스   **출판등록** 2005년 12월 23일 제313-2005-00277호
주소 경기도 파주시 회동길 357 3층
전화 070-7606-7446(기획편집) 02-6217-1726(마케팅) 02-704-1724(경영관리)
팩스 02-322-5717   **이메일** dasanbooks@dasanbooks.com
홈페이지 www.dasanbooks.com   **블로그** blog.naver.com/dasan_books
종이 한솔피엔에스   **출력·인쇄** 민언프린텍   **제본** 에스엘바인텍   **후가공** 평창 P&G
ISBN 979-11-306-1317-8 (04850)
      979-11-306-1313-0 (세트)